大畫情聖
第二輯
一
替天行道
上山打老虎 著

大畫情聖 II

【目錄】

前情提要

原來是盜畫偽畫高手的沈傲，因為意外，穿越時空來到宋朝。在大宋，他徹底發揮他前世專業大盜的通天本領，不但從書僮變身為國公府公子，還靠著出色的商業頭腦賺進了好幾桶金；之後更與宋徽宗結為莫逆，從此平步青雲，成了皇帝身前的第一紅人。更令人羨慕的是，靠著他死纏爛打的工夫，將四個如花似玉的大美女娶進門。只是侯門深似海，宮中多恩怨，僅管位極人臣，他也因作風另類，常不按牌理出牌，而得罪了不少權貴人士，加上兩宮不諧，時有暗鬥，皇帝亦是喜怒無常，步步驚心的戲碼不時就會上演。如此暗潮洶湧、危機四伏的大內宮中，他真的都能逢凶化吉、否極泰來嗎？

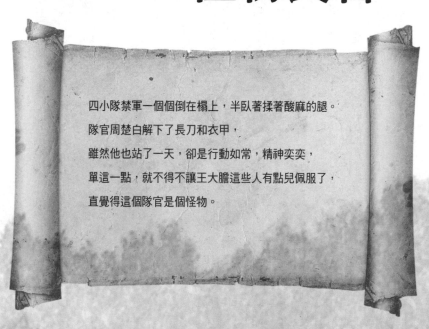

第一章 怪物長官

四小隊禁軍一個個倒在榻上，半臥著揉著酸麻的腿。
隊官周楚白解下了長刀和衣甲，
雖然他也站了一天，卻是行動如常，精神奕奕，
單這一點，就不得不讓王大膽這些人有點兒佩服了，
直覺得這個隊官是個怪物。

第二日清晨，街道上的血跡還未清洗，空氣中仍殘留著血腥，軍法司繼續出動，日夜不倦的拿人、審問、處死。一直到了傍晚，這個工作才算是完，整整一百餘人以殺良冒功和殺戮大臣被處決，幾乎馬軍司大小將校用血洗了一遍，血腥的連韓世忠這種沙場老將，也不由捏著鼻子對沈傲生出畏懼感。

沈傲鬆了口氣，召集博士們道：「這事做得不錯，這是大功一件，我立即爲你們寫一本奏疏上去，替你們邀功。」

博士們大是慚愧，這功勞他們是不敢邀的，紛紛道：「豈敢，豈敢。」

「好啦，現在去把馬軍司剩餘的將校都請來。」沈傲揮揮手：「不管是都知還是虞候，一個都不許漏。」

半個時辰之後，人就來了，熙熙攘攘的七八十人經過衙門口時，看到那一具具熟悉的頭顱，早已嚇得魂不附體，一進大堂，就一個個顫聲磕頭：「末將人等見過沈大人。」

沈傲慢悠悠地道：「噢，都起來吧，這人呢，該殺的也殺了，你們很好，至少沒有涉及到那裏頭去，本大人很欣慰，來，給諸位賜坐吧。」

校尉們搬了許多小凳子來，請他們坐下，這些人早就面如土色，哪裡敢坐，只覺得這兩日從鬼門關裏走了一遭，倒是生出一絲僥倖。

沈傲厲聲道：「都坐下說話。」

這一吼，他們就不敢再客氣了，一個個如私塾裏規規矩矩的童子，乖乖欠身坐下。

沈傲繼續道：「大罪呢，你們沒有，可是嘛，有些事我還要過問。馬軍司的花名冊我是看過的，爲何你們各營那邊都有空額？吃空餉嘛，哈哈，其實也算不得什麼大罪，誰不吃呢？有的吃白不吃，是不是？」

將校們嚇得面如土色，紛紛道：「不敢，不敢，末將們知罪。」

沈傲擺擺手：「這算什麼罪，你們知道的，本大人一向待人寬和，些許小罪而已，放心，不會和你們爲難。」

這也叫待人寬和？想到那衙門口一排排頭顱，將校們胃裏又開始發酸了，這還算寬和？那要是苛刻起來，豈不是馬軍司要被他殺得一個不剩？雖是這樣想，口裏卻紛紛道：「大人的寬厚，我們是早有耳聞的，當今天下，再也找不到比大人更寬厚的人了，末將人等能爲大人效力，三生有幸。」

口裏說得漂亮，臉上還擠出一副歡天喜地的樣子。

沈傲虎起了臉，厲聲道：「你們這樣說，倒是像諷刺我是不是？」

將校們嚇了一跳，誰敢諷刺你啊，你倒是嚇了大家一跳，大家也不笑了，一個個臉上比哭還難看，紛紛道：「大人，末將等說的是肺腑之言，絕不敢出言譏諷大人。」

沈傲嘆了口氣：「這便好，如此說來，咱們算是自己人了，不過醜話我先說在前頭，吃空餉的事我不追究，可是若有下次，門口的諸位同僚便是你們的下場了。再有，現在既然是在我的下頭辦事，規矩就要立起來，誰要是敢壞了規矩，那可就別怪本大人翻臉無情了。」

將校們冷汗都出來了，這麼說，往後這空餉是別想吃了，單靠朝廷的俸祿，哪裡夠家裏頭揮霍的？心裏都不由黯然，況且在這沈大人下頭做事，天知道一個不小心就要掉了腦袋，往後的日子只怕不好過了。

沈傲笑吟吟的道：「當然，我也不是個苛刻的人，這樣吧，眼下大軍剿匪在即，你們呢，畢竟離家這麼久了，誰若是想家，到我這兒來請個辭，我就暫時先放你們回去。你們自己去兵部報備，讓兵部另外尋個差事給你們做，你們自己思量吧。」

回家？將校們心思立即活絡起來，這差事是沒法幹了，往後是前途未卜、朝不保夕，多留一日，就多一分危險，與其如此，倒不如乾脆請辭，另外謀個差事的好。再者說，眼下大戰在即，誰知道能不能打得過天一教，前幾次都灰頭土臉的敗了下來，可見那些天一教徒的凶悍。於是紛紛道：「大人說得極是。」

當日夜裏，禁軍將校們的請辭書便遞來了，整個馬軍司上下，竟是一個願意留下的都沒有，都是說自己德薄才淺，實在不堪重任之類的話，只恨不得立即離開薄城，永遠不再回來。

沈傲自然大開方便之門，大手一揮，連請辭書都不看，大筆一揮，收拾東西，趕快滾蛋。

幾個博士憂心忡忡的道：「大人，將校們都走了，誰來帶兵？」

沈傲笑呵呵的道：「怕個什麼，兩條腿的蛤蟆沒有，想做官的人卻有的是，咱們的校尉也練了半年，差的就是歷練，兵，由他們來帶，每人領十人，爲一小隊，再由三百人編爲一中隊，由教頭領著。一千二百人爲一營，由五個教官領著，先把架子搭起來，萬事不求人，要靠自己。」

教官、教頭沈傲是不擔心的，這些人都曾在邊鎮帶過兵，也都是功勳卓著，若不是在邊鎮吃不開，稍加磨礪，其水準比之那些只知剋扣軍餉、殺良冒功的禁軍將校強上不知多少倍。

校尉習慣也已經養成，這一趟只當是實習，能不能改變馬軍司，就只能憑運氣了。

這道命令頒佈下去，倒是沒有引起多少波瀾，禁軍現在群龍無首，被沈楞子殺怕了，哪裡敢吱聲，再說帶兵的將校殺的殺，請辭的請辭，他們也只有聽命的份，當兵吃糧，跟著誰不一樣？

倒是校尉那邊熱鬧了一番，第一次有了施展的機會，當然要倍加珍惜。

第二日一大清早，博士就開始拿著花名冊去營裏點人了，把吃空額的名字劃去，那些實到的則發一個木牌，木牌上或寫著南軍營三中隊四小隊，或寫著中軍營一中隊七小隊之類。

這些牌子顯然是連夜加工的，有的連墨跡都還未乾，領到了牌子的人，勒令他們到軍帳中等著。這些禁軍倒也聽話，一點兒也不敢懈怠，流言早就傳出來了，新來掌兵的那個欽差是個十足的殺星，誰敢違逆了他，半隻腳就踏進了鬼門關裏。

大家都是當兵吃餉，其實這等人，膽子更小，別看平時橫得很，遇到沈傲這種的，立即就縮了脖子，連個屁都不敢放。高太尉人家都敢殺，你算什麼東西，在沈殺星眼裏，掐死你比掐死螞蟻還容易。

有了這個認識，所有領了牌子的人既不敢喧嘩也不敢多問，乖乖的按著牌號去尋了帳子，一干人老老實實等著。

王大膽發到的牌子是中軍營二大隊四小隊，他到了營帳的時候，裏頭已有七八個人了，後來又有陸續的兩三個人來，大家捏著牌子都是屏息等待。

王大膽名字叫大膽，其實膽子並不大，托了叔叔的關係，才從廂軍那邊抽調到了馬軍司，他是個落在哪裡都不顯眼的人，所以步入這帳子，也沒有人相顧他一眼，倒是有幾個青皮作派的傢伙在那兒打趣。在外頭他們不敢胡說八道，可是到了這帳子裏，膽子便大了，說什麼的都有，罵從前那個虞候，罵那沈殺星，天南地北，說得喉嚨都乾了。

他們說得勁頭十足，王大膽卻不敢參與他們的談話裏去，呆呆坐了一會兒，突然帳子撩開，一個人踱步進來。

帳子裏的聲音戛然而止，那幾個吐沫橫飛的傢伙也都噤了聲，王大膽反應快，看到對方穿的是殿前司衣甲，胸口又佩戴著銀章，腰間挎著一柄狹長的長刀，立即站起來，道：「校尉大人……」

面對武備學堂校尉，這些禁軍都有點害怕，為沈殺星殺人的是他們，砍高太尉腦袋的也是他們，這種人惹不起，人家是真的敢抽刀殺人，再者說，人家砍了你，沒什麼事，你動他一根指頭，或許沈殺星就尋到你頭上了。

王大膽這一呼喚，其他的禁軍紛紛畏懼的站起來，都朝這校尉行禮，口裏要嘛說校尉大人，要嘛說校尉老爺。

這校尉叫周楚白，生得頗為英俊，年紀不過十七八歲，身體卻是健碩，雖然個子不高大，卻有一種說不出的彪悍。他按著刀，在帳子裏逡巡了一下，拿著一個木牌，問：「這裏是中軍營二大隊四小隊？」

王大膽等人連忙道：「對，對，就是這兒，不知校尉大人有什麼吩咐。」

「吩咐……沒有。」周楚白說的話都很精簡，也沒那麼多嬉皮笑臉，就是說話時，也是挺著胸脯說的：「從今往後，我和你們就是袍澤了，在下周楚白，現在是你們的隊官。」

王大膽這些人也不敢說什麼，隊官就隊官，管他是虞候還是隊官，反正他們都是兵，聽誰的都一樣。

周楚白倒也不說什麼廢話：「各自回原來的營帳，把自己的鋪蓋搬來，從今往後，這就是我們中軍營二中隊四小隊的帳房了，規矩，我們往後再說。」

當天夜裏，中軍營二中隊四小隊睡了一夜，只是王大膽想不到，那隊官周楚白竟也拿了鋪被和他們睡在一個帳房。

有這冷面的隊官在，帳子裏靜籟無聲，無人再敢喧嘩，若是換了往常，這些軍卒自然是不肯這麼早睡下的，設賭的設賭，閒扯的閒扯，有的夜裏溜出去閒逛也是有的。

因此這一夜大家睡得都很早，到了亥時三刻鼾聲便響了。

一夜過去，也不知到了什麼時候，反正天色早得很，外頭夜霧濃得化不開一樣，天穹一片漆黑，帳房裏的周楚白突然睜眼，隨即翻身而起，立即下了簡陋的床榻，翻身穿了衣甲、戴上范陽帽，繫了長刀。

這個時候，時間恰好是卯時一刻，半年來，每到這個時候已經不再需要晨鼓，周楚白便能自覺醒來，隨即一早的操練便要開始。

周楚白披掛整裝完畢之後，突然發現今日與往常不同，這才想起，原來與自己同一帳房的不再是武備學堂的同窗，而是禁軍。

操練時間是不能中斷的，有沒有教官督促都是一樣，這是武備學堂的鐵律，更是周楚白養成了半年的習慣！只是身爲隊官的跑出去操練，部下卻在這兒呼呼大睡……

周楚白皺了皺眉，大喝一聲道：「都醒來！」

王大膽是最先被叫醒的，腦子還是暈乎乎的，看了周楚白一眼，又倒頭睡下去；另一個禁軍在那夢囈似的大罵：「哪個鳥人半夜擾人清夢……」

周楚白的好脾氣顯然到了極限，解下包鞘的長刀，開始砸人起床，他這麼一下，倒是將那些半夢半醒的禁軍們都轟醒了。

王大膽最老實，立即去尋衣甲來穿。倒是一個本就不服管教的禁軍，這時不知從哪裡來的勇氣，怒罵道：「深更半夜，起來做什麼？還讓不讓人睡？」

他話音剛落，迎接他的是一個毫不容情的耳光，莫看周楚白身材並不魁梧，手勁卻是夠大，一巴掌下去，把這個不服氣的禁軍直接甩下了床榻。

這個時候，禁軍們才知道了厲害，再不敢聲張，乖乖地整了裝，隨即跟隨周楚白出

帳。

大營外頭天色朦朧，人卻是不少，許多小隊已經開始列隊了，周楚白尋了個空地，心裏頭也有些發急，身爲校尉，當然不甘落在同窗們的後頭，大吼一聲：「列隊！」

列隊……不是應該擺陣嗎？

好在不遠處也有隊伍有了先例，就是一個小隊分高矮站成一列，於是王大膽和同隊的禁軍立即有樣學樣，好不容易弄出了個歪扭的隊列。

周楚白走過來，一個個矯正他們的站姿，用了一炷香，才有了一點兒模樣，他並不說話，默默地站在隊伍的對面，挺胸昂頭如一尊雕像似地站定，便屹然不動了。

一開始還好，到了後來就難免有點兒支撐不住了，四小隊的禁軍心裏叫苦，可是周隊官都一直站著不動，他們也沒有動彈的勇氣，方才周隊官那一巴掌，威懾力十足，再配上他那莊重認真的勁頭，誰也不敢再忤逆他。

偶爾會有幾個中隊的中隊官往這邊踱步過來，只是看了一眼，便又到別處去，整個中軍大營，竟到處都是一列列的隊伍，所有人靜默無聲。

有的時候，別處的隊列會突然出現幾個實在撐不住的，就會被校尉踹上一腳，痛得哇哇亂叫。這還是輕的，有個膽大的禁軍不知發了什麼魔怔，竟是朝隊官大罵一通，結果被隊官一巴掌打趴下，再之後突然冒出一些人來，將這人拉走，至於拉去了哪裡，還能不能回來，就沒有人知道了，據說沈大人設立了個軍法司，那才是真正的地獄魔窟，進去容易，出來難。

四小隊這邊倒是沒出什麼亂子，足足站了一個時辰，王大膽這十幾個人已是腿腳酸麻，聽到一聲用早飯的命令，一個個立即虛脫地屁股坐地。

早餐仍舊是原先的煮倭瓜粥，所謂倭瓜，便是南瓜，禁軍早就厭倦了這種食物，偏偏這清早的操練，讓王大膽餓極了，已是顧不了其他，便要狼吞虎嚥，還沒有動筷，隊官周楚白就瞪了他一眼。

王大膽嚇了一跳，立即不敢動彈了，等到周楚白席地而坐，他和其他禁軍才敢坐下，周楚白動了筷子，他們才窸窸窣窣地去拿筷子，周楚白筆挺坐直，他們也不敢造次，小心翼翼地儘量放直身子，生怕出錯。

等到周楚白開始細嚼慢嚥，他們才呼啦啦地將粥水喝了個乾淨。

周楚白慢吞吞地吃完了，放下碗筷，才慢吞吞地道：「有些話現在索性說了，既然我是你們的隊官，這規矩就要立起來，從今往後，我怎麼做，你們就怎麼做，不服規矩的，就別怪我不講情面。」

王大膽幾個連忙道：「是，是，小人知道了。」

周楚白虎著臉道：「應該說遵命。」

「是，是，遵命……」大家七嘴八舌稀稀落落地附和。

周楚白雙眉一皺，王大膽嚇了一跳，第一個反應過來，連忙道：「遵命！」

周楚白頷首點了點頭，道：「跟著沈大人，由咱們武備學堂來領隊，規矩四個字就是金科玉律，這些，你們以後就會明白。不服管教的，我不會客氣，若是屢次不改的，只好送軍法司了。」

聽到軍法司，連挨了周楚白一個耳光的禁軍也都大氣不敢出，心裏倒是有幾分慶幸，還好只是打了一個巴掌，方才周楚白若是將他送去了軍法司，自個兒一個小嘍囉，難道還比得過那些都知、將虞候？軍法司殺起他們來就像殺雞一般，碰到自己這樣的，那更是九死一生了。

周楚白訓了幾句話，外邊就有鼓聲傳來，他肅然站起，道：「去洗了碗筷，準備操練。」

還要操練……四小隊的禁衛們一個個面如土色，卻都耷拉著耳朵不敢爭辯，從帳房裏提出一桶備用的水，就地洗了碗筷，便又趕到帳外繼續站隊。

這樣的苦日子，他們是從沒有遭遇過的，高太尉還在的時候，也不是沒有操練，有時兵部的人會過來功考一下，可那都是花架子，大家夥兒敲鑼打鼓，每人舉著旗擺個長蛇陣、虎翼陣，一個時辰功夫也就過去了。有時也會操練一下，不過這操練也都是做做樣子，哪有像現在這樣要動真格的？

更痛苦的是，這些隊官所謂的操練，只是整整一天叫他們站著，從早一直站到晚，好不容易熬到夜裏，許多人的雙腿已經不聽使喚了。

好在夜裏隊官叫了解散，便讓大家用過了晚飯各自回帳房歇息，隊官則是出去了一個時辰，據說是博士要授什麼課，這一個時辰可謂是四小隊禁軍最難得閒暇的時光，只是誰也沒有賭錢、閒扯的興致，一個個倒在榻上，有的半臥著揉著酸麻的腿。

等到隊官周楚白摸黑回來，解下了長刀和衣甲，但也不急著睡，雖然他也站了一天，卻是行動如常，精神奕奕，單這一點，就不得不讓王大膽這些人有點兒佩服了，直覺得這個隊官是個怪物。

原以爲這些隊官只是給他們來個下馬威，所謂新官上任三把火，慢慢的也就好了；可是很快，禁軍們便失望了，操練非但沒有中斷，反而有變本加厲的趨勢，七八天下來，就是王大膽這種老實人也經受不住，那幾個膽子大些的同隊禁軍，更是趁著周楚白夜裏去課堂的功夫開始謀劃，總之，就是不能再這樣繼續下去。

先是有幾個禁軍握著拳頭道：「與其這樣受苦，倒不如鬧他一場，鬧出了事，他們才肯收手，否則早晚弟兄們非要折在那姓周的手上。」

也有人遲疑，比如王大膽，他畏畏縮縮地道：「怕就怕到時候他將我們直接送到軍

法司去。去了那裏，就別想活著回來了。」

膽大的幾個禁軍也有點兒遲疑了，卻又心有不甘，想到這幾日的辛苦，真比死了還難受，他們畢竟不比那些入學的秀才，混吃混喝了這麼多年，做慣了兵油子，這份苦實在受不住。其中一個人眼眸一亮：

「過幾日就是發餉的日子，不如咱們先忍耐幾日，等到發餉那一日咱們再鬧，你們等著瞧，天下的虞候、隊官一般黑，少不得要剋扣咱們的餉銀，還要算上損耗，真正能到咱們手裏的，只怕連五成都沒有，我們先去鬧餉，看那姓周的怎麼說。」

那禁軍一說，其餘的人也都起鬨了，須知當兵的鬧餉那是天經地義的事，不管是禁軍、廂軍，還是殿前司、馬軍司，每年總要鬧上這麼幾回，雖然最後還是要受人剋扣，可是多少能爭取一些。這不算什麼大罪過；若是這一次能借著鬧餉給隊官們一點顏色，多半那些隊官能收斂一點。

「好，就這麼辦，咱們明日就先給那姓周的透個口風，且聽他如何說，若是這個月的糧餉不能按時發放或者剋扣得狠了，咱們這一鬧，看他還有什麼話說？」

等到周楚白從學堂裏回來，剛要解衣睡下，一個禁衛拿出了勇氣，道：

「隊官，馬上就要發餉了，弟兄們都是有家有業的人，全家都指望著這份口糧吃飯，這錢不知能不能按時發下來？高太尉在的時候雖然也有損耗，卻也能按時實發五成的餉……」

周楚白只是點點頭道：「到時候自會去替你們領來。」

禁軍們也不再多說，心裏都想，看你到時候能實發多少，若是比高太尉在的時候還低，對咱們既苛刻又刻薄，到時候就是我們不去鬧，其他隊的兄弟也必定會大鬧一場的。

幾天過去，周楚白替他們領了餉過來，禁軍們伸長了脖子，看到周楚白兩手空空，既沒有帶秤砣，也沒有搬麻布袋子，這銀子和銅錢在哪兒？

周楚白將人召集起來，道：「朝廷對禁軍一向是優渥的，每個月的餉銀是三貫，伙食另計是不是？」

王大膽等人紛紛道：「大人說得沒錯，算上損耗，咱們每人至少也該領到一貫五百文才是，再少，弟兄們這邊只能喝西北風了。」心裏都在想：若是連一貫五百文都拿不到，新仇舊恨，管你什麼隊官什麼沈殺星，弟兄們拼了命也要和你周旋。

周楚白道：「什麼一貫五百文，三貫就是三貫，此外，沈大人已經向兵部為馬軍司申訴，咱們畢竟是要打仗拼命的，所以這糧餉應該加倍才是，昨個夜裏，朝廷已經運來了錢糧，也都入了庫，為了分發方便一些，錢呢，都是換了錢引的，每人六貫，一個都沒少。」

他從懷裏掏出一遝錢引出來，都是一貫貫的小鈔，開始分發。

王大膽呆住了，四小隊的其他禁軍也都呆住了，不是該有損耗的嗎，怎麼竟直接發錢引？須知錢引在大宋雖然普遍，也更爲實用，可是軍中更喜歡發銀子，這裏頭的貓膩就在損耗上頭，尤其是切割銀子的時候，人家少你個半兩幾錢的，你能有什麼話說？

直接發錢引的倒是少見，更教他們轉不過彎的是，不但不計損耗，還加了雙餉，從前大家能領到一千五百個大錢，也即是一兩五錢銀子就算是祖宗積德，眼下卻是六貫錢，足足比從前的收入高了四倍！

不吃空餉，不算損耗了，這些隊官還有那個沈大人吃什麼？王大膽想不通，其他人更想不通，老爺們家業都不小，少不得還要養個小三小四什麼的，妻妾子女合計下來，沒有十個也有八個，靠著朝廷那點餉怎麼夠？不吃損耗和空餉，教人家怎麼活？這還有王法和天理嗎？老爺的大小老婆們還怎麼買胭脂水粉？沒了胭脂水粉，老爺的心情如何能愉悅？老爺心情不好，還怎麼照顧弟兄們？簡直是豈有此理，連規矩都沒了。

這種想法，其實早已根深蒂固地烙印在當兵吃糧的小兵腦子裏，雖是接過那花花綠綠的錢引，卻還是覺得不真切，沒了規矩是要亂套的啊，這怎麼能行？

所有人都沒有說話，領了餉乖乖上鋪去睡覺。一覺醒來時，忍不住地摸了摸枕下的錢引，還在，也很有手感，湊近了聞，有一股油墨的香味。

周楚白的聲音已經響起了：「起床！」

在以往，這聲音既刺耳又讓人憤恨，可是今日聽來，竟有點兒悅耳，從前恨周楚白恨得牙癢癢的，這個時候，心裏卻都惦記起他的好來，比起從前的虞候，周隊官確實不錯，人家雖然苛刻，可是對他自己也不曾鬆懈過，他們操練，周隊官也操練，他們吃南瓜粥，周隊官也是吃南瓜粥，大夥兒同吃同睡，多少還有點兒情分。總比那些虞候要好，平時和你嘻嘻哈哈，也不怎麼管你，可是剋扣起軍餉來卻是一點都不客氣，平時的時候你也見不到他的人，遇到事情就推到他們頭上，有好事就巴巴地去邀功，實在是混賬極了。

這一比較，才發現了周楚白的可愛之處，因此周楚白這麼一吼，所有人都利索地起床穿衣，到帳外去整隊操練，一點折扣也不打了。

第二章 戒急用忍

陳濟嘆了口氣，

暗道蔡京手段厲害之餘，又免不得為沈傲擔心，

他搖搖頭，回到房中去尋了個空白的信箋用鎮紙壓住，

蘸墨提筆在半空，想了想，

落筆寫下四個字：戒急用忍。

隨即叫人將信送出去。

從京畿北路……更確切的說，是從薄城送來的奏疏接二連三的送到門下省，門下省這邊看到奏疏，真真是嚇出一身冷汗。

高太尉、馬軍司都知、馬軍司副都知、馬軍司都虞候……這一連串的名單竟都是一個字，殺！而且還是先斬後奏！馬軍司上下將校，竟是殺得一個不剩，連根骨頭渣都沒有留下。

還真沒有王法了！本來嘛，官家敕命欽差，總攬京畿三路，轄制三衙、邊鎮，按道理說，還真有審判三衙大員的權力，話雖這麼說，可是高太尉是什麼人？好歹也算雲端裏的人物之一，就這麼殺了，過來不痛不癢地知會一聲，這沈楞子還真是吃了雄心豹子膽了？

不止是高太尉，整個馬軍司一下子殺了一百多個，這人說沒就沒了，歷朝歷代，也沒見過這麼殺人的。

這些奏疏，書令史們看得手都發顫了，只覺得寒氣森森，彷佛奏疏裏都透著一股徹骨的血腥氣兒，再浮想起那沈楞子笑呵呵的形象，立即生出一種錯覺，這沈楞子，莫非是瘋了。

也不對，瘋了倒還好，這樣的手段，只能用窮凶極惡來形容。

不管怎麼說，書令史雖是震撼，可也只是震撼而已，奏疏立即呈報到錄事那兒去，錄事不敢做主，呈給郎中，郎中送到蔡京手裏。

蔡京正在和新任的兵部尙書王文柄喝茶，這王文柄跑到門下省來，實在也有不得已的苦衷，京畿北路那邊三天兩頭催糧催餉，雙餉倒也罷了，還要改善伙食的津貼，津貼是什麼，王文柄不知道，可是他心裏也清楚，沈楞子來這麼一下，還真讓他這個兵部尙書爲難。

要知道大宋不止是一個馬軍司，你馬軍司借著上戰場的名義要個雙餉，大家也都沒話說，捏著鼻子算是認了。可是要津貼，還要各種名目的軍需錢糧，這就要人命了，憑什麼馬軍司想要什麼就有什麼，殿前司就是後娘養的？步軍司這邊還讓不讓弟兄們吃飯？

規矩就是規矩，不管怎麼說，一碗水端不平，這規矩就難以維持了，步軍司和殿前司也不是好惹的。於是大家就跑來兵部鬧，雙手一攤，大咧咧地道：

「大家穿著一樣的衣衫，都是並列的三衙，憑什麼馬軍司吃香喝辣，大家吃西北風？厚此薄彼到這種地步，兄弟們不服氣啊！尙書大人，你是甫一上任，初來乍到，三衙的規矩你不知道，現在這消息還捂得住，等到時候讓下頭的弟兄知道了，少不得要鬧事的，真要鬧起事來，誰來維持局面？莫非讓尙書大人去和他們講道理？再者說了，這道理怎麼講也講不通。大人是千金之軀，咱們呢，也不能讓大人爲難，不多說，這餉銀

多少得漲個幾成，比不過馬軍司，好歹也得加一點吧！」

步軍司、殿前司來鬧，廂兵、鄉兵、蕃兵們也不是省油的燈，一個個遞公文來訴苦，真真把自己說成了乞丐，就等米下鍋了，大人行行好，好歹給兩個子兒，咱們不比禁軍，要求當然也不高，加個兩成的餉吧，實在不行，一成也行。

只幾天功夫，整個兵部衙門就成廟會了，跑關係問餉的到處都是，這些人還都不傻，站在門口問東問西，噢，兄弟原來是嶺南藩司的，失敬、失敬，一個人力量小，咱們一道兒去問，讓兵部看看。

王文柄被折磨得頭暈腦脹，想不到剛剛上任，就遇到這種事，他倒想加餉安撫一下，可是戶部每年撥的錢糧就這麼多，兵部又變不出錢來，額外支點錢給馬軍司還不知該從哪裡挪呢，哪裡能做得這個好人？

兵部不肯，三衙還有侍衛司、藩司就不肯罷手，有幾個莽撞的也不把兵部放在眼裏，放出話來了，不給錢就見血，值堂回家的路上要小心，萬一弟兄們做了什麼莽撞的事，那就不好了。

到了這個份上，王文柄真是嚇了一跳，兵部是什麼？兵部什麼都不是，唯一的責任就是給這些人發錢糧而已，這些人要鬧，他又不能答應，只好來尋蔡京，一見到這位恩師，便大倒苦水，說沈傲這個混賬的東西真是不做好事，臨出京時遞的條子清單要東西，現在事情洩露出去，所有人都坐不住了。恩師一定要給門下想想辦法，要不，恩師和戶部那邊知會一聲，叫他們先挪點錢糧來，先滿足了那些丘八？

蔡京一副氣定神閒的樣子，聽了王文柄的埋怨，倒是微微笑起來：

「你呀，就是沉不住氣，怕什麼，這事兒口一開，那就收不住了，錢糧的事死咬著，別人來問，你就叫他尋那沈傲去，他們若是真要煽動人鬧餉，那也是沈傲鬧出來的，你這個兵部尚書作壁上觀就是。」

王文柄苦笑道：「恩師，這些丘八也是不可小覷的，他們哪裡敢得罪那個姓沈的？都知道兵部好欺負一些，當然就是朝兵部這邊伸手了，還有人說了，要……要……」

他本想說要在街道上動手打兵部的官吏，想了想，最終沒有把這句話說出口，嘆了口氣道：「也不知姓沈的那廝到了薄城沒有，人都還沒到，就獅子大開口，將來只怕更難應付。」

蔡京慢吞吞地去喝茶，並不說話，輕輕喝了一口茶之後，闔目躺在太師椅上，幽幽地道：「我知道你為難，眼下這兵部雜事多，你擔待著吧，高俅那邊會有消息，咱們等著瞧就是。」

見蔡京這般氣定神閒的作派，王文柄微微一愣，咀嚼著蔡京的話，一時呆了。

也不知蔡京怎麼想的，可是王文柄知道，蔡太師叫自己先扛著，頭痛的終歸是自已。

只是蔡京這樣說，王文柄也是無可奈何，嘆了口氣道：「既如此，那麼門生就再熬一熬，實在不成，乾脆撂了擔子就是。」

說這樣的話就有點兒小孩子氣了，蔡京呵呵一笑道：「這擔子非讓你來挑不可，放心，我估摸著，這兩天就會來準信，先看看高俅那邊怎麼說。」

談笑了幾句，門下郎中便快步來了，急促促地道：「太師，有加急奏疏。」

「是京畿北路的？」蔡京抬眸，懶懶地看了郎中一眼。

郎中躬身道：「沒錯，請太師過目。」

結果那份奏疏，蔡京慢吞吞地看完，然後若有所思地將奏疏放在几子上，乾癟的嘴唇顫動一下，道：「先下手爲強，乾淨俐落，這份膽色，只怕天下人再沒有比得上的了。」

王文柄小心翼翼地問：「恩師說的是誰？」

蔡京用指節敲了敲几子上的奏疏，道：「還能有誰？就那個沈傲！他已到了薄城，自高俅以下，共殺了一百六十七人，這還沒算上什麼叛軍。」

王文柄倒吸了口涼氣，一百六十七人，這大宋朝一年勾決的死囚只怕也未必有這個數，沈楞子這次是真的瘋了；更何況殺的乃是高太尉，高太尉是什麼人？也是他能殺的？

說起高俅，王文柄與他還有幾分交情，再加上都是蔡京黨羽，未免有些兔死狐悲，沈傲能先斬後奏殺了高俅，下一個開刀的說不定就是自己。

王文柄不由怒氣沖沖地拍案而起道：「他好大的膽子，真是反天了。恩師，事情到了這個份上，姓沈的這是自尋死路，太師，擅殺九卿，這是什麼罪？我一定上疏彈劾他。」

蔡京搖頭，招呼他坐下：「他這一手高明之處，就在於宮裏頭非但不會降罪，反而更加放心。」

王文柄愣住了，道：「這是何故，還請恩師賜教。」

蔡京笑呵呵地道：「我問你，沈傲如今是什麼身分？」

「總攬京畿三路，轄制三衙、邊鎮，敕命欽差。同時還兼著武備學堂司業、鴻臚寺寺卿，敕侯爵，封太傅。」王文柄知己知彼，將沈傲的頭銜一口氣報了出來。

蔡京含笑道：「這就是了，不說那些虛的，只說轄制三衙和邊鎮，天下兵馬統統歸他節制，若是他甫一到任便收買人心，你想想看，陛下會怎麼想？」

「可是他連當朝太尉也……」

蔡京搖頭打斷王文柄，嘆息道：「殺高俅、清洗馬軍司，這個事情傳出去，定然天

下震動，殿前司暫且不說，那邊和馬軍司關聯不多，甚至還有點嫌隙，可是步軍司這邊會如何？」

「步軍司和馬軍司都駐在外城，聯繫就緊密多了，那馬軍司的將校到步軍司去聽用也是有的，前年的時候，也有不少步軍司的將校調到了馬軍司。」

「這就是了，步軍司與馬軍司藕斷絲連，殿前司是絕對效忠宮裏的，如今鬧了這麼一齣，步軍司必定將沈傲恨透了的，須知被殺的人中，有多少是步軍司的同僚、袍澤？這只是其一，我大宋雖然以文抑武，可是對禁軍將校，一向還是優渥的，若不是犯了大案，能留幾分情面就留幾分情面，沈傲這一殺，禁軍將校們會怎麼想？」

王文柄順著蔡京的思路道：「定是人人自危。」

蔡京趁著王文柄說話的功夫喝了口茶，繼續笑道：

「就是這個道理，鼉鳴而鱉應，兔死則狐悲，不知不覺，除了馬軍司，各司對沈傲難免會離心離德。這不正是宮裏頭希望看到的？說得再透澈一點，正因爲有了石英，有了周正這些人，老夫才能總攬三省事，邊鎮正因爲有了童貫，宮裏才放心用種家的幾個相公，沒有步軍司、殿前司，沈傲這個總攬京畿三路的差事就做不長了。」

王文柄也不是蠢人，稍一提點，立即明白了蔡京話中的深意，嘆了口氣道：「這麼說，這沈傲殺人還殺對了，非但沒罪還有功，這是什麼道理？」

蔡京慢悠悠地道：「也不盡然，雷霆雨露，皆在君心，若是天一教灰飛湮滅，那自是沈傲當機立斷，整肅馬軍司，除去了奸臣賊子，立下赫赫戰功。可若是戰事仍舊沒有進展呢？」

王文柄欣喜地道：「那便是恃寵而驕，無法無天，殺戮大臣，致使三軍渙散，錯失滅賊良機？」

蔡京含笑道：「對，就是這個道理，所以他有功還是有罪，現在還不能下定論，這筆賬，先記著就是。」

王文柄道：「我們要不要從中做點兒梗？我署著兵部，若是拖延幾日運送錢糧……」

蔡京連忙嚴厲地打斷他：「剿滅天一教乃是當下最大的國事，你是不想活了嗎？耽誤了糧草，到時候第一個抄家滅族的就是你。」

王文柄頓時冷汗直流，小心翼翼地道：「是，是，學生太孟浪了。只是，姓沈的若真有本事，豈不是成就了他的一件大功？」

蔡京臉色緩和了一些，語氣依然冰冷地道：「要作梗，又不能露出馬腳，辦法還是有的。」

「請恩師示下。」

蔡京徐徐道：「沈傲殺了這麼多馬軍司將校，馬軍司的兵由誰來帶？我估摸著，他是想用武備學堂的教頭和校尉去補充，可是要讓將士們聽令，沈傲最需要的就是時間，要使馬軍司禁衛與他沈傲同心同德，沒有半年的功夫是不可能的，所以嘛……」

蔡京闔著眼，慢悠悠地繼續道：

「不要給他拖延的機會，先找些人上疏彈劾他，不要涉及到高俅的事，只說天一教日益壯大，爲何沈傲率軍止步不前，先給他施加一點壓力。另一方面，還要派人在市井中傳出謠言去，說沈傲根本就不打算進兵云云。這件事先慢慢來，一個月之後，再讓更多人彈劾，這只是開始，到了第三個月，就讓人死諫。陛下那邊，一定也會有點兒心急，到時候頂不住這麼大的壓力，下旨意督促進軍也是遲早的事，短短三個月的時間，我看沈傲拿什麼兵去和天一教一決死戰，交戰越早，敗率就越高，只要戰報傳來，立即號召人上疏彈劾，死死咬住沈傲殺高俅，致使上下離德、將士不肯用命這一條來說，一旦真回應起來，便是官家也保他不住。實在不行，就叫人請辭，大夥兒都請辭，人一多，官家的心就亂了。」

蔡京嘆了口氣，又道：「咱們對付的不止是一個沈傲，甚至還要加上官家，只有官家讓了步，高俅的仇怨才能得報。所以說，這一次也是一個大好的時機，只是讓人上疏催促沈傲進兵，誰又能說出個壞來？沈傲不是辦了個邃雅周刊嗎？不如你籌點資，也辦一個周刊，就叫知聞紀事好了，士林那邊只要一煽動，就沒人敢為沈傲拖延了。」

王文柄一條條記下，對蔡京的手段佩服不已，殺人不見血不就是這樣？明明只是催促進兵，還可以自詡為公忠體國，心憂匪患，逼著沈傲在沒有做足準備之前與天一教交戰，天一教現在看來也絕不是省油的燈，高俅的馬軍司打不過，沈傲把他的武備學堂安插進馬軍司就能得勝？只要不給沈傲足夠的時間，沈傲必敗，到了那個時候，牆倒眾人推，誰也再護不住他。

「恩師教誨，學生謹記在心，這事就讓我去辦，先去聯絡幾個同年試試水，那知聞紀事也先辦起來。」

蔡京呵呵一笑：「你就是毛毛躁躁，做人做事，要瞻前顧後，左右都看一遭，先為自己留了退路，事情就可以從容辦了。好吧，我也乏了，你先下去吧！」

過了幾天，彈劾的奏疏就出來了，上疏的只有三個人，都是些京裏頭名不見經傳的清閒官，彈劾之人倒不是沈傲，而是軍政事務，說是天一教氣焰越來越囂張，若是不及早弭平，早晚要成為大宋心腹大患，微臣人等輾轉難眠，且憂且慮，請陛下立即催促馬軍司進兵，四面圍剿，蕩平賊寇。

這奏疏的厲害之處，就在於誰也沒有得罪，裏頭既沒有含沙射影、指桑罵槐，更沒

有指斥任何人，有的只是一片憂國憂民，拳拳護佑大宋的心思。

奏疏上上去，倒是沒什麼回響，畢竟明眼人都知道，沈傲剛剛到了薄城，現在進兵，終究有點兒不太合適，這幾位憂國憂民的上疏官員，實在是太心急了。

也有發現有點兒不對頭的，明知這樣的奏疏無用，卻還要遞上來，這是什麼意思？只是就算有什麼不對，卻也無人站出來反駁，人家憂國憂民關你屁事，你要反對，那豈不是說你身爲朝廷命官，尸位素餐，這般大的事，你卻一點兒也沒有放在心裏？所以這種奏疏反對不得，只能看熱鬧。

宮裏頭對這奏疏的態度只是留中，意思就是這奏疏已經看過了，嗯，今天天氣不錯！如一顆小石子掉入大湖，這三本奏疏，只激起一點兒漣漪，過後就被人遺忘了。

只是這個時候，市井裏頭卻傳出許多古怪的消息，有說沈傲是擁兵自重，不肯進兵剿匪的；也有說沈傲雖是文曲星下凡，兵事卻是什麼都不懂，朝廷用錯了人，看他現今的模樣準是畏戰不前的。

這些流言開始只是些小風聲，偶爾幾個人談及，只是京畿北路距離汴京太近，對剿匪的消息，汴京人涉及到切身利益，當然也都十分關心，所以流言就有點兒遏制不住了。

到後來，也有些爲沈傲辯護幾句的，立即便會引來旁人口誅筆伐，張口便問：「沈傲若真有諸般本事，爲何這麼久還不見他有什麼動靜？爲何還不見他進兵？」

這一句詰問，有理都變得無理了，往往辯護之人只好灰溜溜地告饒。

再後來，汴京城裏也出了個周刊，叫知聞紀事，汴京雖大，邃雅周刊也辦了好幾年，可是這知聞紀事卻還是汴京的第二份周刊。

其實商賈們也早已對周刊的利潤眼紅得緊，可是真正籌辦的卻是一個都沒有。大家心裏都清楚，周刊這東西，往好裏說是博人一笑，往壞裏說，那就是妖言惑眾了。尋常商賈，就是巴結了個尚書、侍郎，也絕不敢輕易去觸這地雷的，所以知聞紀事的創刊，倒是更讓人摸不著頭腦了，這份周刊的背後是誰在主導？又認了誰做靠山？

往深裏一想，許多人便嗅出了點兒味道，倒也願意花錢去買第一期的知聞紀事，想看看這裏頭說些什麼。

看了第一版的文章，裏頭的言語就有點兒過激了，詳細說了京畿北路距離汴京如何如何近，又說天一教如何氣焰囂張，更是小心暗示，若是再不剿除，早晚釀出大禍，最後的要點還隱約提及及早進兵的事，說再耽誤，極有可能造成尾大不掉的局面。

汴京城裏風潮雲湧，沈府的一處偏僻院落處，有人爲難了。他搖著扇在院中來回踱步，時而皺眉，時而抬眸，眸光落到院前的梧桐樹上，良久，長長嘆息一聲，又默然無

語。

如今沈傲的茶肆、酒肆生意不少，單汴京城便有十幾家店面，這些店既可以賺錢，同時還有另一項功能，便是打探消息。

像這種談歡喝茶的場所，各種各樣的消息流傳的最快，再加上各色人物都有，所以只要留了心，什麼樣的消息都有。

沈傲離京之前，對這個事很上心，爲此，特意從府裏頭抽出一批聰明幹練的人來，分派到各茶坊酒肆去做筆錄，店裏的小二聽了什麼消息出來，便立即將消息匯總到筆錄那裏，筆錄篩選出事關沈傲或者干係重要的，再送到沈府的陳濟那裏去。

陳濟是個老狐狸，消息送到他那兒，他只需看一看便能看出個大致的真假，又能從各種消息中分辨出蛛絲馬跡來，由他篩選一遍，一有風吹草動，便立即給沈傲去信。

這幾日汴京實在過於詭異，且不說朝廷裏那三份莫名其妙的奏疏，還有那新出爐的知聞紀事也暗藏著某種玄機。

知聞紀事詭異之處，在於這背後一定有大人物的支持，而能支持周刊的人物在汴京城中也是寥寥無幾，倒是並不難猜測，再加上周刊裏的文章，顯然是意有所指，陳濟已經嗅到了一股濃重的陰謀氣息。

等陳濟想通了，卻忍不住皺起眉頭，嘆道：「如此手段，定是蔡京那廝的手筆，厲害。」

到了這個份上，陳濟都不由佩服那蔡京了，這個陰謀最可怕之處，並不是它本身有多麼複雜的策劃，而在於它永遠無解。甚至由於它把握了世事的脈搏，所以它的夫勢不可逆轉。

明明是要讓宋軍打個大敗仗，明明是要趁著大敗對沈傲進行清算，可是在世人面前，卻是一副公忠體國，大義直言的形象，莫說是市井，便是士林也會博得眾多的讚譽。

最裏頭的死結在於任何人不可能去反對它，誰若是反對，就難免有畏戰之嫌，所以現在那幾份奏疏和知聞紀事，其實都只是熱身，遊戲只是剛剛開始，等到時機一成熟，再適當的發難，到時市井、士林、朝廷的力量便會擰成一股合力，逼沈傲非出戰不可。

蔡京的厲害就在於，不管是士林還是朝廷，不管是新黨還是舊黨，是他的門生故吏還是憎惡他的政敵，他只略施手段，便都乖乖做了他的棋子，按著他的心意替他做了馬前卒。

萬事俱備尚還欠著東風，更何況是沈傲剛剛接手馬軍司的爛攤子，三兩個月內出戰，在陳濟看來是絕不可能的事。

陳濟嘆了口氣，暗道蔡京手段厲害之餘，又免不得為沈傲擔心，他搖搖頭，回到房

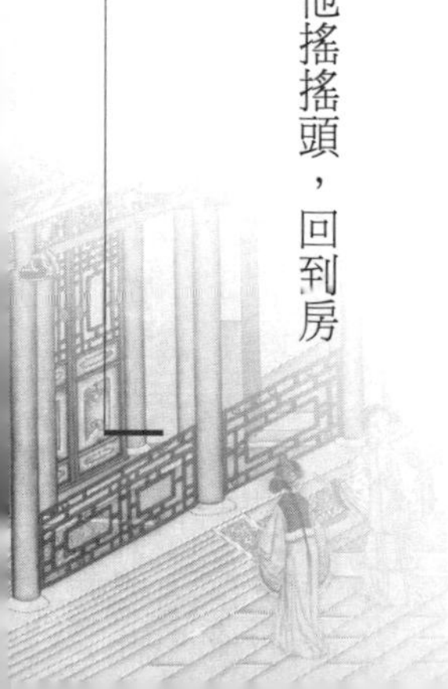

中去尋了個空白的信箋用鎮紙壓住，蘸墨提筆在半空，想了想，落筆寫下四個字：戒急用忍。隨即叫人將信送出去。

這封信到的時候，已是半個月後的事。

沈傲近來日子過得還算不錯，一大清早，他便騎著馬去各營巡營一趟，隨便尋了個地方吃了早飯，又去軍法司那兒尋些空閒的博士玩些作對子、經義破題之類的遊戲，中午小憩一會，才開始正式署理公務，看斥候送來的情報，還有汴京那邊送來的邸報之類，再就是下個條子直接發往兵部，毫不客氣的討要軍需。

這一日正午，用過午飯之後，他剛剛在衙堂裏坐定，便有親兵進來稟告，說是家裏來信了，沈傲臉色一板：

「大禹治水不過家門，本大人現在在前線打仗，家信怎麼能在本大人辦公的時候看？好吧，你也不必爲難，看在你辛苦跑一趟的份上，本大人給你個面子，就看一看吧，拿書信來。」

這親兵腦子有點兒發懵，欽差大人看家信，怎麼還要看自己的面子，訕訕笑道：「大人，我這就請送信的進來。」

進來的是沈家一個長隨，小心翼翼地給少爺行了禮，說明了來意，沈傲教他不必多禮，問起家裏的境況，長隨道：「家裏頭好著呢，只是幾個主母囑咐少爺多穿幾件衣衫，省得受了寒。」

沈傲笑了笑，道：「我又不是三歲小孩兒，這些話也需當著人面囑咐，好吧，你拿信我看看。」

打開信，才知道是陳濟的筆跡，裏頭只是「戒急用忍」四個字，沈傲皺了皺眉，對那長隨道：「陳先生叫你來送信時，和你說了什麼？」

長隨撓著頭：「陳先生說，後院著火，要小心提防，還說有些事順勢而爲也不錯，可是非常時刻，還要逆流而上的好。」

沈傲笑道：「這是老師給我打啞謎了，後院著火……」他的目光一轉，隨即明白了意思，能在汴京裏放火的，扳著指頭也就這麼幾個人，若是官家那兒出了事，楊戩早就八百里急報來知會了。除了官家，只有蔡京，蔡京又玩什麼花樣？還有那什麼非常之時逆流而上，這又是什麼意思？

沈傲踟躕了片刻，只知道到時候一定會有變故發生，陳濟這是叫自己頂住壓力按著自己的意願去做事。可是明明是這麼個意思，爲什麼信中要說戒急用忍呢？

他呆坐了許久，理不出頭緒，忍不住心裏腹誹：「好好的打什麼啞謎，多半要等到那非常之時的時候才能猜透他的意思。」心裏不痛快，便叫人拿了筆墨，在信箋的背面

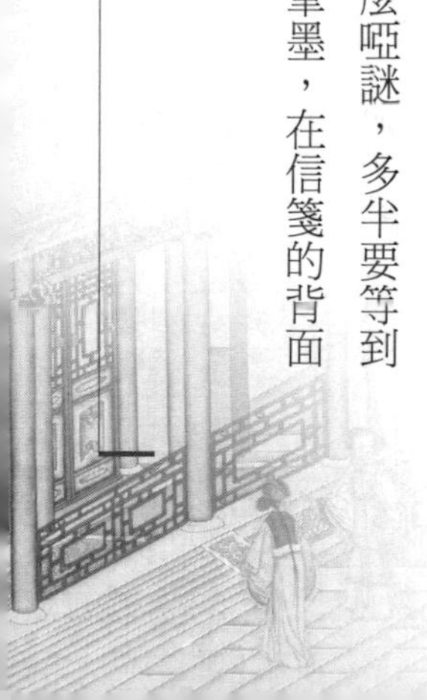

蘸墨寫道：忍個屁。

放下筆，欣賞著自己的行書，忍不住得意的想：「學生的行書比之做老師的還厲害，世上還真沒有幾個。」將信折疊起來，塞回原處，叫長隨先下去歇一歇，明日送信回去。

玩猜啞謎的遊戲，沈傲沒興致，至於什麼戒急用忍，沈傲更沒興致，在他看來，與其步步忍讓，還不如去佔據先機，人不打我我先打人，那才是爲人處事的最大原則。

長隨退了下去，卻是吳筆興沖沖的來了，向沈傲道：「沈兄，我打聽到了父親大人的消息，說是天一教並沒有殺他，只是扣押起來，哈哈，只要父親尚在人世，就還有營救的機會。」

沈傲問他：「你從哪裡得來的消息？」

吳筆道：「是斥候那邊報來的，有一隊斥候捉了個天一教的細作，直接送到了軍法處盤問，我恰好也是那兒過來，問了他幾句，才有了消息。」

沈傲頷首點頭：「這就好。」說罷打起精神：「既然如此，咱們趁著這個機會，或許可以設法營救，這幾日我要派個人去天一教，招安他們。」

「招安？」吳筆愕然：「沈兄，這可如何使得，不說別的，天一教敢扣押我爹，便能再扣押第二個使者，他們鐵了心做賊……」

沈傲打斷他：「第一次令尊去招安，是因爲朝廷給的條件還不足以吸引他們，這一次，我提的條件，他們不會拒絕。」

「敢問沈兄什麼條件？」

「容許他們稱臣納貢。」

「啊……」吳筆的口張得比雞蛋還大，容許他們稱臣，這不就是說要承認他們爲藩國，給予他們大理、交州一樣的地位？京畿北路距離京畿咫尺，朝廷怎麼肯讓沈傲提出這個條件。

沈傲呵呵笑道：「我忽悠他們的，你也別驚訝，我現在需要時間，先麻痹這些教匪，爭取一些時間，反正這條件是我沈某人放出去的，到時候我抵死不承認，他們能奈我何。」

糊弄人還洋洋得意到沈傲這個份上，也算是前無古人了，吳筆怪異的看了他一眼，道：「沈大人認爲他們會相信？」

沈傲嚴肅的道：「他們不能不信，天一教前幾日取得不小的勝利，在這一點上，他們多少會有點兒自大，認爲我大宋暫時也奈何不了他們，提出這個條件也是理所當然。其二嘛，他們現在雖然自大，卻也知道，京畿北路在我大宋腹地，附近禁軍、邊軍有數十萬人，若真要痛下決心與他們糾纏到底，他們能擊潰我大宋一次圍剿，難道還能擊潰第二次、第三次、第四次？其實他們謀反，也是迫不得已而為之，便是那剿匪的首領也是害怕降罪，無非是想保全自己而已。之所以一開始不願意接受招安，是害怕朝廷食言，待他們解散了兵馬，再從容對付他們。現在我許諾讓他們建藩，這個擔心就成了多餘，又可以讓他們一時安享太平，他們難道會錯失這個機會?!所以我若是所料不差的話，他們固然會狐疑和猜忌，可是只要我們願意談，他們終究還是會乖乖的與我們談條件。」

吳筆苦笑道：「沈兄，我認為這事終究還是有違君子行徑。」

沈傲笑道：「我只問結果，從不問目的，現在最緊要的是拖延時間，至於什麼君子小人，與我何干？若是能蕩平匪患，這個小人便讓我來做吧。」

沈傲笑了笑，隨即道：「只是派誰去是個問題！」他托著下巴，一副很猶豫的樣子。

吳筆哪裡看不透沈傲的心思，拱手道：「就讓我去吧，沒準我還能見家父一面。」

沈傲等的就是吳筆的這句話，沈傲現在的手頭實在是無人可用，只能選吳筆去了；吳筆好歹是朝廷命官，又有個禮部迎客主事的爹，耳濡目染，斡旋這種事交給他辦是最適合不過的。

沈傲哈哈一笑，對吳筆道：「放心，待會兒我就寫一封信箋給你，你轉交了信箋就是，他們投鼠忌器，絕不會傷你一根毫毛的。」

與吳筆說了幾句話，便又垂頭去看公案堆疊的文書，這時，有個博士貿然進來，道：「沈大人，昨夜中軍營有幾個禁軍夜裏溜上了街，被夜間巡邏的軍士發現，已經扭送到了軍法司，不知該怎麼判法，從前沒有過先例，新訂的軍規中也沒有這一條。」

「夜裏上街做什麼？問明白了嗎？」

「問了，有個叫王大膽的最先招供，說是隊官去學堂聽課了，前些日子又發了餉，想上街去採買些東西。」

「採買東西？什麼東西？」

「說是操練辛苦，買些棉布什麼的墊在靴子裏頭……」

沈傲平平淡淡地道：「集合，我親自去處置吧。」

中軍營大營裏，營官韓世忠一聲令下，各隊經過半月的操練，已經有了一點模樣，至少集合不再拖拖拉拉，只半炷香不到，三千人便熙熙攘攘地在校台下站定，只是隊伍仍然顯得有些鬆垮，平時大家操練都是分開的，因此這一次所有人列隊在一起，就有點兒不和諧了。

這邊集了合，沈傲才是慢吞吞地從縣衙裏出門，這裏距離中軍營不遠，所以不必乘

車馬，今日烈陽當空，天氣熱得有些難受，沈傲穿著夏衫，負著手，帶著一干博士、扈從走到校台。

他慢吞吞地左右看了看，對身邊的博士道：「把犯事的人押上來。」片刻功夫，五六個犯事的禁軍便被押到了校台下的空地上，對著沈傲跪下。

集結的禁軍心裏免不得有些不安，有些聰明的，便知道今日是沈殺星要殺雞嚇猴了，一個個不忍去看這幾個人的腦袋被當著大家的面剁下來，大家都是禁軍，免不得有點兒兔死狐悲。

也有人心裏不以爲然的，人家只是出去轉一轉，這算是什麼罪？當年高太尉還在的時候，便是夜不歸宿也無人過問，沈殺星的規矩還真多！

沈傲沉著臉，慢吞吞地放聲道：「無規矩不成方圓，本大人立下了規矩，就得有人遵從，不遵從，就要責罰。」他沉默了一下，繼續道：「他們的隊官在哪裡？」

周楚白站出來，道：「見過大人。」

沈傲看著周楚白，道：「你身爲隊官，部下們犯了禁令，可知道自己的罪過嗎？」

周楚白道：「知罪。」

「好，知罪就好，來，隊官周楚白治下不嚴，抽十鞭子，至於犯禁外出的，罰俸一月。」

懲罰的結果報出來，倒是讓人大氣都不敢出了，開先還以爲是殺雞儆猴，誰知巴掌高高揚起，打的卻是沈殺星的心腹身上，這又是什麼規矩？

周楚白也夠男子漢，直挺挺地跪下道：「卑下願罰！」

這時，軍法司的一個校尉立即提著一條沾水的鞭子過來，周楚白脫了上身的衣甲，還未等所有人反應，軍法司校尉大吼一聲：

「校尉隊官周楚白，你可知錯嗎？」

啪……鞭子如靈蛇般在半空捲起來，隨即落在周楚白的肩脊上，入肉的聲音清脆，等長鞭離了肉，便看到一條清晰恐怖的血痕。

周楚白悶哼一聲，咬著牙關，大聲吼道：「卑下知錯！」

軍法司校尉又喊：「校尉隊官周楚白，你可知錯嗎？」

長鞭再次落下，又留下一道血痕。

「卑下知錯。」

自始至終，周楚白都是咬著牙關不讓自己痛叫出來，那種沾水的鞭子入肉的痛感蔓延在身上，有一種叫人發瘋的疼痛，好在半年的操練，校尉的忍耐力已到了極限，若是換了別人，只怕早已屁滾尿流地求饒了，非得叫幾個人按住才能受完剩下的鞭打。

看到周楚白受罰，那背部留下的一條條鞭痕，跪在不遠處的王大膽等人也是呆住了，等他們清醒過來，心底深處便生出一種難掩的內疚，人心都是肉長的，自己犯了錯，卻是讓隊官吃苦，他們寧願那鞭子是抽在自己身上，於是一個個磕頭告饒道：

「是我們該死，求大人打我們，隊官平時並無懈怠……」

這邊在鞭撻，那邊在討饒，軍法司的校尉依然面無表情，只是一句句地問是否知錯，博士、營官、校尉都是一臉的沉默，沈傲的臉上也只是冷面如霜。

這樣的場景，讓禁軍既是生寒，又有點兒不忍，轉念之間，又念起隊官的好來，大家同吃同住了半個月，若說沒有感情是不可能的。雖說平時苛刻了一些，卻也沒有對不住大家的地方，再看到周楚白受罰的樣子，恍惚之間，就像是受罰的是自己的隊官，那咬著牙關的硬漢本色，換作是自己的隊官多半也是一樣的。

軍法司校尉問了十遍，周楚白答了十下卑下知錯，烈日炎炎之下，那背脊上一道道錯綜複雜的猩紅血痕讓人不忍去看，軍法司校尉收了鞭子，厲聲道：

「校尉隊官周楚白，你可有怨言嗎？」

周楚白一頭的汗，嘴唇都咬破了，打著精神回答：「絕無怨言。」

「好，帶下去，請軍中郎中下藥治傷。」軍法司的博士下了命令，幾個人將他扶下去，校場裏便陷入了沉默。

沈傲看著校台下的禁軍，慢吞吞地高聲道：「往後出了這種事，就按這種規矩處置，解散。」

禁軍們默默地回到帳中去，都是若有所思，王大膽這些人從地上爬起來，什麼都不說，和隊裏的弟兄一起去營中的藥堂裏去看周楚白。

周楚白在藥堂裏上了藥，看到隊裏的兄弟滿是愧疚地過來，倒是沒有責怪他們，只是道：「往後沒有准許，不得擅自出營，知道了嗎？」

「遵命。」這一句話王大膽等人是真的聽進去了，牢牢記在心裏。

周楚白臥在竹榻上，繼續道：「要記著這個教訓，你們的手頭也不寬裕，只因為一時腦子發熱就罰俸了一個月，不值得。」

說了一會兒話，郎中便板著臉過來囑咐了一些注意事項，眾人才七手八腳地將周楚白扶回去。

自此之後，這些人就乖了許多。

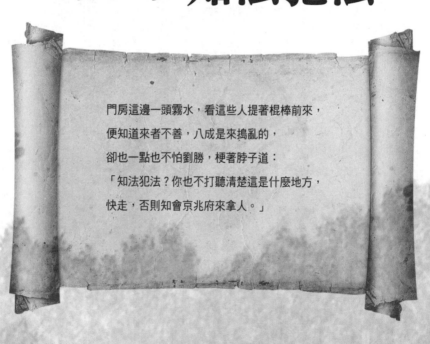

第三章 知法犯法

門房這邊一頭霧水，看這些人提著棍棒前來，
便知道來者不善，八成是來搗亂的，
卻也一點也不怕劉勝，梗著脖子道：
「知法犯法？你也不打聽清楚這是什麼地方，
快走，否則知會京兆府來拿人。」

這幾日，周楚白行動不便，只能躺在榻上歇著，所以一大清早，王大膽這些人便會自覺地起來，根本不必周楚白去催促，自己穿了衣甲就出去操練，一絲不苟地操練完了，就去吃早餐，還順道將周楚白的早餐帶回來，有時候伙食好，會加兩個雞蛋，他們也會留下一個來送到周楚白那裏去。

周楚白雖然暫時只能臥床歇息，而不能去操練；卻也沒有閒著，讓幾個同窗送來授課時的筆記，偶爾也借幾本棋譜來看。

不止是四小隊發生了變化，其他各隊的禁軍也開始轉了性子，這種不間斷的操練雖然辛苦，可是慢慢也就習慣了，怨言自然而然地少了不少，再說，現在是不折不扣的發雙餉，看在銀子的份上，他們也沒什麼好埋怨的。

更重要的是，隊官與禁軍之間的關係從原來的嫌惡慢慢地也得到了改善，原先所有人對隊官都有抱怨，可是這種抱怨隨著長期的朝夕相處，還有一些生活操練中的細節小事，讓禁軍對隊官生出了些好感，說到底，人家天子門生肯和你睡一個鋪蓋，肯和你一起吃飯，一起操練，你能怪他什麼？

再就是許多禁軍都是大字不識，出門在外，少不得要花錢雇人寫些家書回去報個平安，如今這一項工作就交給隊官來效勞了，他們大多都能寫出一手漂亮的字，替部下寫家書的過程中，免不了對部下禁軍的家庭情況熟悉起來，交談時就能尋到共同的話題。

這種潛移默化的改變，讓禁軍的風氣煥然一新，賭錢之類的遊戲已經杜絕，有軍法司在那邊，單這個威懾就夠他們吃一壺的，更何況，隊官日日夜夜和他們朝夕相處，有隊官看著，禁軍們也尋不出時間來。

在封閉的軍營裏，禁軍漸漸改掉了不少惡習，真心操練起來。

轉眼過去了一個月，五個軍營裏金戈鐵馬，操練的聲音從早叫到晚上，一到夜裏，帳房也準時熄燈，軍紀肅然，如此一來，也讓薄城的百姓放下心來，從前這些禁軍在此駐紮，當真是雞飛狗跳，便是沿街的商鋪也都不敢開張，生怕有亂兵進來搶掠，如今街上再沒有一個醉醺醺閒逛的官兵，一開始還有點兒遲疑，後來索性就放大了膽子，該營業的營業，也沒有人再害怕有官兵鬧事。

香氣瀰漫，幾十個大供桌上擺著各種牲畜、瓜果，那烏壓壓的人頭攢動，猶如一道道黑色海浪。所有人屏住呼吸，虔誠地看著供桌前那一座金漆尊者。

這尊者高一丈，面朝眾人，雕刻得栩栩如生，身上還穿著一件特製的仙衣，戴著紫雲冠，坐在蒲團上，顯得威嚴肅穆，給人一種仙風道骨的感覺。

供桌下是一個穿著黑色道衣的老者，老人長得平淡無奇，可是眼眸卻頗為深邃，莊重地朝那尊者雕像焚香祝禱一番，插了香，口裏幽幽地道：

「天道不公，天一降世，斬妖除魔，乾坤朗朗。」

言罷之後，便在幾個仙童的攙扶下到一旁去歇息；接著便是穿著各色道袍的人出來，也是焚香祝禱，神色莊重無比，再一個個走到老者的身後，默然地看著後來人的祭祀。

天一教尊的是天帝，所謂天帝便是玄穹高上玉皇大帝，這老者便是徐神福，徐神福年紀已是不小，生得卻是健碩，他自小在道觀中修煉，不止是修玄，更喜讀些雜書，因而不但對道家的經典信手拈來，更對琴棋書畫精通無比；趙佶即位之後，由於他素有名望，因而召他入京，闢爲羽門知客，與他談玄論道。

那幾年是徐神福最風光的時候，他名爲玄士，可是所學甚雜，心裏頭也躍躍著勃勃野心，趙佶對他很是信任，幾次授予他官職，他故意不受。只是到了後來，趙佶對談玄的心思淡了，他才接受了官職，趙佶待他不錯，給了他一個做封疆大吏的機會。

徐神福龍入深海，如魚得水，立即籌辦天一教，原本只是爲了借此鞏固自己的地位。可是誰知，由於有了官身，這天一教竟是十分興旺，其觸角已深入整個京畿北路，到了無孔不入的地步。

原本徐神福並沒有造反的心思，可是到了後來，蔡攸的敗落讓他生出了警覺，當年他便是蔡攸引見的，大樹倒臺，他這個猢猻多半也要遭殃，再者說，他這種以玄入仕的官，憑藉的是聖眷才做了這掌握一方的大員，現在聖眷化爲烏有，甚至越來越被人排斥，只怕不用一年，便要被人趕回家了。

徐神福左思右想，自是不甘，於是乾脆借著天一教的由頭起了事。此時，徐神福闔著目，看到愈來愈多的信眾紛紛跪倒，向天帝祝禱平安，素來面無表情的臉忍不住地笑了。

造反，那是殺頭的勾當，可是自從扯了旗，朝廷也派出軍馬前來圍剿，那馬軍司竟是一觸即潰，原來大宋精銳也不過如此，懸著的心差不多放下，至少一時不必有什麼擔心了。

身邊一個道衣人湊過來，低聲對徐神福道：「仙上，那姓吳的沈傲說客又鬧起來了，一定要見教長不可。」

徐神福默不做聲，只是眼眸望向天帝的雕像，好半晌，才幽幽道：「晾著，不必理會。」

道衣人猶豫了一下，吞吞吐吐地道：「仙上……姓吳的說，咱們若是再不理會他，大禍朝發夕至，還說各路的邊軍和禁軍、番兵已經齊聚，就要動手了。」

徐神福輕蔑地笑了笑：「不知死活，憑這個就嚇得到人？」繼而有點疑惑：「他這般說，倒有點兒意思，空口無憑就想恫嚇我天一教嗎？莫非那新來的欽差真有誠意？」

道衣人也是疑惑地道：「仙上，他們豈肯讓咱們建藩稱臣？這京畿北路又不是西夏大理，又不是邊陲之地，稱了臣，只怕他們要遷都了。」

徐神福慢吞吞地抬了抬眼：「他們這是要爭取時間，眼下的時局風雲變幻，金遼戰事連綿，西夏又蠢蠢欲動，一旦金人入關，金夏若是攻宋，這大宋憑藉什麼去抵擋？所以他們不願意把事態鬧大，要先安撫住我們。」

他想了想，道：「安撫也好，他們要爭取時間，我天一教也要時間，去，叫汴京的弟子注意一些，多採集一些新任欽差的信兒送來，我要看看，沈傲，沈楞子，沈殺星，這個人倒是有趣得很。」

道衣人點個頭，作禮道：「弟子這就去。」

待穿著道衣的人走馬燈似地祝禱之後，那熙熙攘攘的人紛紛拜下，朝天帝的雕像虔誠磕頭，人群彙聚成迭起的海浪，雄偉壯觀。

徐神福木著表情，目光卻是落在向南的天際。

汴京城裏也不知什麼時候熱鬧起來，知聞紀事的銷量一時大增，一是周刊不斷刊登一些違禁之語，竟是對朝政大發議論，讓人覺得新鮮。

邃雅周刊雖然偶爾也會有些議論，可是篇幅不大，言辭也大多以柔和爲主，知聞紀事就不同了，一有些風吹草動便立即大肆議論，肆無忌憚極了，且言辭大多是慷慨陳詞，自然大受青睞。

其實這市井裏，都在議論這事，都覺得邃雅周刊和知聞紀事好像卯上了似的，雙方發的議論都是相反的，譬如前幾日京裏頭出了一個怪事，某府某夫人與家奴私通，最後家奴被仗死，京兆府這邊不聞不問，邃雅周刊便議論說朝廷自有法度，私通是一回事，自然該官府處置，可是濫用私刑，卻是大可不必，唯有送官嚴辦才好。

結果第二天，那知聞紀事也發議論了，直接和邃雅周刊唱反調，最後文章的結尾更有意思，說是據聞邃雅周刊是個女人署理，也難怪發表這樣的議論了，又說男陽女陰之類的話，大是嘲諷了一番。

有心人一看，立即精神一振，這幾乎已經是指著人家鼻子罵了，這個女人是誰？知道這事的心裏都清楚，那是沈家年後回來不久的春兒夫人，此女精明強幹，沈家的生意都是她在打理著的，知聞紀事雖然說得隱晦，卻不正是說沈家沒有幾個男人，要一個女人拋頭露面嗎？

除了這個，還有進兵的事，朝廷裏頭，近來遞進去的奏疏越來越多，都是要求馬軍司從速進兵的，一個個慷慨陳詞，很是鼓噪了一番，就說近幾日的廷議鬧得也很凶，官家坐在御案之後，被一群大臣吵得什麼話也沒有說，甩手就走了。

知聞紀事便大力頌揚那些慷慨陳詞的官員，又說如今再不進兵會如何如何，很是評頭論足了一番，引發了坊間的熱議；至於那邃雅周刊，對此事卻是頗爲忌憚，並不說什麼。因此邃雅周刊的銷量在汴京一時大減，反倒是知聞紀事越來越受人的青睞。

不過，邃雅周刊的銷量倒也不至落得太低，畢竟汴京對邃雅周刊來說，如今只是一個銷售據點罷了，由於杭州那邊幾個印刷工房的擴大，還有車馬行的合作，汴京對邃雅周刊來說，銷量連一成都沒有，雖然少了一些讀者，但還不至於失去了所有的生意。

只是這件事越來越令人堪憂，春兒是最先得到消息的，她雖是見了些風浪，遇到這種事還是拿不定主意，只好寫家書，連帶著近期的知聞紀事都送到沈傲那兒去，叫他拿主意。

沈傲看了家書，又看了知聞紀事，火氣就上來了，其他的倒也罷了，最讓他受不了的是知聞紀事那篇影射春兒的文章，氣得立即將這篇周刊撕了，隨即撇撇嘴道：

「老子剛出來幾天，你們就上房揭瓦了；不給你們幾分顏色，就當我姓沈的好欺負？」

二話不說，立即尋了紙來奮筆疾書，叫人送了回去。

薄城離汴京不遠，尋常人三四天的腳程也就到了，若是用快馬，一日便可抵達，春兒看了書信，立即皺了眉，前去陳濟那兒尋陳濟商量。

陳濟在沈家的地位超然，既是沈傲的老師，也是沈家的謀士，因此沈傲不在，家裏出了事，都少不得問問他的。

陳濟看了信，眼珠子都掉了，立即放下信，平淡的道：「我沒有這樣的學生，我也不認識沈傲是誰，我和他一點干係都沒有，夫人，請回吧。」

春兒無言，見陳濟捧起一本書裝腔作勢去讀，也拿他沒有辦法，只好嘆了口氣，移步走了。

回到自己的臥房，春兒重新展開信，蹙起眉沉吟了一下，一時愁眉不展。

恰好這個時候，周若在外頭叫：「春兒妹妹在嗎？」

話音剛落，周若穿著一件松綠的長裙款款進來，笑吟吟地道：「今早起來便見你皺著眉頭，到底有什麼難事讓你這樣？」

周若和春兒從前是主僕，關係是極好的，現在又是一家人，雙方知根知底，倒也沒什麼忌諱，一把拿過信，看了一眼，訝然道：「夫君又要砸誰家？他現在是練兵練上了癮，做人這般的蠻橫！」

春兒便將事兒說了，指著信道：「夫君的回信只說：『是可忍孰不可忍，那就把它砸個稀巴爛』這寥寥幾語，他能做出這種事，可是我們終究是女人家，難道真的帶著人去砸了人家周刊館子？」

周若本就是個不肯吃虧的人，聽了春兒的話，皺眉道：「你這樣說，那叫什麼知事的周刊也欺人太甚了，夫君這法兒雖然蠻橫了一些，可是這些小人，你不給他一點教訓，過幾日指不定還會編排什麼呢。」

春兒道：「小姐的意思是，我們按夫君的意思去辦？」

周若笑嘻嘻地道：「我可沒說，都說了多少遍了，往後你不要再叫我小姐了，這事兒和陳先生商量過了嗎？」

春兒又將自己去見陳濟的事說了，周若笑得更是燦爛：「我要是有個這樣的學生，一定也要和他斷絕師生之誼，好端端的讀書人，怎麼就養成了這麼暴戾的性子？」她想了想，又道：「不過，夫君雖然愛胡鬧，可是他說的話也沒有錯。」

春兒漸漸鎮定下來，這兩年的歷練，已讓她漸漸成熟，考慮事情也頗為周到了，她略略一想，當然知道沈傲雖然是以蒙受侮辱的名義砸館，卻也有醉翁之意不在酒的意思，那知聞紀事擺明了是要和邃雅周刊打對台，不但影響了邃雅周刊的生意，另一方面，對進兵的事，知聞紀事也尤為關心，說不定，這後頭還有什麼不可告人的目的呢！現在把它砸了，表面上是意氣之爭，卻也不失為一勞永逸的手段。

春兒秋波盈盈的眸子微微定住，沉聲道：「既然如此，就按夫君的意思去辦，我親自去一趟。」

周若道：「不如讓我也去，不過，這事先不能和蓁蓁、茉兒說，她們最怕的就是打打殺殺，一定會反對的。」

春兒頷首點頭，篤定地道：「要去，就得穿上誥命的禮服，省得到時候扯不清，按大宋律，無中生有，侮辱誥命夫人那也是個罪過，就尋這個由頭。」

二人各穿了誥命禮服，又去叫了劉勝來，叫他集結府裏頭的精壯家丁，足足湊了十幾個人，又覺得這點人不夠，倒是周若有辦法，叫劉勝去祈國公府裏又補充了二十多人進來，便和春兒坐上馬車，在三四十個家丁長隨的扈從下，徑直往那知聞紀事的刊館而去。

這一路，周若又有點兒擔心了，她的性子雖然外柔內剛，卻從來沒有遇過這樣的事，免不得有點兒擔心；倒是春兒這個時候無比地鎮定，一路上說著不少安慰周若的話。

氣勢洶洶的到了刊館門口，春兒和周若自然是不便下車的，只是吩咐劉勝道：「進去，按你們少爺的吩咐去做事。」

「好耶。」劉勝搓搓手，大手一揮，很是神奇的帶著人往館裏衝，平時做主事都是看人眼色，今日總算揚眉吐氣一回，少不得要學著沈大人的口吻叫兩句：「挺起胸來，弟兄們，把傢伙亮出來。」

知聞紀事刊館雖是新近開張，占地卻是不小，前頭是門面，後頭是印刷的工房，見到他們進來，便立即有人來攔了：「做什麼，做什麼，你們這是要做什麼？」

劉勝蠻橫地一叉手，威風凜凜的道：「做什麼？你們這什麼什麼紀事，知道不知道得罪了我家夫人，知不知道咱們踩著的是天子腳下，你們好大的膽子，這是知法犯法！」

門房這邊一頭霧水，到底是誰知法犯法還是兩說，看這些人提著棍棒前來，便知道來者不善，八成是來搗亂的，卻也一點也不怕劉勝，梗著脖子道：「知法犯法？你也不打聽清楚這是什麼地方，快走，否則知會京兆府來拿人。」

劉勝二話不說：「弟兄們，給我砸！」

話音剛落，幾十個家丁長隨精神一振，提著棍棒衝進去，先將那門房打翻，隨即湧入廳堂四處打砸，知聞紀事被打了個措手不及，一時雞飛狗跳，偶爾有幾個膽大的站出來，也立即被打了回去。

其中一個長隨模樣的人一見這麼多凶神惡煞進來，立即上了樓梯，上樓報信去了。

三樓的一間小廂房裏，知聞紀事的東家江洋穿著一件剪裁合體的員外衫，小心翼翼地給落座的一人端了杯茶。

坐著的人只是淡淡然的頷首點頭，彷彿天生就該受他奉承似的，也不道謝，抱著茶吹了口茶沫，慢悠悠的道：「你這差事辦得不錯，一個月功夫就把架子搭起來了，便是恩師也誇耀了你幾句，好好的去做，好歹也是從本官府裏頭出去的，做出個樣子，本官與有榮焉。」

說話之人語速很慢，顧盼之間有一種自雄的氣勢，他便是兵部尚書王文柄，自從向蔡京承諾一定辦好差事之後，王文柄便開始上下活動起來，朝裏的事容易，叫幾個門生故吏起個頭也就是了，有人起頭，自然就會有人跟進，反正這種奏疏不會引來什麼打擊報復，順道又可以給自己增添幾分清譽，何樂而不爲。

最難辦的是辦周刊，爲了這個，他從家裏拿出了不少錢，又叫府裏跟著自己多年的主事出來主持，江洋便是他挑選出來的人選，好在這江洋也是個來事的人，不出幾個月，仗著王文柄的支持，還真辦出了一點起色。

當然，知聞紀事的暢銷和王文柄的財力支持也不無干係，同樣的版面，知聞紀事只是邃雅周刊三成的價格，幾乎不賺取任何利潤，要的就是輿論影響力。

今日王文柄恰好路經這裏，免不了要來看看，順道給江洋打打氣，江洋聽了王文柄的鼓勵，受寵若驚的道：「沒有老爺栽培，哪裡有小人今日，有老爺這番話，小人一定更要上心，一定按著老爺的吩咐，把這知聞紀事打理妥貼了，絕不辜負太師和老爺。」

王文柄呵呵一笑，喝了口茶，道：

「你有這樣的心思固然好，不要說什麼不辜負太師和我的話，這是爲了你自己，我是想好了，這事兒辦成了，知聞紀事也還要辦下去，有了這周刊，許多太師不方便辦的事就可以讓你來辦了，好好做下去，少不得你的好處。」

江洋又是稱謝，感激涕零的要死，接而道：「老爺，現在朝裏既然有人帶了頭，知聞紀事是不是也該響應一下，下一期發出一篇言辭更激烈的議論出來？」

王文柄想了想：「先別急，捉筆殺人和做官一樣，先要醞釀，打通了關係，等水到渠成的時候再發力。現在先發幾篇不痛不癢的文章上去，等到朝裏的氣氛差不多了，再圖窮匕見。」他打了個哈哈：「好啦，我不能在你這裏久坐，這就走了，你好好辦事吧。」

江洋立即道：「小人恭送老爺。」

這時樓下已傳出一陣喧鬧，王文柄站起來，皺起眉頭：「怎麼，出了什麼事？」

江洋也不知道樓下發生了什麼事，一頭霧水，心裏忍不住有點兒不悅，暗怪下頭的人不懂事，在這個當口大聲喧嘩，等送走了這主子，一定要好好責罰一下。

一名長隨一驚一乍進來，撲通跪下，哭喪著臉道：「老爺，老爺，不好了，外頭突然闖進許多人來，見人就打，見東西就砸……」

「什麼！」江洋騰地瞪住這長隨：「是什麼人這樣大膽？」

江洋心裏又驚又怒，想不到老爺來一趟就出了這麼大的岔子，悄悄的瞥了王文柄一眼，王文柄淡淡的道：「刊館莫非得罪過什麼人？」

江洋躬身道：「老爺，小人冤枉，對刊館裏的夥計，小人一向是看管極嚴的，就怕他們惹是生非，壞了老爺的大事……」

王文柄冷聲打斷他：「不必再說了，隨我下去看看。」

江洋小心翼翼的道：「老爺……還是不要拋頭露面的好。」

王文柄想了想，也覺得有理，一旦鬧起來，自己的身分在這裏洩露，到時誰不知道知聞紀事的背後是他王文柄在幕後操縱，道：

「好吧，我從後門出去，這件事你看著辦。」

江洋鬆了口氣，道：「那小人先恭送老爺。」

領著王文柄下到二樓，恰好這個時候，劉勝將一樓砸了個稀爛，又帶著人拿著棍棒上二樓過來，狹路相逢，雙方在一樓和二樓的樓道口相遇，相互瞪了一眼。

江洋見這些人都面生得很，老爺又在一旁，便忍不住要表現一下自己忠心護主，手指著劉勝怒喝道：「大膽，你們是哪裡的賊人，這是你們撒野的地方？」

「撒野？」劉勝這時已經砸出了感覺，什麼人都不怕，咯咯冷笑：「就是在你這兒

撒野，看你這樣子八成就是這破館的東家、主事，來，都給我打。」

家丁長隨們握著棍棒便衝過去，三下兩下將江洋打倒，江洋啊呀一聲，他挨了幾下倒沒有關係，可是關係到王文柄的安危，立即道：「老爺，快跑。」

這一句老爺快跑，立即暴露了王文柄的身分，劉勝知道王文柄便是知聞紀事的東家，咯咯一笑，親自抄著棍棒將王文柄攔住，舉棒要打。

「不許打，你瘋了，這位是兵部尚書王老爺，誰敢打他？」江洋被打得鼻青臉腫，眼看到王文柄要挨打，忍不住大叫起來。

「尚書？」劉勝的棒子打不下去了，疑惑的看了王文柄一眼：「胡說八道，堂堂兵部尚書是什麼身分，也會來刊館？除非這尚書和這刊館有什麼勾結，或者尚書是刊館東家的大舅子?!」

眾人一陣哄笑。

王文柄心裏也有點害怕，可是轉念一想，此刻若是暴露了身分，只怕過不了幾天就要傳遍大街小巷，到了那時，只怕就說不清了，便矢口否認道：

「對，我不是兵部尚書。」

「好，居然敢冒充朝廷官員，弟兄們，這個更要加重的打！」

劉勝二話不說，一棒子落下，砸到王文柄身上，其餘的家丁長隨轟然回應，衝過去又是腳踹又是棒打，王文柄這個時候真是斯文掃地，一下子被人踢翻，接著，雨點般的棒子和拳腳落下來，只有大聲叫痛，什麼也顧不得了。

「不要打，不要打，我沒有冒充，我當真是兵部尙書，你們好大的膽……」

拳腳棍棒停了，劉勝叉著腰撲哧撲哧的喘著氣：

「這麼說，就是你指使這什麼狗屁知聞紀事污蔑我家夫人的清白了？我家夫人乃是朝廷親賜的三品誥命，你是兵部尙書就好……」

一聽什麼污蔑了誥命夫人，王文柄也是大吃一驚，也不知發生了什麼事，只是渾身疼得厲害，心知一個不好，或許問題更加嚴重，自己這個身分出現在這種場合，又牽扯到一件不小的糾紛，捅出來，若是有心人推波助瀾，怕是恩師也保自己不住，連忙又道：「我……不是……」

「不是！」劉勝這下真的火了，好不容易雄起一回，還被眼前這傢伙拿來尋開心，真是豈有此理，一腳踹在王文柄的兩腿之間，大喝道：「賊廝鳥，屢次冒充朝廷官員，累教不改，著實可恨，還愣著做什麼，打！」

劉勝這一腳下得極重，恰好又踢中了王文柄的下身，這一下真是叫王文柄痛得死去活來，握著襠部連叫喚的力氣都沒有了，全身緊繃成一隻蝦米，吱吱的吸涼氣。

這還只是前奏，家丁長隨們聽了劉勝的指令，又是拳腳齊加，足足將王文柄打得昏

死過去。

劉勝畢竟不能將人打死，見好就收，口裏咕噥一句：

「呸，就這賊樣還是尚書?!他是尚書，我豈不是門下郎中了。好啦，好啦，不要打了，咱們沈府裏出來的都是有頭有臉的人，要留有幾分餘地，弟兄們，跟我撤！」

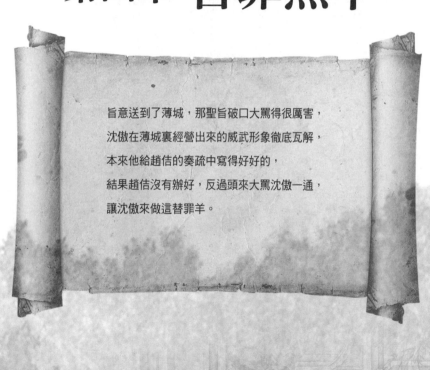

第四章 替罪羔羊

旨意送到了薄城，那聖旨破口大罵得很厲害，
沈傲在薄城裏經營出來的威武形象徹底瓦解，
本來他給趙佶的奏疏中寫得好好的，
結果趙佶沒有辦好，反過頭來大罵沈傲一通，
讓沈傲來做這替罪羊。

衝進去打人到揚長而去，足足用了兩炷香的時間，知聞紀事的刊館哀鴻遍地，傷者不計其數，最慘的是王文柄，被人抬上了軟轎子，急促促地趕回去療傷了。

京兆府那邊早就聽到了消息，那府尹聽聞有人打砸知聞紀事，頓時勃然大怒，身爲府尹，豈會不知道知聞紀事的背後定必不簡單，只要想一想，便知道這裏頭的厲害，居然有人敢惹到知聞紀事頭上，真是吃了雄心豹子膽，於是立即叫來所有人手，讓他們前去捉捕打砸的凶徒。

那些差役也確實到了知聞紀事刊館的門口，到了地頭，剛剛抽出鐵尺要大喝幾句，其中一個都頭突然不動了，知聞紀事的門口停著一輛馬車，這車子說不上有多富麗堂皇，卻是極爲精巧，一看之下，就知來頭不小。

京兆府管理天子腳下的地面，自然是眼觀四面耳聽八方，否則一不小心衝撞了某個貴人，還真是死都不知道怎麼死的，細看之下，就認出這馬車的主人了，是沈府沈傲家的。

沈傲是誰？無需點撥，大夥兒心裏頭就清楚了，這樣的人真是沾都不能沾的，人家還做監生的時候，京兆府就吃了他不知多少虧，如今人家已經欽命領了攬京畿三路事，還兼著三衙和邊鎮，這般大的權勢，就是遇到蔡太師也可以平輩論交了，京兆府在人家眼裏，當真是小魚小蝦都不如，屁都不是。

於是一個押司領了頭，先讓都頭和差役們老老實實遠遠地待著，他走到馬車邊去，小心翼翼地道：「小人見過貴人。」

裏頭還真有人回應，是個清脆的女聲，窗簾捲起一個角，押司看不到裏頭的國色天香，卻是看到了裏頭人的衣領，這衣領只一看便認得，是繡著瑞荷和金絲的三品誥命服。

稍稍一想就明白了，裡頭的人多半就是沈傲的家眷，還是關係最親近的那種，人家這身衣衫，只論品級，就比府尹大人高了不少。

「怎麼，有事？」

押司脖子一涼，心裏就明白怎麼回事了，知聞紀事的來頭不簡單，可是人家敢來打砸，這背後難道又簡單了？須臾一想，立即道：「無事，無事，小人告退。」急促促地退回去，對著帶來的人大手一揮：「走。」

差役們見熟了這種場面，不該管的事當然不能管，一個個收起鐵尺，作鳥獸散。

差役們回去京兆府覆命，京兆府府尹對這事當然留心，立即過問，都頭們一個個攤手，府尹一看，便勃然大怒了，大罵了一通這些人不懂得分寸，不知道厲害，不曉得知聞紀事的厲害。

京兆府府尹發了一通牢騷，那押司才是小心翼翼地附在他耳旁悄悄地說了幾句話，府尹愣了愣，隨即苦笑道：「原來如此，為何不早說？」說罷再不理會了，只是道：「都下去吧，再過半個時辰再讓人過去，到時候有人問，就說京兆府這邊知道消息時已經遲了。誰要是敢亂嚼舌根子，打死勿論！」

都頭們唯唯諾諾，心裏知道又遇到了一樁葫蘆案，能在京兆府裏當差的，規矩當然都懂，什麼事該管，什麼事不該管，心裏頭要清楚，否則到時候死都不知道怎麼死的。

就這樣，又過了半個時辰，京兆府這邊才派了幾個人過去，等到了那裏時，知聞紀事的刊館早已一片狼藉，裏頭的傷者無數，差役叫幾個人去衙門裏把事情的經過大致敘述一遍，讓他們畫了押，便放人回去。

拿了畫押的狀子，府尹只掃了一眼，也就擱置不管了，叫了個人，直接給大理寺下條子，讓大理寺去管。

大理寺的姜敏接了條子，只是呵呵一笑，對身邊的人道：「京兆府就是這樣，有好處的事，他們搶著去辦，碰到了釘子便打發到大理寺來，直接報到門下省去吧，回來，再叫個人抄錄一份，送到石郡公那裏去。」

如此三番，這件事就這樣沒人過問了，大家夥兒都是踢皮球，踢來踢去，最後的結果又是門下省。

門下省這邊雖然送去了蔡京那裏，蔡京也只是苦澀一笑，放下條子，道：「沈傲就是沈傲，這一出手，說了再多的理，也一下子煙消雲散了。」

嘆了口氣，將條子丟到一邊，這事終究還是不能嚴查的，查下去，王文柄和自己的干係也要浮出水面，所以只能吞下這顆苦果。

這時有個人匆匆進來，低聲對蔡京說了幾句話，蔡京雙眸一閃，慢吞吞地道：「你是說他也在刊館，還被人打了？」

「是，受了極重的傷，正在府裏頭醫治，說是……是……」

「你儘管說。」

「說是子孫袋子不保了。」

蔡京頷首點頭，板著臉道：「去，打發個人送些滋補的藥物過去，過些日子，待他傷癒了一些，我再去看他。」接著嘆了口氣，才又道：「事情到了這個地步，真真讓人沒有想到。」

密不透風的屋子裏，有一股濃重的藥石氣味，裏頭的陳設很簡單，門窗都封得緊緊的，只傳出一聲聲嘆息，這裏好像常年不見陽光一樣，有一種幽深詭異的氣氛，燈檯上只有一盞油燈，忽明忽暗的閃爍著。

躺在榻上的是王文柄。王文柄有氣無力地臥在那裏，身上蓋著上好絲綢做的棉被，

一雙眼眸赤紅地看著天花板，撲哧撲哧地喘息。

這個時候，他突然對蝨子、跳蚤產生了興趣，恨不得這些小東西來咬他的皮肉，給他一點刺激，分散掉無盡的痛楚和心裏的怨恨。

七八天前，他從知聞紀事那兒送回府裏時，已經奄奄一息，好不容易救活，便感到下體出奇的疼痛，醫治的郎中滿是悲戚地告訴他：

「大人，您的……已經受創了，若是繼續留著，難保不會生出膿瘡，便是尿路多半也都堵塞住，眼下唯有將爛肉割盡，再導之以管子疏通尿路，方……方才……」

後面的話，郎中想繼續說下去，可是王文柄不讓他說，不知從哪裡來的力氣，一巴掌扇在坐在榻前的郎中臉上，瘋狂地大叫：「滾，滾，不能割，不能割，治不好就要你的命。」

這病還真是治不好了，據說是裏頭的子孫蛋破裂，傷口極大，肉都已經爛了，更讓人爲難的是，子孫蛋裏頭的東西流出來阻住了尿路，便是扁鵲華佗再生也沒有辦法。

王文柄終究還是決定把那坨爛肉切了，生生去受這兩遍苦，吃這二次罪了。雖說這大宋的切割技術十分發達，京城裏頭有的是世代幹這活計的刀手，王文柄要切東西，當然是請最好的，此人人稱王一刀，意思就是一刀下去安全無痛苦，保證切後半個月就能活蹦亂跳。

當然，切這東西和切白菜不一樣，雖說安全，但無痛苦卻是未必，麻沸散這種東西雖然是有，可是這玩意也不是吃了之後一點痛感都沒有，反正王文柄是體驗過了，效果很不好，一刀下去，便傳出殺豬似的叫喚。

挨了一腳又挨了一刀，王文柄便被養在這密不透風的蠶房裏，這日子，真比殺了他還難受。兵部派人來問，爲什麼尙書大人不去値堂，家裏頭也不能說做了閹割手術，只能說是病了，要養一養，好在派人去向蔡京告假，蔡京沒有多問就批了，還送了不少東西來，慰問了一下。

轉眼過去七八天，下身的傷痛倒是減緩得差不多了，只是行動還是不便，還得老老實實地躺著，家裏的子侄也不好來看病，就算來了，也不知道該說什麼，總不能說：爹，切了好，身上多這麼個累贅總是麻煩。

那些個妻妾倒是來過，王文柄看了她們，心裏就生出厭惡，滿腔的怨氣，拿著藥碗，抄起來就往她們身上砸：「滾，都滾出去。」被砸中的是從前王文柄最寵愛的小妾，叫燕兒，如今王文柄切了東西，倒是將怨氣都發在她身上似的。

下頭人見老爺這般樣子，更是不敢輕易進這屋子，實在迫不得已要端水端尿，送些湯藥和食物的都是留了心，一點兒也不敢怠慢，大氣都不敢出。

外頭的陽光正烈，有一縷光線透過一絲縫隙透了進來，雖然光線微弱，卻讓王文柄

覺得很是刺眼，腦子嗡嗡地痛，大叫一聲：「來，把這光遮了。」

立即有人進來，這人倒不是聽了王文柄的話來遮光的，而是急促促地道：「老爺，老爺，蔡太師來看老爺了。」

「恩師！」王文柄像是一下子看到一縷曙光似的，差點兒要從榻上掙扎著坐起來，忙道：「快，請恩師進來，快……」

過不多時，門口又開了一點兒縫隙，蔡京一步步走進來，似乎聞到這藥石味道，感覺有點兒刺鼻，微不可察地皺了皺眉頭，隨即換上笑容，坐在離王文柄數尺之遙的榻沿上，端詳他一眼，笑呵呵地道：「文柄，好些了嗎？」

「恩師……」王文柄將這些日子來的屈辱和怨恨一下子爆發出來，情難自禁地號啕大哭起來，淚如雨下，抽著鼻子道：「恩師要爲學生做主啊，這個仇，我王文柄一定要報，背後的指使之人，一定是沈傲……」

蔡京搭住他的手，安慰他道：「你不要激動，不要牽扯到了傷口，有什麼話好好地說，來日方長嘛。」

王文柄平復了心情，悲戚地道：「恩師要爲學生做主啊，如今學生只剩下殘身，活在這世上只會遭人恥笑，往後是做不得人了，這個沈傲……」他咬牙切齒，連聲音都變得尖銳起來，繼續道：「不報此仇，我王文柄誓不爲人。」

蔡京拍拍他的手背，嘆了口氣，慢吞吞地道：「這個仇，暫時不能報。」見王文柄又要激動，蔡京忙道：「眼下的事還不能聲張，聲張出去固然滿朝譁然，可是先前的主意也就沒了，先忍著這口氣吧。」

王文柄沮喪地點點頭，他心裏當然清楚，這件事就算鬧出去，最後對沈傲的責罰也是不了了之，最多也就是拿了幾個沈府的下人來出出氣；為了這個而壞了大事，實在不值。

咬了咬牙，王文柄尖著嗓子道：「恩師，就這樣將他輕輕放過了？」

蔡京搖了搖頭：「帳，當然要算，我已經知會了京兆府，叫他們先護著知聞紀事，其餘的，等沈傲出了兵再說。」

王文柄滿是淚水，道：「恩師，往後學生不知該怎麼活了，身子既然殘了，這活著還有個什麼意思？」

蔡京安慰道：「這有什麼？到了你這個年紀，兒孫也都有了，還有什麼想不開的？」

王文柄唯唯諾諾地應著，卻是萬念俱灰，一心只想著報仇，好不容易清醒了一點，道：「前幾日抓了一個天一教的斥候，京兆府把他送到了兵部這邊來，本來，是詢問之後直接問斬的……」

王文柄的話說到一半，已是氣喘吁吁，蔡京見他說得累，闔著眼道：「你的意思是，放那斥候回去，讓他去和徐神福說，讓天一教進兵，不給沈傲時間？」

王文柄咬牙切齒地道：「學生已經等不及了，多留一天，學生待在這裏便難受一分，便是冒著天大的干係，也要那沈傲好看。」

蔡京想了想，道：「你可知道這樣做的後果？」

王文柄扯著尖銳的嗓子獰笑道：「這干係，學生一力承擔，事後被人察覺，也就是學生一死而已，還怕個什麼？只求沈傲敗北之後，恩師能將沈傲一舉扳倒，學生就知足了。」

到了他這個份上，有這股瘋勁倒也正常，私放了人犯，事後必定會被察覺，到時候斬頭棄市也是意料之中的事，王文柄是真的不想活了。

蔡京舔了舔乾癟的嘴唇，慢吞吞地站起來，不再去看王文柄，一步步地走向門口處，打開門，慢吞吞地道：「你自己想好吧，這件事不必和我商量，好啦，我也該走了，文柄，你是我的門生，這個仇，將來我來替你報。」說罷，顫顫巍巍地步出門去。

那門一開，便有一股風吹進來，王文柄打了個擺子，猙獰著臉大叫：「人呢，人呢，死哪兒去了，快關門，要冷死我嗎？」

朝廷裏頭已經點燃了一把火，這火勢越來越旺，已經到了不可遏止的地步，一份份奏疏都是要求出兵的，更有幾個，已經把帳算到沈傲的頭上了，寬敞的講武殿裏，傳出一陣洪亮的聲音。

一個三十歲上下的官員站在殿中，揮著手，激憤地道：

「養虎爲患者，必爲虎傷，大宋立國百年，前有方臘之亂，今有京北之痛，朝廷養兵千日，爲何不見沈大人出戰？沈大人飽受國恩，敕侯爵，封太傅，總攬京畿三路，節制天下軍馬，莫非還怕那幾個小蟊賊？如此畏戰、怯戰，是要將我大宋的顏面置於何地？敢問陛下，敢問殿中袞袞諸公，我等食君祿，受君恩，難道就該如此報效？」

廷中之人皆是竊竊私語，嗡嗡聲中，又有人道：「限令沈太傅立即出兵剿賊，若再耽擱，門下省該下旨意鎖拿回京治罪。」

「既是總攬京畿三路，如今北路已被蟊賊盤踞，爲何還遲遲坐守不動？他若是不肯進兵，自有人去接替他。」

「他殺起自己人來倒是痛快，馬軍司上下被他殺了個乾淨。」

有人起頭，便有人響應，亂糟糟的到處都是請戰的聲音，大有一副不出戰，大宋就要國破家亡，天一教須臾之間便要提兵入京的樣子一樣。

趙佶坐在金殿上，一陣無比的頭痛，本心裏，他也希望沈傲進兵，不過沈傲寫給他

的奏疏裏也說得明白，馬軍司不堪爲用，眼下該擠出時間先整備軍馬，等時機一到，再徐圖討伐才是。

趙佶對這個解釋深以爲然，這固然有對沈傲盲目信任的成分，另一方面，他心裏也知道，倉促進兵也是於事無補。只是如今鬧到這個地步，連他這個做皇帝的也彈壓不住了，不但是朝廷，便是市井和士林也早已議論開了。

趙佶苦澀一笑，只好決心裝瘋賣傻，隨你們說什麼，他就是不說話，有人哭著拜伏在地上搥胸請求，他無動於衷；有人每天上了幾道奏疏，他看了也當沒有看見；有人要撞柱子，這還了得？趕快叫人攔著，他想做比干，趙佶還不想做紂王呢！

人救下來了，他還是呆呆地坐著，時候差不多了，就甩手一句：「朕乏了，此事再議，朕再思量思量。」

躲到後宮裏去圖個清靜，可是後宮裏頭也不是世外桃源，那太學又鬧出事來了，說是千名學子公車上書，都在正德門外頭等著。

這還是好的，最讓趙佶頭痛的是太皇太后那邊。那太皇太后倒不是刻意要針對沈傲，說起來，自從沈傲入宮賀歲，已讓太皇太后對沈傲有了幾分好感；不管怎麼說，沈傲畢竟還是個能辦事的忠臣，官家這邊人手本來就少，有了這個沈傲，也可以分擔一下。

只是這外頭鬧得實在太凶，太皇太后對沈傲也一下子失去了信心，到處都是說沈傲怯戰的，太皇太后聽著聽著也就信了；對國事，太皇太后和太后不同，太后只看著後宮裏頭的一畝三分地，可是太皇太后歷經三朝，終究還是有幾分長遠。

趙佶只好解釋，太皇太后聽得似懂非懂，卻還是道：「該催促的還是要催促，你看看汴京都亂成什麼樣子了，再拖延下去，有心人一煽動，天知道會出什麼事？」

趙佶鬱鬱不樂，卻還在死死撐著，心裏只是想，多撐一刻，沈傲就能應對從容一些。

就這樣拖延了十幾天，距離沈傲出兵大致已過了兩個月，這事就壓不住了，事情的起因是城中的富戶，由於知聞紀事將京畿北路的匪患誇大，又指桑罵槐的貶低了沈傲一通，讓不少人對剿賊失去了信心，京畿北路距離汴京這麼近，一旦馬軍司那邊出了事，接下來就輪到汴京了，到時候賊軍圍了城，還往哪裡跑去？普通的百姓是沒有去處的，可是對於富戶來說，哪裡都有產業，不至一點出路都沒有，因此一個個舉家去江南避難，或去西京小住。

一開始，城門司還沒有反應過來，後來出城的越來越多，也嚇住了，立即向三衙通報，三衙下了條子去京兆府，京兆府送到尚書省，尚書省把事情捅了出來，一邊往宮裏報備，一邊下令城門司立即嚴禁人出入。

事情就壞在嚴禁人出入上，這麼一來，不安的消息就更多了，都說賊軍已經殺來，現在要緊閉城門準備迎敵，幾處城門都有人開始鬧，要衝出城去，不願坐以待斃。城門司彈壓不住，還是馬軍司出動了，才將這場亂子給弭平。

事情鬧到這個地步，就已經不再是軍事這麼簡單了，已經事關到了政治，就必須按政治的法則來辦，趙佶無奈，一面下詔安撫人心，另一方面知會門下省，立即傳旨，斥責沈傲拖延時間，令他進兵，不得有誤。

旨意送到了薄城，那聖旨當真一點客氣都沒有，破口大罵得很厲害，沈傲在薄城裏經營出來的威武形象徹底瓦解，真是比竇娥還冤枉，本來他給趙佶的奏疏中寫得好好的，趙佶那邊也說了，汴京的事，由趙佶來辦，京畿北路之事，由沈傲全權處置；結果汴京的事，趙佶沒有辦好，反過頭來大罵沈傲一通，讓沈傲來做這替罪羊。

看來這個皇帝的話也不能盡信，十句就有八句是騙人的，沈傲心靈受了創傷，感覺自己騙了一輩子的人，今日卻被人忽悠了，心裏暗暗不平。

那旨意的末尾話鋒一轉，卻不罵了，又誇了沈傲幾句，說朕知爾苦衷，但國事要緊，半月之內出兵討賊。

還有半個月的時間，沈傲心裏吁了口氣，不管怎麼說，馬軍司如今已經進入正軌，雖然還沒有練到百戰之兵的地步，可是水準已直線上升，不說別的，單體力就有很大的進步，此外，紀律也得到了加強，至少在這馬軍司裏，禁軍現在只知道沈傲而忘掉高俅了。既然如此，那就打吧。

沈傲接了旨，請傳旨的公公進縣衙裏說話，問了一些汴京的近況，這公公在沈傲面前很是恭謙，立即將蔡京的消息一字不漏地細說出來；平時也有人傳汴京的消息給沈傲，可是公公畢竟是公公，那些尋常人不知道的事，他也能探聽出點兒風聲，沈傲綜合其他管道得到的消息，對汴京已經有了大致的瞭解。

「原來如此，難怪陳先生上一次教自己戒急用忍，看來這汴京裏頭有人給本大人穿小鞋。」沈傲心裏冷哼一聲，卻只是微微一笑，雖然被人捅了軟刀子，可是人家打的是爲國爲民的旗號，自己能將他們怎麼樣？這件事參與的人太多，就是舊黨裏頭也有人站出來，倒不是所有人都刻意地針對自己。

這公公見沈傲一時恍惚，壓低聲音道：「沈大人，楊公公叫咱家來傳個話，若是沈大人覺得時間不夠，就是再拖延個十天半月的也沒什麼打緊，其實陛下表面上催促大人進兵，可是心裏頭卻也知道你的苦處。」

沈傲頷首點頭，道：「回去和楊公公說，我自有主意，多謝他的賜教。」

送走了公公，沈傲立即擂鼓升帳，將博士、營官、中隊官全部召集過來，先是拿了旨意念出來，隨即敲著桌子：「既然陛下嚴令進兵，咱們這些吃人俸祿的也沒什麼說

的，現在要說的是該怎麼個進兵法，諸位可有什麼看法嗎？」

眾人噤若寒蟬，心裏頭都有那麼點兒沒有底氣，聖旨來得太倉促，許多事都還沒有準備好。

沈傲見大家不說話，只好道：「不說別的，時間還有半個月，咱們該要的糧草、軍需要及早備齊，都寫個單子出來吧，是要火槍還是弓箭、火炮，哪個營不足，先立即遞條子補上去，省得到時候臨時抱佛腳，至於其他的事，考慮清楚之後再做決定。」

下單子的事倒是辦得快，畢竟是索要軍需，當然是儘量能多索要就多索要些，單中軍營這邊開的單子就是弓兩千副、箭矢十萬支、火油一千斤……

這裏頭也是有花樣的，但凡是開單子索要軍需，各營一般都是漫天要價，明明一個營不過三千人，一張口就敢要兩千副弓，不說別的，若真滿足他們，大宋便是有一百座金山、銀山也伺候不起他們。所以有人漫天要價，就有人落地還錢，你要兩千副，兵部那邊也不客氣，能核實下五百，就已算是很給面子了。

一份份單子送上來，有博士問沈傲，是不是也要開張單子一併送過去，反正是公家錢糧，不要白不要，沒有誰肯客氣。沈傲抬著頭看著房梁，目光幽幽的道：

「我深受皇恩，這種揩油的事是不肯做的，這樣做很不道德，將來一定要被後人詬病，人生在世，德行很重要，不能因一時的貪念壞了自己的名節。」

頓了頓，隨即又道：「可我要是不寫單子，就是出淤泥而不染，這麼多弟兄跟著我吃飯，他們都寫了單子，我卻隻字不寫，難免會教大家不安，覺得索要的東西燙手，來人，拿筆墨紙硯來。」

博士臉色古怪的上了筆墨，沈傲提筆在單子裏寫道：「綸巾十副，鶴氅十副，駟馬車三乘，羽扇五副，童子二十人。」

「送過去，和兵部的那些老爺們說，弟兄們在前頭拼命，都是爲了國家和朝廷，請他們不要耽誤了，儘快把東西送來。」寫完之後，沈傲拍拍手道。

博士看了單子，收起單子，也不說什麼，點點頭道：「是。」

這個時候，一名斥候氣喘吁吁的前來稟告，沈傲將他叫進來，這斥候嘶啞的道：「大人，天一教匪出滑州、韋城，浩浩蕩蕩，足有三萬之眾，向南殺奔而來了。」

「三萬？這是什麼意思，吳筆呢，他在哪裡，有沒有他的口信？」沈傲凝起眉來，原想靠著吳筆來迷惑下天一教，至少能爭取點時間，想不到這個時候，天一教竟是搶先動了手，至少可以說明一點，這天一教一定有了什麼變故。

「沒有。」

沈傲之前爲了迷惑天一教而做了不少功課，一方面招來不少廂軍來壯聲勢，另一方面也放出話去要調動邊軍。以天一教這時的處境，居然先動了手，那麼可以證明一點，天一教已經摸透了自己的底牌。

沈傲儘量讓自己作出一副淡然的樣子：「好吧，你先下去歇了，來人，擂鼓升帳。」

天一教和汴京城的動作都來得太突然，一個是逼著沈傲出兵，一個是大軍壓境，而整個薄城只有一萬餘的馬軍司禁軍，雖說附近一線還有不少廂軍遙相呼應，可是真要指望也指望不上他們。

與營官、博士們商量了片刻，沈傲差不多已經有了一個清晰的瞭解，至少有一點證明，汴京城裏有人向天一教吐露了消息，而且是重要的軍情，讓天一教看透了薄城的部署，使他們肆無忌憚。

只是現在對方將自己摸了個清楚，沈傲對天一教那邊卻是一無所知，只好派出許多斥候去，嚴密監視天一教的情況。

消息很快傳出來，天一教分兵四路，分別向酸棗、封丘、長恆以及薄城進發，這四處皆是進入汴京的門戶，不管是從哪裡突破，一旦這一條防線出現差錯，這後果就嚴重了。

尤其是薄城，地處在四個重要據點的中央位置，是左右呼應的重要樞紐，一旦這裏出了問題，那麼各地的守軍就有被各個擊破的可能。

天一教人多，又掌握著主動，這個時候倒是教沈傲傻了眼，原以爲自己是棋手，誰知棋下了一半，卻發現這盤棋並不是自己想像中的那樣。

事情到了這個地步，固守是一定的，問題是，有限的力量應該守在哪裡。若是集中力量守住薄城，可是酸棗、封丘、長恆這些犄角之地還要不要？若是敵人繞過薄城直取汴京，或者只派出幾百人出現在汴京城下，產生的政治後果都極其嚴重。

可是一旦分兵據守，又會是什麼後果？整個汴京的外圍，真正能打的軍隊怕只有禁軍，殿前司和步兵司當然指望不上，原本這馬軍司的兵力也是雄厚的，至少帳面上也該有個四萬餘人，可是扣掉吃空餉的和高俅大敗的，真正的人數只有一萬二千，把這些人分出去，只要有一處被擊破，那麼全線就被動了。

便是那韓世忠也是一攤手：「大人，看上去這京畿足有數十萬人，可是去掉拱衛京畿的，我們如今是無兵可用，當務之急，是該調動邊軍了。」

沈傲想了想，苦笑搖頭：「邊軍一動，西夏人就會趁機而入，況且就算要調動，遠水也救不了近火，這事兒，還得靠我們自己。」

眾人商議了一會，也理不出個頭緒來，沈傲當機立斷：「事到如今，只能分兵，否則一旦匪軍破了酸棗、封丘等地，我們就成孤軍了，前軍營營官鄧健。」

立即有人出來：「末將在。」

「你立即率部駐守酸棗。」

「後軍營營官黃亭。」

「末將在。」

「率部駐守封丘。」

「左軍營營官熊平。」

「末將在。」

「率部去長恆。」

「其餘的中軍營和右軍營隨我駐在薄城，與本地廂軍協防住，沒有我的調令，不可輕動。」

之前大家爭論不休，這時沈傲力排眾議，倒是教大家無話可說了，紛紛道：「遵命！」

命令下去，各營紛紛去佈置，沈傲又連下了幾道命令，一是催促兵部那邊的後勤，另一面又是下令給各地的廂軍，令他們在各關隘、渡口做好迎擊準備。此外，還要會見各地廂軍派來的人，一面安撫，一面責令他們堅決固守，不得出任何差錯。

這一通忙亂，竟是幾天幾夜都沒有睡個好覺，便是舉盞喝茶，那手臂也覺得酸麻，感覺使不上勁。

空曠的田埂上，經過一陣雨水的洗滌，空氣中散發著一股襲人的泥土芬芳，那田埂裏的青苗已經被踩踏得不成樣子，蜿蜒的隊伍呈一條蛇形一直延綿到天際的盡頭，一個個穿著麻衣，踏著草鞋，披著黃頭，拿著各色武器的人隨著隊伍徐徐前進，也有不少仍然戴著范陽帽子，穿著官兵衣甲的，只不過那范陽帽子上插著一支雞毛，顯得有點兒怪異。

時不時會有人騎馬飛快的在隊伍旁經過，或是傳令之人拿著仙符，或是斥候前去稟報消息。田埂的左側是一處山丘，這山丘上寸草不生，光禿禿的，顯得很是不協調，幾十個騎士組成的馬隊奔上山坡，這些人都穿著道袍，衣料的顏色或紅或黑，爲首一個，正是年紀老邁的徐神福。

徐神福今日戴著紫雲冠，腰間繫著玉帶，精神奕奕的勒馬在坡上駐足，後頭的道人也紛紛勒馬，一時受驚的馬紛紛捲蹄，揚起碎泥嘶律律的響成一片。

徐神福在這小坡上駐足眺望那隊伍的盡頭，顯得意氣風發，隨即目光望著延伸出去的天際，抖動著頷下的白鬚，沉聲道：「斥候說，再過三日，便可進入京畿道了，天地護佑，我天軍必可旗開得勝。」

一人勒馬徐徐過來，這人穿著黑色道袍，臉上卻是長滿了落腮鬍子，一雙眼睛竟堪比銅鈴，哪裡像是修玄的道人，更像是落草的盜賊。這漢子身形壯碩極了，壓在馬上倒教座下的馬兒有點吃不消，撲哧撲哧的喘著氣。

徐神福瞥了他一眼，這人叫王猛，乃是天一教座下第一悍將，數月之前，便是他率領一群天一教徒衝垮了馬軍司的禁軍，讓高俅鎩羽而歸，還差點兒把整個馬軍司搭了進去。

非但如此，當年徐神福起事的時候，當地的廂軍踟躕不決，而王猛當時不過是廂軍之中的一名雜作都的都頭，可是他這個都頭卻在至關緊要的時候發揮了極大的作用，帶著幾十個人，生生闖入京畿北路廂軍營中，拿著刀逼迫當地的將領聽從徐神福的節制。

對這王猛，徐神福青睞有加，此次出征，王猛自然而然的成爲了徐神福的左膀右臂。

王猛的性子有點兒粗魯，聽了徐神福的話，甕聲甕氣的道：「仙上，只要汴京那邊的消息準確，踏平薄城、封丘也是指日可待的事，破了那裏，再直驅汴京，將那皇帝老兒趕下來，這龍椅，該是仙上坐的。」

徐神福抖擻精神，滿懷信心的道：「這消息既是兵部尚書說的，消息就一定準確。」

王猛大咧咧的道：「仙上怎麼就信那什麼兵部尚書，或許這是他們的詭計也不一定。」

徐神福淡然一笑，看著山坡下延綿的行軍隊伍，輕輕安撫了下座下躁動的馬，慢吞吞地道：「沒有人比本尊更清楚汴京裏頭的那些事，這些人爲了爭權奪利，還有什麼事做不出。」

迎面的風兒刮面而過，讓徐神福的髮鬢和白鬚都飄動起來，他目光伸得極遠，斷然道：「這就是天要亡趙家，吾可取而代之。」

王猛躍躍欲試，紅光滿面地道：「官軍的主力在薄城，那姓沈的什麼欽差也在那裏，破了薄城，薄城、長恆一線的官軍必然大潰，仙上，請允我一部軍馬，去取了那沈傲的頭來。」

徐神福呵呵一笑，忍不住欣賞地看了王猛一眼，也忍不住滿懷起信心來，這個信心來源於他對大宋朝廷的認知，趙佶即位，朝廷新舊黨爭，朝中的官員只知爭權奪利而沒有國家，只知搜刮壓榨卻不知有社稷，十幾年來，已是到了油盡燈枯的地步。

還有那所謂的禁軍，作爲大宋最強的武裝力量，其糜爛程度更是令人意想不到，十幾萬禁軍吃空餉的就扣掉了一半，剩餘的都以老弱居多，更有甚者，便是一年不操練也不稀奇。

一開始，徐神福還有幾分擔心，可是與高俅一戰之後，對禁軍再無忌憚，雖說他的

信徒大多是廂軍、民夫出身，可是士氣如虹，又見過了血光，已是今非昔比，再加上天一教深入人心，以一克三也不稀奇。

他最擔心的，是大宋派出邊軍圍剿，可是現在，準確的消息是宋廷居然對禁軍還有極大的信心，竟是要求邊軍原地駐守，如此一來，天一教要面對的，無非是京畿附近的禁軍和廂軍罷了。

只要突破薄城一線，京畿必然震動，到了那個時候，渾水摸魚，拿下了汴京，要取這天下，也非難事。徐神福孤注一擲，也不是全然沒有理由，成功了，君臨天下，失敗了，唯死而已。

徐神福沉聲道：「王猛，你帶萬人爲先鋒，直取薄城，其餘各部，分別進擊長恆、酸棗、封丘各鎮。諸位仙友，玄天聖道、普度凡塵、萬般是孽、洗滌重生，有天帝護佑，雖死亦生，去吧。」

眾道士紛紛道：「玄天聖道、普度凡塵，萬般是孽、洗滌重生。」

尤其是那王猛，喊得極爲熱誠，說罷之後，撥馬飛奔下了山坡，傳達命令去了。

第五章 人海戰術

沈傲搖搖頭，道：「不會敗，也不是六千對一萬，
我這是人海戰術，是以兩萬對一萬。」
「兩萬對一萬？這憑空多出來的人在哪裡？
還人海，莫非是把薄城所有百姓都加進去？」
所有人都百思不得其解。

王猛所挑選的信徒，都是天一教中最爲精銳的彪悍死士，一路勢如破竹，連續攻下數個城鎮，竟是率先進入京畿路，馬軍司的斥候也不敢靠近，遠遠地盯住，然後飛馬回去稟告。

「這麼快？」沈傲有些吃驚，這時，他對天一教的實力才有了些新的認知，這些人，不簡單！

沈傲沉著眉，坐在縣衙的案首上，慢吞吞地道：「這一支軍馬是先鋒，必然是天一教匪的精銳。他們的人數約莫是萬餘人上下，輕裝而來，所帶的糧食定然不多，後方也未必能在一時間補給得上。」

沈傲的分析讓韓世忠幾個刮目相看，雖說這是軍事常識，可是沈大人平時除了吟詩就是睡大覺，大家都當他是書呆子，想不到分析軍情起來還有幾分道理。

韓世忠道：「既然如此，那麼我們固守薄城，只要耗個十天半個月……」

沈傲打斷他道：「不行，一旦被圍，就失了先機，到那時只有被動挨打的份，我……」他站起來，怒視著眾人：「我的命令是，全殲這支匪軍先鋒，先殲滅了他們，天一教必敗！」

沈傲慢慢地在案臺上踱步，道：「否則戰事拖延，不但京畿道不寧，朝廷亦會震動，我們的時間不多，只能放手一搏，與天一教決一死戰。」

「背城而戰？」所有人都呆住了，覺得沈傲滿口都是空話。

沈傲搖頭：「不是背城而戰，薄城向南四十里處，地形較爲開闊，四面通達，最適合決戰。」

「大人是說棄守薄城？」

沈傲點頭。

韓世忠氣呼呼地道：「大人，薄城失守，後果不堪設想，請大人三思。若是匪軍佔據薄城，並不追擊，我們該怎麼辦？」

沈傲氣定神閒地道：「他們一定會追擊，他們帶來的口糧，絕對不會超過半個月，若是不能一舉將我們擊潰，後方一旦接濟不上，又被我們趁機圍了城，這後果他們承擔不起。我們撤退的途中，可以把百姓也遷出去，把所有食物能帶走的帶走，不能帶走的全部焚毀；堅壁清野，他們沒有選擇。」

沈傲的主意實在過於瘋狂，放棄最有利的以逸待勞，堅壁防守，卻是捨近求遠，去尋求決戰。

所有人目瞪口呆，韓世忠道：「大人，薄城只有中軍、右軍二營，人數不過六千，以六千之眾去抵擋萬餘天一教精銳，勝負難料，勝了倒還好說，可是敗了，後果不堪設想。」

沈傲搖搖頭，道：「不會敗，也不是六千對一萬，我這是人海戰術，是以兩萬對一萬。」

「兩萬對一萬？這憑空多出來的人在哪裡？還人海，莫非是把薄城所有百姓都加進去？」所有人都百思不得其解。

韓世忠還想再問，沈傲已板起臉：「好啦，諸位都去準備吧，城內的善後事宜要處置得當，對隨軍的百姓要給予一定賠償，還要告訴他們，待此戰過後，我們會發放銀兩給他們回來重建家園。」

沈傲打了個哈哈，回到後衙去，在自己的寢室裏拿出筆墨，開始書寫各種命令，一直熬到深夜，才和衣睡在案牘上。

因爲之前有了準備，棄守薄城的事倒是並不至於忙亂，只用了三兩日功夫，薄城已是一空；又有留後之人燒了帶不走的糧食和騾馬，便奔去與大部會合了。

那王猛聽到斥候的回報，也是微微一愣，無緣無故，竟是將薄城棄守了，這薄城關係重大，那姓沈的莫非是瘋了？仗打到這個份上，也當真無趣得很，似王猛這種心中頗有理想，一心想立下功勞的人，遇到這豬一樣的對手，更是覺得無趣至極。

打還沒打，人就跑了，就好像一個拳手卯足了勁，想要在眾目睽睽之下擊倒對手，誰知裁判還沒喊開始，對方已經舉起了白旗，原本爲了攻城，王猛早就預留了許多個方案，什麼強攻、挖地道、水淹什麼的，如今是一點用處也沒有了。

率部到了薄城，見這裏已變成了一座空城，王猛心裏更是失落，命信眾們稍稍休息，隨即下達命令，繼續進發，追擊。

王猛的命令自然也遭受了質疑，說是官軍撤退時並不見凌亂，十分有序，這個時候追擊，或許有伏兵也不一定。王猛給出的理由只有一個，軍中無糧，薄城又無糧，要取糧，官軍那裏有！

這個理由足夠充分，也足夠服人，可是爲了謹慎起見，天一教先鋒還是放慢了步伐，這一次派出了許多斥候，一有風吹草動，立即停步，如此三番，直到兩天之後，才發現了官軍的蹤跡。

目標，清河坪。

汴京城裏已是人心惶惶，每日都有各種消息翻新出來，來往於京畿北路與汴京的信使更是頻繁進出，如今城門司已加強了戒備，關閉了城中大門，只留小門供公人進出，護衛這裏的城丁裏三層、外三層，如臨大敵。

此時正是烈日炎炎，炙熱的太陽彷彿要將整個大地烤乾似的，四處都吱吱冒著熱氣，城丁都縮在門洞裏，躲避著這無由來的炎熱。

這時，馬蹄聲由遠及近地過來，聲音越來越大，城丁們停止了竊竊私語，有一些老練的，單聽馬蹄聲便知道騎馬之人騎的是軍馬，蹄聲落地有力，很是矯健。

這個時候，一個青衣小帽的人從城外打馬過來，到了門洞立即被城丁攔住，一個都頭呼喝著道：「是什麼人，可知道城門司已經有了命令，沒有城門司開具的保單，誰也不准進出。」

這青衣小帽的人臉上曬得黝黑，一看就是城門某家大戶的親隨，他冷冷一笑，態度卻甚是傲慢，揚起鞭子在半空啪地破風一聲，大喝道：「瞎了你的狗眼，城門司是什麼東西，要保單，到我家老爺那裏去討。」

那都頭立即心虛了，人家敢說這樣的話，肯定是有倚仗的，這裏是汴京，不是蘇杭也不是西京，誰知道又是哪家老爺的伴隨，態度緩和了一些：「你家老爺是誰？」

「當朝太師，蔡老爺。」他不再打話，已經勒馬前行了。

聽到太師兩個字，再無人說什麼，紛紛避開一條道來，那都頭冒出一身冷汗，抱著拳：「得罪。」

這長隨二話不說，勒馬進了城，直往蔡府去了。

一封書信傳到蔡京的手裏，蔡京站起來，眼眸中放出一絲亮光，隨即又坐下，似乎又在猶豫，沉吟了片刻，看著送信的人道：「消息千真萬確？」

「回老爺的話，消息千真萬確，薄城已經空了，沈傲率著軍民退到了清河坪……」

「他好大的膽子，薄城這樣的要塞之地，也是他說捨棄就捨棄的？老夫還當他有幾分本事，原來匪人還未到，他就已經怯戰了，哼，也罷，此番也遂了老夫的心願，這個消息，還有誰知道？」

長隨道：「應當是小的最先送達的，朝廷的奏報，只怕要到夜裏才能到。」

「夜裏……」蔡京頷首點頭：「下帖子去請人，經常來府上走動的都請來，是時候了。」

汴京的消息傳得快，蔡京知道了消息，半個時辰之後，那些部堂、寺卿大多都收到風聲，他們不是尋常的百姓，聽了這消息便想著捲家逃命。在這些人眼裏，此事一報到門下省，那又是一陣軒然大波，誰可以借著此事發跡或倒楣，都只看這幾日了。

內城往東，就是各家大人的住宅，門房前，一頂頂小轎都預備好了，轎子並不奢華，也不氣派，都是要刻意保持著低調。接著，大人們從裏頭出來，也不穿公服，就一件尋常的夏衫，腰間連魚袋都不繫，直接鑽進轎子，也不需要吩咐，腳夫們抬起轎子便往目的地趕去。

蔡府的側門如今已是停了許多座駕，一頂頂轎子安安穩穩的停住，便有人出來，也不必去通報，門口已經有個主事來迎了，低聲密語幾句，笑吟吟的道：「請大人直接進

內堂說話。」

對這蔡府的主事，便是到了部堂級別的高官，也得留個三分的笑臉，朝他拱拱手，撞到有同僚到了，也不去問候，直接踱步進去。

內堂裏幾個小廝端著茶水穿梭，幾十個凳子，已經坐了一半人，大家只是喝茶、咳嗽，都沒有交頭接耳，遇到關係極好的，也只是頷首點個頭，便又低頭心不在焉的去吹茶沫了。

要出事了，事情到了這個地步，已不再是簡單的軍務，而是捅破天的國事，不戰而逃，也沒有遞上奏疏來解釋，憑著這個，其罪過就已不在高俅之下。姓沈的斬了高俅，接下來，誰去斬了沈傲？

等到人稀稀落落的進來，蔡京才慢吞吞的出現，他是由蔡條攙著進來的，內堂的各位大人見了蔡京，紛紛站起來道：「太師（恩師），下官（門下、學生）有禮。」

蔡京在自己的位子上坐下，才慢吞吞的壓壓手：「不必多禮，都坐下來說話，今個兒天氣熱，條兒，吩咐下頭從冰窖裏取些西瓜，拿出來給大家解解暑。」

蔡條應了，眾人一齊笑呵呵的道：「不必，不必。」

蔡京咳嗽一聲：「消息都知道了吧？」

坐在下首第一個位置上的是吏部侍郎徐忠，吏部是六部之首，權勢自然不同，只是那吏部尚書一向對新舊兩黨都是曖昧的很，部堂裏也只有徐忠是蔡京的人，前些年的時候，蔡京培植黨羽，這徐忠便立下了不少功勞，如今王黼幾個已經不在了，便是那王文柄也都告著病，雖說在座的也有不少重要的人物，卻都是不肯坐這個位置，推著徐忠坐這裏。

徐忠心知坐在這裏就要有個承上啓下的作用，因此率先發言道：「消息都知道，一開始還嚇了一跳，原以爲少不得一場血戰，誰知道卻是這個樣子。」他莞爾一笑：「這個沈傲，把臺子搭起來的時候吹噓得震天響，這個時候看他該怎麼收場。」

眾人哄笑，這兩年真真是被舊黨和沈傲壓得太狠了，如今好不容易看到了曙光，都放聲出來，這內堂裏的氣氛頓時愉悅。

蔡京壓了壓手，沉吟道：「你們也別笑得太早，這事到底會如何收場還是兩說，聖眷這東西，諸位不會不知道厲害，有了它，天大的干係都能化險爲夷；可是沒有，你就是再忠心幹練，也不濟事。」

蔡京的話，給這把火澆了一盆冷水，徐忠呵呵笑道：「恩師，其實這事兒說難也難，說易也易，陛下若是再保著沈傲那頭，何不妨演一場戲來給宮裏看看。」

「怎麼說？」

「把消息傳出去，有些我們不該說的話讓士林和市井裏的人去說，太學的學生不是

最好煽動的嗎？還有國子監，雖說沈傲是國子監出身的，可是到了這個地步，監生那邊只怕也會群情洶湧。京城裏頭鬧一下，宮裏頭還保得住誰？」

眾人紛紛點頭，都道：「這個法兒好，咱們不站出來，讓下頭去鬧，鬧出了動靜，宮裏頭才會害怕，到時候，官家六神無主，早晚要召見太師覲見，太師只要擺個姿態，告訴官家，不殺沈傲，民憤不平，官家又能如何？」

蔡京只是含笑聽著，慢吞吞的喝了口茶，笑道：「原來你們已經有了主意，這個法兒固然可以，可是還不夠。」

「不夠？」

蔡京慢吞吞地道：「得讓宮裏知道真正的厲害，才會下這個決心。」

徐忠疑惑的道：「恩師的真正厲害是什麼？」

蔡京不緊不慢的道：「城門司的人在不在？」

「恩師。」一個官員站起來，朝蔡京行個禮：「門生這兩年都在城門司裏公幹。」

蔡京含笑道：「我知道你，叫朱質對不對？崇寧一年中的進士及第，那個時候我恰好是主考。」

朱質受寵若驚的道：「難爲恩師還能記得。」

「當然記得。」蔡京壓手叫他坐下：「城門司不是說有許多疑似天一教的教徒嗎？

既然有人混入了城裏，京兆府那邊為什麼不下條子到城門司去？」

朱質道：「京兆府那邊的考量是怕擔干係，這事兒還和沈傲有關，說是沈傲去和官家說，讓官家網開一面，動靜不要鬧得太大。京兆府怕得罪了沈傲，所以也不再到處搜查了，就把干係推到城門司這邊來，就是想說這些教徒都是因為城門司防禁不嚴混進來的。不過城門司豈肯上他的當？乾脆就置之不理，不聞不問了。」

在座的都是死忠的新黨，這些話說出來也不必忌諱，蔡京呵呵一笑：

「留下這些人好，把消息放出去，這些教徒定然大受鼓舞，少不得是要趁機鬧出點么蛾子出來的，這些人鬧了，宮裏頭才會真正的害怕。好啦，去放消息吧。」

消息放出去，汴京的上下人等都有些突兀，前幾日還好好的，怎麼今日那薄城就沒了呢？在此之前，周刊宣傳過薄城，說是要害之地，是汴京門戶。眼下薄城一失，天一教下一步不就是要攻入京師？一時之間，個個駭然，人心惶惶。

隨即又有人想到沈傲，那個傢伙統管著禁軍，竟是一炮未發，一戰沒打，就落荒而逃，於是一時之間罵聲起伏，到處都是討伐之聲。

市井這邊鬧得凶，有的人乾脆將沈傲做成人偶，當眾去燒，於是大家一起拍手叫好。還有不少人攜家帶口要出城，卻被攔住。從前攔住倒也罷了，這個時候還攔人，不就擺明著教大家跟著去死？於是衝撞的很厲害，禁軍來了也彈壓不住，直到動了真格的，見了血，局勢才緩和了一些。

士林那邊已經瘋了，鼓動著要鬧事，帶著綸巾的書生竟敢在大街上大嚷嚷：「除國賊的隨我同去。」平時見到這樣的人，大家也就罷了，只當瘋子去看。可是今日氣氛不一樣，竟是有不少人回應。這個時候差役不得不管了，可是管的也有限，一群人聲勢駭人，直奔正德門，誰敢攔？

莫說是這個，便是太學、國子監也坐不住，讀書讀書，到了這個地步還讀個什麼書，天一教匪一到，這書也不必讀了，都該去修玄去。二話不說，便鼓動著上了街，上次是公車上書，這一次連上書都免了，反正看到許多人往宮裏去，他們也就追了去。

一時之間，正德門前竟烏壓壓的全是人，殿前司禁軍立即趕了來，宮門閉得緊緊的，裏頭一個個彎弓搭箭的禁軍冒出頭，如臨大敵。

文景閣裏，趙佶看到新近送來的快報，臉色都嚇白了，薄城失守……不，更確切的說是拱手讓人，汴京門戶大開，這……

他一拍桌案，騰地站起：「沈傲，沈傲在哪裡？他說不負朕的，爲何還未打就逃了？快去問，有沒有他的奏疏傳來。」

宮外頭隱隱傳出誅除國賊的聲音，聲浪一浪高過一浪，趙佶的臉色更是晦暗不明，楊戩也不敢勸，連忙去門下省那邊問有沒有沈傲的奏疏，門下省翻了許多遍，仍是沒有，只好回來通報。

「沒有？」趙佶臉色十分可怕：「好端端的，為何不遞奏疏來，為何事前不和朕說？他到底在弄什麼名堂，莫非真是畏戰而逃？哼……他這是取死。」失魂落魄的坐下，對楊戩道：「宮外頭是怎麼了？」

楊戩大氣不敢出，這個時候也不敢替沈傲說話，連忙道：「外頭有許多人，說是……說是……」

趙佶森然道：「是要朕殺沈傲是不是？」

楊戩重重磕頭：「陛下，事關重大，還需查明了原委，再另行處置。」

趙佶嘆口氣：「朕知道，朕等他的消息，不信他會負朕。」他無力的闔了眼：「叫蔡京來，朕有事要問他。」

楊戩應命去了，可惜足足等了一個時辰，人還不見來，趙佶已經有些煩躁起來，負著手在閣中來回踱步，聽到外頭的聲浪有越來越大的趨勢，一時打了個冷戰，臉色蒼白。

終於，顫顫巍巍的蔡京一副心力交瘁的樣子慢吞吞的過來，納頭給趙佶行了禮，道：「陛下，老臣來遲，罪該萬死，哎……老臣並不敢耽擱陛下垂問，只是……只是京裏頭出了一件事，不得不由老臣出面去彈壓。」

趙佶皺眉：「出事？又出了什麼事？」

蔡京道：「外城突然聚集了數百個天一教徒，大喊什麼玄天聖道、普度凡塵，萬般是孽、洗滌重生。官府出動了，可是沒有彈壓住，當時場面太混亂，一個不好，或許會激起民變，等到馬軍司開赴，那些教徒已經無影無蹤。老臣怕事情鬧大，這些匪人鼓惑人心，所以立即下了幾道條子去，教城門司和京兆府立即出動人手盤查。只是如今汴京太混亂，怕就怕這些人再鬧出事來，一旦外城出了亂子，整個汴京都穩不住。」

趙佶臉色大變，攥著手：「好賊子，朕定要剷除他們。蔡卿，眼下勢同水火，你看看該怎麼辦？」

蔡京鄭重跪下，拜伏道：「陛下，有些話，老臣不得不說。」

趙佶望著他，面無表情：「你說就是。」

「陛下，眼下當務之急，是要穩住人心，如今四處都是聲討沈傲的聲音，陛下應當早作決定，否則百姓們真要鬧起來，再有天一教煽動，那就是彌天大禍。只要借沈傲消了百姓的怒火，這汴京才能穩住，穩住了汴京，剿匪的事還可以徐徐圖之，如若不然……」

蔡京沒有再說下去，後面的話，身爲臣子的也不該說，頭重重磕下，等待趙佶開口。

趙佶沉默，眼眸幽幽，卻是微微一笑：「噢，這件事，朕知道了。」

蔡京心知箭在弦上不得不發，官家這樣的態度，無非是想拖延而已，深望趙佶一眼，加重語氣道：「陛下當以社稷爲重，大宋的江山都維繫在陛下一念之間，億兆黎民的生計安樂也在陛下乾坤獨斷，請陛下痛下決心，立即頒佈旨意，追究沈傲失地之罪。」

趙佶頷首點頭，很是同意的樣子：「蔡卿家拳拳愛國之心，朕早已知道，你能說出這些話，朕心甚慰，不過現在朕有些乏了，愛卿明日再來覲見吧。」

都到了這個份上，哪裡還肯拖延到明日，蔡京豈能不明白趙佶的心性，官家性子本就懦弱，不逼一逼，是決不肯點這個頭的。一向溫文爾雅、老成持重的他猛地厲喝一聲：「陛下心中可有社稷？天一教若成事，陛下該如何自處？宗室該怎麼辦？兩宮太后該如何？」

從前唯唯諾諾的蔡京這麼大聲一喝，讓趙佶臉色一陣煞白，沉吟了半晌，臉色灰白地抬起眸，道：「一個沈傲和江山社稷有何干係，太師是不是嚴重了。」

蔡京加重語氣道：「不但有干係，而且干係重大，市井之人恨沈傲，恨入骨髓，士林人恨沈傲，是因爲他不戰而逃，致使社稷危如累卵；眼下薄城不戰而逃，再不尋個果

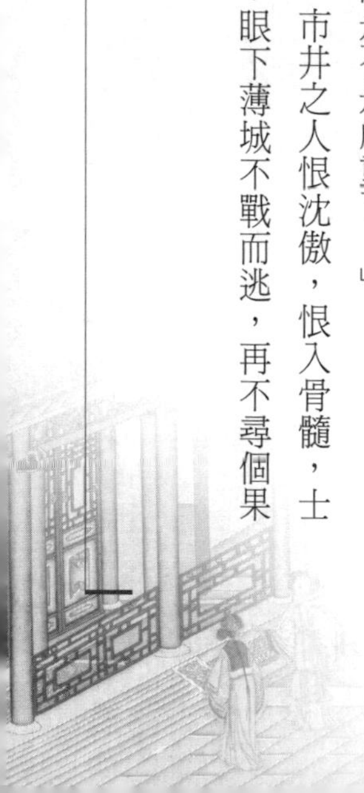

決的人出來擔當，天一教匪朝夕便可抵汴京，到時天下震動，外有強敵，內有餘孽滋事，陛下如何處之？」

趙佶嘆了口氣道：「你說得也沒有錯，可是朕不信沈傲會不戰而逃，他如此做，定是另有主意。」

蔡京肅然道：「陛下，另有主意他爲什麼不事先奏報？就是下一個條子也是好的，況且薄城是汴京門戶，他棄城而走，就已是大罪，陛下再維護他，不消老臣說什麼，就是那朝廷、士林、市井也要鬧翻天了，陛下可聽到正德門前的陳情嗎？再不處置，民變即生，請陛下乾坤獨斷，莫再遲疑。」

趙佶又是唏噓，那一浪高過一浪誅除國賊的聲浪越來越大，便是在這文景閣也聽得見。他癡癡地坐了一會，道：「那就將他鎖拿京師治罪吧，去擬旨意，不過事先說好，只許鎖拿回京，不得怠慢了他，誰要是傷了他一根毫毛，朕刮了他。」

到了這個地步，他也只能選擇折中的辦法了，眼下先保住沈傲的性命才是最要緊的。

蔡京眼中閃過一絲悅色，道：「陛下，還要派一名欽差去接過沈傲的軍務，這干係實在太大，非要有個能鎮得住場的人不可。」

既然已經有了決心，接下來的事情，趙佶就有點兒不太上心了：「蔡卿家以爲誰可擔當？」

蔡京臉上有一絲冷意浮現，慢吞吞地道：「既是兵事，當然是兵部尚書王文柄最好。」

蔡京選擇王文柄，是另有深意的，到時候欽命他去做這個欽差，總攬一切，憑著王文柄和沈傲之間的嫌隙，依王文柄的爲人，就是寧死，也要和沈傲同歸於盡。只要王文柄去宣讀了旨意，接了兵權，到時候便是當場格殺沈傲，也是情理之中。

此時的王文柄，反正是不想活了，這個時候正是讓他出馬的時候。沈傲一死，這京師之中誰還可以擋他蔡京的鋒芒？憑石英？蔡京微微一笑，石英固然是個硬石頭，可是真要耍弄手段，他還差得遠了。

趙佶哪裡想到蔡京的險惡，沉吟道：「王文柄不是告病嗎？他既在病中，就讓他好好歇養吧。」

蔡京道：「陛下，老臣剛剛得的消息，王尚書的病已經好了，眼下事急從權，朝廷哪裡尋得到可用的人？只好請他出來。」

趙佶也不再堅持，頷首點頭道：「你讓門下省擬了旨意送過去吧，好啦，朕乏了。」

蔡京得了口諭，也不再說什麼，躬身退去；趙佶嘆了口氣，恍了恍神，只是嘆氣，

也不再說什麼了。

旨意送到王文柄的府上，那王文柄已歇了二十餘天，雖然已經可以下榻，可是一直都在蠶室裏待著，第一次從蠶房裏出來，讓他很不舒服，他怕見光，又被這風吹著很不颯爽。更要緊的是，他更怕的是見人，不管見的是妻子、小妾、子侄還是下人，他都是躲躲閃閃的，彷彿所有人恭謹的背後，都藏著幸災樂禍，這種感覺讓他抓狂。

可是聖旨來了，不得不去接，他腳步虛晃，有個下人要來攙他，他猛地打開手，尖聲大叫：「滾開，滾開……」

他這一叫，像是暴露了什麼似的，下人們臉色古怪地走開，王文柄一雙眼睛卻是殺機騰騰，彷彿被人看破了心事，看破了他心底最脆弱的地方。他想扯一下鬍子，可是輕輕一扯，那一縷稀鬚又呼啦啦地往下掉，手裏頭竟是捏下了幾十根鬍鬚來，這一下彷彿是遇到了蛇蠍，讓他臉色一下子蒼白如紙，差點兒要跳起來。

倒是他的兒子王充趕過來，原想討好下這個爹爹，臉上掛著笑，殷切的叫了一聲爹，便走過來要攙他，換作是以往，王文柄多半是覺得理所當然，這個時候卻是厭惡地打開他的手：「走開。」

好不容易磨磨蹭蹭地到了前堂中門，這一路走過來，王文柄辛苦得厲害，雖說傷口是癒合了，可是每走一下，下頭就疼得厲害，就彷彿有什麼東西牽扯著似的，結的疤殼彷彿都要脫落了。

等見到穿著大紅禮袍的公公，王文柄的臉色更不好看了，這公公在王文柄看來就像是一面鏡子，見了他就像是見了自己，讓他觸及到許多不敢想的事。

「兵部尚書王文柄接旨意。」

王文柄跪下，這一次動作幅度實在太大，真真是傷到了他，騰地他冷汗直往下冒，不知道的還以為他是罪官，正等著聖意裁處呢。

宣讀旨意的公公也是覺得奇怪，這王大人是怎麼了，接個旨意像是家裏頭死了人似的，想了想也就收了心神，展開聖旨，宣讀起來：

「制曰：今邊事不寧，道匪為患，朕殫精竭力，日夜難眠，國思良將……欽命兵部尚書王文柄出京節制各路軍馬……」

王文柄抬起頭，眼眸中掠過一絲喜色，連忙磕頭謝恩，接過了聖旨，心花怒放。那公公含笑還不肯走，按道理，多少是要討點賞錢呢，更何況以往王尚書出手闊綽，今次的油水應當不少。

誰知王文柄接了聖旨，喜滋滋地低頭去看了，擦了擦眼睛，才問：「那沈傲欽命可有處置嗎？」說到沈傲二字，王文柄的聲音都顫抖起來。

公公道：「陛下說了，鎖拿回京，卻不能傷了性命，陛下自會處置。」

王文柄臉色稍稍有些不悅，可是隨即又笑了起來，他的笑聲尖銳嘶啞，頷首道：「本官明白，本官明白了。」竟是再不理會宣旨意的公公，興高采烈地又去看聖旨，彷彿怎麼都看不夠似的。

王文柄的心都顫顫地抖動起來，一門心思想著：「報仇雪恨的時候到了，沈傲，你害得我這麼慘，我這一趟去，也要以其人之道還治其人之身，哈哈，陛下只說不傷你性命，卻沒說不能割了你。」

他心裏當然清楚，傷害了沈傲是什麼罪過，可是到了這個時候，在王文柄看來，活著已經沒有了多大的意義，他活著，還留著這口氣，無非是要報這個仇罷了，在他看來，拿他這條殘身去換沈傲的性命，實在是一件再值當不過的事；如今連老天都給了他這個機會，他豈能錯過？

那一邊，王夫人小心地踱步過來，這位王夫人也是大家閨秀出身，這些日子爲王文柄的事憔悴了許多，小心地扶住王文柄，道：「夫君，外頭風大，還是先去歇一歇，有什麼事等傷好了再去計較。」

這句話原本沒什麼問題，換了往日，王文柄少不得相敬如賓地說幾句體己的話，可是這個時候，他卻是厭惡地看了王夫人一眼，尖著嗓子道：「我還沒死，還不要你假惺惺。」

他的這句話，連那傳旨意的公公都覺得有些不對頭，連忙扯著嗓子道：「王大人快做好準備吧，馬軍司已經調撥了一千的軍士，就等大人去提點出京，眼下剿賊是要務，不可耽誤。」拱拱手，連賞錢都不要了，立即就走。

中門這裏涼風嗖嗖，所有人都是畏畏縮縮的，面對這喜怒無常的老爺，大氣都不敢出。

王文柄抱著聖旨，猶如捧著心肝寶貝，嘻嘻笑道：「來人，這就去步軍司，告訴他們，今夜……啊，不，明日清早就上路，你們……」他望著家裏的上下人等，厭惡地道：「還不快給我整理行裝？」

其他人見他這樣，也都不敢在這兒待了，王文柄的兒子王充連忙扶著淚眼婆娑的母親走了，下人們唯恐避之不及，也都一個個不見了蹤影。

王文柄回到蠶房裏坐了一會，只有坐在這裏，他才覺得心安了不少，此時，他的心情一下子從谷底升到雲端，臉色時而猙獰，時而惻惻地笑，有時又拿聖旨來讀，彷彿那個沈傲就在他的眼前，他要做的，只是決心怎麼處置罷了。

「先割了他，割了之後呢？是不是斬了他的腦袋？不，不能斬，殺了就無趣了，得想個法子，想一個好法子。」

王文柄碎嘴的在昏暗的蠶房絮絮叨叨，咬牙切齒地喃喃念著。這個時候，外頭有窸窣的腳步聲，他像是被針扎了一下，高聲大叫：「誰，誰在外面？」

外頭的人沉默一下，隨即道：「蔡府送來了一封書信，請大人看看。」

王文柄鬆口氣：「拿，拿進來。」

撕開封泥，打開信箋，信箋裏頭只有四個字——好自爲之。

「好自爲之，嘻嘻……恩師果然知我，我這便好自爲之。」將信揉成一團，丟進炭盆裏頭，那信隨著火焰一下化爲灰燼。

第六章 金屋藏嬌

外頭的衛兵聽到了動靜，裏頭居然是女聲，
莫非是沈大人金屋藏嬌？
衛兵面面相覷，既不敢進去，又怕鬧出事來，
不過很快，他們就放心了，
因為聽到裏頭沈傲很歡快的聲音，
唔唔……似乎誰的嘴被堵到了。

夏雨說來就來，只聽見天空一陣咆哮聲，雨像箭一樣射下來！隨著震耳欲聾的雷聲！暴風雨來了！

簡直是暴風「箭」雨，雨頃刻間狂下起來，雷也越來越響，風在吼，雷在咆哮！天空在怒吼！烏雲漸漸越來越多，雨也越來越大，接著，閃電在滾滾雷雲之中閃動，直教人以爲天都要崩塌下來。

白茫茫的雨線垂落，原野上是一片泥濘，無數個身影在泥濘中翻滾，慢吞吞地前行，有人在呼喝：「營官，是否叫將士們歇息片刻？」

坐在馬上的人抹了一把水簾，艱難地道：「明日正午之前一定要趕到清河坪，這是命令。」

這句話鏗鏘有力，請求歇息的一個中隊官陷入沉默。

前軍營營官鄧健是在清早收到的消息，原本他奉命駐守酸棗，前腳剛到，那邊的命令就已經來了，命令很簡單，於七月十三那一日正午，必須抵達清河坪，若有延誤，斬！

酸棗距離清河坪足有三百里，三百里的距離，一營三千人要急行軍，卻只給了十六個時辰，偏偏天公不作美，大雨滂沱之中，許多人在雨中在泥漿上跌倒、爬起、又跌倒，吸了水和泥漿的鎧甲比平日厚重了不少；可是事到如今，也只能咬著牙，繼續趕路了。

沈傲的命令沒有絲毫的折扣，鄧健這邊也沒有商量的餘地，好在禁軍們都沒有討價還價，兩個月的時間不管是颳風還是下雨，他們也是這樣走過來，既然這是命令，也沒有人敢說什麼。

好在身邊的人都熟了，隊官體力好，壓在後頭，碰到在泥漿中不能動彈的，就拉起來扶著走，雨中的這一絲溫情，讓禁軍打起精神，更沒有什麼埋怨，相互攙扶前行。

只是所有人都在想，剛剛分兵，卻又將軍馬全部急調到清河坪去，封丘、酸棗、長恆怎麼辦？憑著當地的廂軍，能擋個十天八天就已不錯，只是這些事也只能想想，該怎麼做，自有沈大人決定，沈大人既然下了令，只能服從。

大雨沒有停歇的跡象，大家相互扶持著默然冒雨前行，餓了，便解下早已泡濕的乾糧吃上幾口，水倒是不缺，就是體力透支得厲害。

清河坪上，雙方的大營距離不過七八里之遙，狂風肆虐中，營火點點，王猛率部追到了這裏，便察覺到了一絲異樣，讓他難以想像的是，爲什麼官軍要捨棄掉固守城池的優勢，而將決戰的地點選擇在這裏，想不明白，索性不想了。

原以爲官軍有詐，於是放出許多斥候去探查，小心翼翼地安了營，去搜檢附近是否有伏兵，可是得來的結果只有一個，附近什麼都沒有，而對面營中的官軍至多不過五千

人。

到了這個地步，王猛也就不再顧忌了，他心裏已經有了主意，明日就發起進攻，夜長夢多，只要解決掉眼下的敵人，便可回師到薄城去，在那兒與徐神福的後隊集合。

爲了防止夜間官軍偷襲，雖是狂風驟雨，天一教徒們仍是輪番夜巡，三步一崗、五步一哨，戒備森嚴。

好在對面並沒有什麼出格的舉動，倒也讓王猛更有點兒摸不著頭腦了，既沒有伏兵，又不夜襲，對方到底打的是什麼算盤？

在沈傲的中軍大帳裏，中軍、右軍兩營的營官、中隊官已經等候多時，沈傲一到，所有人不自覺地站起來，沈傲壓壓手：「坐下說話。」

大家一道兒坐下，率先是韓世忠打開話匣子，道：

「大人，匪軍那邊試探了許多次，只怕現在差不多已經摸透了我們的底細，多半明日就要有所動作了。」

沈傲頷首點頭：「估計清早就會開始發起進攻，校驗馬軍司成果的時候也該到了，能不能打，就看明天。我已調命各營和附近的廂軍明日正午之前到達，堅持到正午，匪軍必敗。」

對沈傲的話，許多人不以爲然，堅持到正午倒也沒什麼，問題是，各營距離這裏都是三四百里的路程，連夜地趕過來，能不能及時到還是兩說，再者，眼下又是大雨，出了差池怎麼辦？至於廂軍就更不好說了，這些人叫他們搖旗吶喊倒也罷了，壓倒性勝利時追擊一下也還能有點樣子，憑他們去對陣，那是想都別想。

沈傲見大家這個樣子，也不說什麼，心裏知道很難和他們解釋。其實他也並不是什麼名將，只是個酸文人，讓大家聽他調度是一回事，要人信服，只怕沒誰會肯。

沈傲的戰術其實就是最通俗的人海戰術，所謂人海戰術，並不是說你的兵比別人多，後世那些十萬殲二十萬，三十萬壓著五十萬的戰例多的是，靠的就是這種戰法，人海戰術真正靠的是組織能力，一支軍隊，可能有幾十萬、幾萬的規模，作爲主帥的，並不是在地圖上點一個點就成了的，比如一支軍隊在距離你數百里之外，你點一個點，說兩天之內抵達，集結優勢兵力，對一個點的敵人發起進攻，這在有的軍隊眼裏，幾乎是不可能，因爲長途奔襲需要良好的體力，需要極大的耐力，甚至可能還需要在敵人的眼皮子底下穿插。若是換了從前的禁軍，莫說給他兩天時間，便是給他五天、八天，人家也不一定能到。

禁軍還算是好的，畢竟大宋的軍制還屬於募兵制，多少還能讓他們動一下。要是換作後世的一些軍隊，那種完全靠拉壯丁方式組織而成的力量去完成這種舉動，幾乎是天

方夜譚，畢竟再怎麼奔襲，總也不能把當兵的用繩子串起來拉著走。

因此，歷史上真正的強軍都是練出來的，鍛煉方式有很多種，有的是在血與火中淬煉，有的純粹就是不斷的操練，不管用的什麼方法，至少有一點最緊要，就是命令頒發下去，一定要不折不扣的完成。否則拿一群扛著刀槍的農夫給你，便是戚繼光也沒轍。不練出戚家軍，也成就不了他，沒有岳家軍，岳飛也絕不可能彪炳史冊。否則你縱是天縱奇才，如趙括一般在地圖上指指點點，結果發現你的命令發佈下去，人卻連個影都沒有看到，那還不吐血才怪。你拼了命衝上去做餌，吸引敵人的火力，結果兄弟部隊們一看大事不妙，你撒潑滾地的求他們拉你一把，人家早已跑了個沒影。

所謂的打仗，說得再好聽，就是不管你的部下有多少人，是一萬、十萬、一百萬，能不能勝利，靠的不是你的奇思妙想，也不是什麼三十六計，靠的是你的話能不能得以貫徹，若是真能做到使臂使指，一個最簡單的軍事計畫就足以橫掃一切敵人。

後世的德國人一拍腦袋便可以玩閃電戰，是因爲一道命令下去，會有百萬鋼鐵洪流毫不猶豫的向歐洲的縱深處發起衝鋒。後世的蘇聯參謀部腦子一拍，就可以讓幾百萬軍民冒著嚴寒和饑餓，在一百五十萬敵軍的包圍下在殘骸斷壁中堅決抵抗。若是換作其他的軍隊，你換了郭奉孝、諸葛孔明來，便是有什麼空城計，什麼八面埋伏，一道命令下去，人都跑了沒影，或是磨磨蹭蹭的在瞎磨時間，進攻沒人快，連潰逃都沒人快，你不死誰死？

沈傲的軍事方針就是組織力，眼下雖然馬軍司還沒有到強軍的地步，可是完成一個人海戰術的水準還足夠，他相信，明日正午，各部一定會按時抵達戰場，到了那個時候，便是天一教的末日。

他並不辯解什麼，這時巧舌如簧也沒什麼用，反正這些人不管是甘心還是不情願，最終都會不折不扣的完成自己的命令，擺擺手：

「諸位散了吧，明日清早，決戰！」

韓世忠等人紛紛站起，帶著幾分疑惑和不解，還有幾許怪異的眼神黯然出去。

暴雨是在後半夜停的，沈傲突然從夢中驚醒，陡然想到時間還早，心情尚還有幾分激動沒有褪去，索性也不再睡了，坐在床榻上，想起家裏的妻子，又想起安寧，心裏想，這一次得勝回朝，若是宮裏再不把安寧嫁了，本大人就真捲了鋪蓋睡到講武殿裏去，看他們能如何。

這樣一想，不由哈哈笑起來，突然感覺身子有點兒冷意，外頭的衛兵聽到裏頭的動靜，喳喳呼呼地衝進來：「沈大人……」

「沒你們的事，出去。」沈傲揮揮手，心裏苦笑，這個時候，怎麼可能會有人，這

些衛兵，未免也太大驚小怪了。

「咳咳……」一陣清脆的咳嗽傳來。

沈傲嚇了一跳，直以爲見了鬼，抬起頭來，來人卻是一個女劍士，俏生生的亭亭佇立在床榻前，頭髮被雨淋濕了，雙手抱著劍，冷若寒霜地看著自己。

「夔兒……你嚇死我了。」沈傲脖子有點兒發涼，這個時候夔兒突然出現，確實出乎沈傲的意料之外。

夔兒瞧了他一眼，道：「怎麼？很怕我嗎？」

沈傲連忙搖頭：「不怕，不怕，我怕你做什麼，你知道的，如今我是有家有室的人，若是冒冒然的衝進來幾個面目可憎的女子，失了貞潔，那可就沒臉去做人了。不過夔兒和我……咳咳……哈哈。」朝夔兒眨了眨眼，一副一切盡在不言中的表情，隨即曖昧一笑。

這一笑卻是將夔兒惹到了，夔兒皺眉：「這麼說，從前很多人夜裏鑽入你的房裏？」

沈傲比竇娥還冤枉，嘆了口氣，故意道：「哎，說這個幹什麼，我明日就要和天一教匪不死不休了，勝敗生死都不知道，你還有閒心來拿我打趣。」

這柔情攻勢果然奏效，夔兒臉色柔和了許多，冰霜漸漸融化，溫和地坐在榻前，道：「怎麼？原來你也會怕？」

沈傲理直氣壯地道：「我爲什麼不能怕？我怕得要命，要是我一命嗚呼了，多半是要下油鍋地獄的。」

蓁兒眼眸完全柔和下來，俏生生地微笑道：「不怕，這一次我來，便是聽到了風聲，是來保護你的。再者說了，油鍋地獄八成容不下你，你這麼好的人，要下也是下拔舌地獄。」

咦，這是什麼話，堂堂七尺書生，還要你一個女俠保護？真是豈有此理。沈傲心裏暗暗腹誹，卻是打起精神，聞到蓁兒身上那一股似有似無的清香，在這昏暗的燭光下，單調的牛皮帳子裏，有一種誘人犯罪的感覺。

他二話不說，努力作出一臉清純，雖說這老油條扮起清純來，多少有那麼一點兒不自在，可是沈傲畢竟是沈傲，明明是個賣弄風騷的風塵女，他偏偏能擠出那麼一點大家閨秀外加羞澀處子的風情，一雙眼睛無辜的看著蓁兒，擠下幾滴清淚：

「蓁兒，你來了就好了，我一害怕就想到了你，女俠，能不能友情贊助一下你的肩膀給小生靠一靠，小生真的很害怕，無依無靠的，尋不到避風的港灣，咦，你的腰很粗壯的樣子，能不能讓小生抱一抱……」

「你……你要做什麼？喂，再亂摸剁了你的手。」

「不摸……不摸，女俠明明是來保護小生的，爲什麼態度這麼凶。」悻悻然的聲音低聲埋怨。

「那你還搭著做什麼？」

「咦，說也奇怪，爲什麼我的手還搭著？」

「放開！」

「……」

「放不放？」

「……」

「鏘……」長劍龍吟嗡嗡作響出鞘。

外頭的衛兵聽到了動靜，裏頭居然是女聲，莫非是沈大人金屋藏嬌？衛兵面面相覷，既不敢進去，又怕鬧出事來，不過很快，他們就放心了，因爲聽到裏頭沈傲很歡快的聲音：

「你不要過來，不要……你再過來，我就脫衣服給你看！」

「你……把衣服穿上。」

「你把劍收起來。」

「你先穿。」

「爲了安全起見，還是你先收。」

「你穿了衣我就收。」

「你收了劍我就脫……啊，不，是穿。」

唔唔……似乎誰的嘴被堵到了，接著長劍匡噹落地，急促的呼吸之後，那嬌嫩的聲音道：「無恥之徒。」

「窈窕淑女，君子好逑。食色性也。這是詩經和聖人教我的，讀書人的事，豈可叫無恥，該叫郎情妾意才是……」

「酸死了。」

「哎呀，你壓著我的肩膀才酸，女俠，到底是你保護我還是我保護你，怎麼好像弄反了。」

衛兵們已經聽不下去了，寧願踩著積水離大帳遠一些，省得掉一地雞皮疙瘩，大晚上的玩這一套，教外頭的人情何以堪。

一大早鼓聲就傳出來了，沈傲孤身出來，伸了個懶腰，黑眼圈很重，門口的衛兵精神倒還尚可，挺著胸站著，沈傲看了他一眼，道：「昨夜你聽到了什麼動靜？」

衛兵遲疑了一下，悻悻然道：「回大人，聽到了一點點。」

沈傲咳嗽一聲，顯得有些尷尬，臨戰在即，搞出這種么蛾子實在有那麼點兒難爲情，老臉一紅，道：「我和她是清白的，你信不信？」

「……」

「信不信？」

衛兵立即道：「回大人，信！」

「不管你信不信，反正我是信了。」沈傲撇撇嘴，只好自己安慰，隨即道：「去，拿一套衣甲來。」

「衣甲？」

「對，尺寸小一些的，快去辦吧。」

那衛兵立即尋了一套簇新的衣甲來，這兩個月沒少向兵部索要東西，庫裏還有不少未穿過的衣甲。沈傲拿了衣甲進帳去，過不多時，便領著個身形嬌小的「衛兵」出來。正在這個時候，校場裏校尉禁軍已經集結完畢，呼啦啦的喊著口令操練，天一教營地還沒有動靜，等到吃了早飯，天一教才轅門大開，呼啦啦的教徒舉著刀槍蜂擁出來。

這些算是天一教的精銳，都是魁梧的漢子，自然比不得訓練有素的軍隊，可是比起糜爛的禁軍卻是足夠。再加上他們打起仗來悍不畏死，又見過了血，身體上下都有一股彪悍的氣質。

王猛親自督促軍馬向禁軍的營地靠近，遠遠的已擺開了陣列，他騎在馬上，遠遠眺望沈傲這邊，臉上冷冽的獰笑，全然不將禁軍放在眼裏。這些官軍的戰鬥力他早已有了深刻的認識，所謂的官軍，一觸即潰，要對付他們，實在不需費人多功夫，更何況己方兵多，對方人少，自己帶來的儘是精銳，又豈是無膽官軍所能抵擋。

王猛之所以信心滿滿，是因爲這一趟他帶來的，還有三百鐵騎，這些鐵騎原是京畿北路的番兵，都是契丹人，因爲遼國內訌，逃竄來宋境的番人。這些人被安置在京畿北路的番兵營，後來徐神福起事，這些番兵對大宋本就沒什麼忠誠，誰出錢養活他們，他們自然肯爲誰賣命。

這三百鐵騎可謂是王猛手中的王牌，不到關鍵時刻，他是不肯輕易打出來的。

官軍那邊的斥候已經發現了天一教的異常，立即飛馬回營稟告，過不多時，官軍傾巢而出，在營前列陣。

不得不說，官軍列陣的速度只用了短短一炷香時間，一列列曲徑分明的方陣便已成型，單從這賣相上，便比天一教那邊要花哨了幾分。

沈傲此時則高坐在哨塔上，居高臨下的望著下頭密密麻麻的隊列，沈傲這麼做，倒是情有可原，他是主腦，是主帥，還是文人，教他提刀去玩熱血，他傷不起，還是觀戰更現實，更實在，裝酷這種事，還是交給熱血青年去做。

他今日戴著綸巾，搖著羽扇，威風八面，羽扇向前一指，頗有一副指點天下的氣度，在他的身後，則是鬚兒和幾個傳令兵，少不得還有幾個博士，大家都屏住呼吸，望著下方密密麻麻的隊列，心裏都生出凜然。

鼓聲開始響起來，官軍方陣開始按著鼓聲的節奏一步步列隊前行，從上到下，所有人都不禁捏了一把汗，這種不安，很快被鏗鏘有力的靴聲和鼓聲壓了下去。

各隊的隊官在隊伍裏開始向身邊的禁軍講一些作戰的知識，這些知識其實早已講過許多遍，可是這個時候聽起來，卻教人不敢忘記。

「緊跟著隊官，保持隊列，記住，在隊列裏，你是千千萬萬個人，出了隊列，你就是孤身一人了。不要記著搶功，按著命令行事，不要割去敵人的頭顱，沈大人是不按頭顱記功的。」

「壓住恐懼和害怕，記住，逃跑的死亡率更高，記著你身邊的隊友，他們才是你求活的關鍵，和他們並肩作戰，才能撐到最後一刻。」

「敵軍潰逃時不要急於追擊，先聽從命令。」

王猛那邊已經等不及了，看到官軍的花哨陣列，他咧嘴一笑，冷冽的拔刀向前一指：「殺官軍。」

「殺官軍！」萬人爆發的大吼衝破雲霄。

接著，無數人自覺的開始念起天一教箴言：「玄天聖道，普度凡塵，萬般是孽洗滌重生……」念著，念著，眼睛漸漸的變得赤紅，彷彿身體中憑空多了一種慷慨赴死的力量，萬般是孽、洗滌重生，既然可以重生，可以再世爲人，死又有何懼？

無數人蜂擁衝出去，沒有隊形，沒有約束，如一隻隻脫韁的野馬，發狂衝鋒。

只是王猛沒有動，他身後的三百騎兵也沒有動，王猛的臉上猙獰的可怕，可是在那赤紅的眼眸之後，卻藏著一絲冷靜。

看到這樣的場景，哨塔上的沈傲都不禁捏了一把汗，這些天一教徒所爆發出來的力量確實可怕，他害怕的想，若不是對馬軍司進行了整頓，施行了兩個月的操練，憑著這些廢物，多半一衝就要被這些瘋狂的人悉數衝垮，除了邊軍，再也尋不到能遏制這些人的力量。

身後的蓁兒也看得呆了，忍不住嬌聲道：「匪人的氣勢很高，便是契丹人也不一定有這樣的氣勢。」

沈傲撇撇嘴：「契丹人的優勢是在馬上。」說罷，眺望著壓陣的王猛那一隊騎兵，也不禁有點兒皺起眉。

他隱隱感覺，那夥騎兵才是真正致命的威脅，可嘆的是，馬軍司雖然名叫馬軍司，馬雖然也不少，可是這些年的虧空和貪墨，那些膘肥的戰馬早已偷偷被人賣了，被人拿一些老馬和瘦馬來充數，那種一看比沈傲還營養不良的馬兒，莫說是上陣殺敵，便是馱送糧秣都嫌是累贅。否則訓練出幾千騎兵來，何至於爲了全殲而選擇決戰。

在禁軍的眼裏，天邊的盡頭，一條淡淡的黑線在蠕動。

遠處傳來的兵器出鞘聲、喘息聲、金屬撞擊聲響成一片，他們瘋狂的向這邊衝來，獵獵大風吹起他們的頭巾，形成一片翻滾的怒濤。

許多禁軍對天一教匪並不陌生，今日見到這樣的氣勢，難免有些緊張，好在隊官仍在不停的說話，他們的聲音鏗鏘有力，猶如鎮定劑，讓他們安心不少。

這時，哨塔上舉出令旗，傳令兵在陣前來回拍馬疾走，高呼道：

「沈大人令，校尉拔刀！」

「拔刀……」

「拔刀……」

一個個小隊裏金鐵交鳴，鋒利長刀在半空畫了個半旋，隨即刀尖向上，迎著烈陽。

「做好準備！」校尉們受命拔刀，這個命令便是告訴他們要準備戰鬥了，校尉們開始向隊裏大呼：「挺槍，張弓。」

嘩啦啦……無數根長槍斜刺出來，如林的長槍一叢叢密密麻麻，竟是將後隊的人都擋住了。最後數列的禁軍開始引弓搭箭，鐵製的箭簇迎著四十五度仰角，一絲不苟的等待下一步命令。

兩個營的旗幟在大風中獵獵作響，這個時候，所有人都可以看到教匪猙獰的面容，只剩下一百丈。

教匪揚著刀槍呼嘯喊殺著衝鋒，而校尉禁軍在沉默，這一靜一動，平添了幾分詭異。

一百八十丈……

一百七十丈……

一百六十丈……

……

八十丈……

七十丈……

隊官開始呼喝：「放箭！」

「放箭！」所有人一齊大吼……

一百五十步，恰是弓箭最佳的射程範圍，一聲聲弓弦的嗡嗡聲響起，無數羽箭遮天蔽日般從天空劃過半弧，隨即向敵軍落去。

戰果不大，只有三四十人悲愴倒地。

「引弓……」

「射……」

「射……」

又是數十人倒地，臨敵不過三，三輪箭雨之後，第一波教匪已毫不猶豫的衝入陣中。弓箭最大的效用就是在某種程度上截住了教匪的衝擊，讓教匪的隊形不由微微一窒，只是這一窒，便不知道爲前隊的槍手減少了多少衝擊。

兩支隊伍終於撞上，猶如撲火的飛蛾，密集的長槍上，隨著重重的撞擊，便多了數十具屍首，剛才還是活生生的人，如今隨著那「萬般是孽、洗滌重生」的聲音化作了枯骨。

禁軍的隊形隨著無畏地衝撞，一下子從直線變成了波浪，隨後而來的教匪也漸漸學乖，再不瘋狂擠撞，他們深知這槍陣的厲害，及時止步，提著長短兵器尋著空檔刺入。

接二連三的呻吟和嘶吼傳出，只是一條線的距離，卻成了兩股洪流不可逾越的距離，屍體堆積如山，有人倒下，立即有人踏著同伴的屍體取代空檔，繼續瘋了似的鏖戰。

有的人見了血便嚇呆了，有的人聞到了血腥，反而會變得更加炙熱瘋狂，教匪如此，禁軍也是如此。

教匪們高喊著「玄天聖道，普度凡塵。萬般是孽，洗滌重生。」更加瘋狂地攻擊；而禁軍們見到了同隊的戰友倒下，原先的畏懼立即化作了無盡的怒火，大家同吃同住同操練，一人犯規，全隊受罰，兩個月的時間，足夠積攢深厚的友誼，如今眼睜睜看到朝夕相處的袍澤被捅成血窟窿，一個個牙關都咬碎了，赤紅了眼，默默地挺槍前刺。

「收！」

「刺！」

隊官們身先士卒，舉著儒刀劈擋探進隊列的長槍，仍不忘教隊裏的禁軍不要忘記對陣要領，無數的鮮血汩汩流出來，碎肉和破碎的甲片漫天飛揚。

戰局進入僵持。禁軍的隊列雖然逐漸不穩，猶如大海波濤一般彎曲起伏，可是無論教匪們怎麼衝，也衝不開這長槍組成的隊列，而讓教匪們發了瘋，一批人倒下，更多人搶上，這個結果，只怕誰也不曾想到，到了這個份上，生命也沒有了任何意義。

哨塔上的沈傲此刻也十分緊張，手裏的羽扇顧不得再搖動，一雙眼睛望著戰局，心裏不知在想些什麼，感覺到有些殘酷，卻又感到一股火熱，他沒有身臨其境，卻同樣有一種感同深受的憤恨。

「中軍營四中隊那邊出了什麼事？怎麼讓人豁開了一個口子，快堵上。」沈傲有時失魂落魄地扶著木欄跳腳，有時抬起頭，看了看天色，似是在等待什麼。

最終，目光又落在王猛方向的騎兵身上，忍不住道：

「側翼，側翼，一定是側翼，對，應該是右翼，我若是王猛，一定會選擇那裏。韓世忠是不是在那邊？但願他在！」

第七章 山寨版欽差

「這只怕不妥吧，畢竟是欽差，大人……」
沈傲淡漠地道：
「我知道他是欽差，本大人莫非不是欽差？
陛下還賜了我一柄尚方寶劍呢，
我是正牌欽差，他是山寨版的，
哪裡有正牌欽差去接一個山寨版欽差的？」

王猛的臉上有幾分錯愕，他無論如何也想不到，兩個月前一觸即潰的禁軍，今日卻是抵擋了一波又一波的瘋狂攻勢，而且……至今他們的陣列都沒有出現任何缺陷，甚至好不容易出現一個豁口，立即會有人及時補上，他們的抵抗不但頑強，而且極有章法，至今爲止，仍然保持著隊形。

天一教的傷亡絕對要比官軍要高得多，若是再如此下去，只怕官軍未垮，天一教就要垮了。他目光如鷹，目光落在了禁軍的右翼，那裏似乎有一個空檔，只是……那裏到底是陷阱？還是官軍的弱點？

好鋼用在刀刃上，這三百騎兵也是如此，若是用得好，便可以做壓彎戰爭天枰的稻草，可是一個疏忽，也極有可能深陷鏖戰之中，馬兵變成步兵，頃刻間被人潮淹沒。

王猛用刀身拍著馬脖子，呼哧呼哧地喘著粗氣，雙目一壓，只留下一道縫隙，縫隙中掠過一絲殺機，長刀一揚：「隨我來。」

王猛高舉長刀，策馬狂奔，三百鐵騎如影隨形緊緊跟在他身後，馬蹄踏碎了泥漿，揚起泥濘，不顧一切的朝著官軍的薄弱處發起攻擊。

腳下的大地有如潮水般往後倒退，天地間，只有健馬同時叩擊大地所發出的轟鳴聲，王猛嘴角牽動，冷冽炙熱的目光死鎖住一個目標，隨即策馬，開始以弧形繞過前方的天一教步卒，從右翼包抄過去。

「來了！」沈傲感覺自己的心似是要跳上了嗓子眼裏，步卒對騎兵絕不是好玩的，這支騎兵從側翼犁出一道血路，整個軍陣就有被分割包圍的危險，他情不自禁地從椅子上站起來，心裏想著：能不能擋住，就看韓世忠的了。

韓世忠已經看到了動靜，指揮右翼的兩個中隊結陣，眼看那騎隊如狂風一般漫捲而來，嘶啞地大吼一聲：「列隊，準備！」

轟隆隆……轟隆隆……馬蹄似乎踏破了虛空，裹挾著強大的衝擊，爆發出最後的衝刺，迅速移近。

「射……」

轟……

數十道火舌噴薄出來，百名禁軍穩固著突火槍率先發難，隨即天空中隆隆作響，百隻如鷂的武器從後隊發射而出，這幾種武器都在宋軍中大量使用，如那天空盤旋的鐵嘴火鷂、竹火鷂也紛紛發射。

騎兵隊中暫態炸開，無數彈石齊飛，再加上火舌噴射，令騎兵頓時減慢了速度，這種火器殺傷力並不巨大，且裝填極爲繁瑣，幾乎是用一次就報廢的產品，可是對付騎兵卻極爲有效，火藥炸開，倒是並沒有傷到多少人，可是那一聲聲巨響，卻讓戰馬受驚，馬上的騎士一時控制不住，妄圖以馬力一舉衝刺的機會便失去了；更有數十匹戰馬吃驚

的四處奔走，帶著騎士向反方向狂奔而去。

「長槍！」

一根根長槍自陣中挺出來，也在這個時候，王猛的騎兵飛快撞入陣中，頓時數十個禁軍被撞得橫飛出去，騎兵連續撞飛不知多少人，前行了十幾丈的距離，一入官軍的陣地，兩側便有許多禁軍瘋狂地用長槍狂刺馬身。

在犧牲掉上百個禁軍、校尉的血肉之軀之後，王猛和騎兵瞬間淹沒在人海之中。戰馬失去了衝擊的力道，其戰力甚至還不如步卒，深陷在四面都是官軍的陣中，幾乎已經不可避免地要面臨殺戮了。

那王猛倒也厲害，立即招呼陣中散落的騎兵集合起來，形成一個圓陣並肩自保，竟還有喘息拖延的機會。

哨崗上的沈傲狠狠一拍木欄，忍不住道：「成了，韓世忠這個對付騎兵的法子果然有效，先用火器遏制住騎兵的衝擊力道，再用長槍結成形成阻力，原來用處這麼的大。」

其實沈傲不知道，若是高俅時期的馬軍司，便是再好的辦法也難敵這些騎兵的，沒有作戰意志，誰肯憑著血肉之軀去和騎兵硬碰硬？鐵騎一到，陣腳就已經亂了，根本不必騎兵去屠殺，自家就相互踐踏起來，騎兵只需揚著刀跟在後頭，如驅趕綿羊一樣，一路殺過去就是。

只是現在的禁軍已是脫胎換骨，在沒有得到後撤的命令之前，不會輕易奔散，再加上校尉領著他們，擋在前頭，禁軍們聽慣了隊官的命令，這時見隊官衝在前頭，反射動作的拱衛在他的身邊，如此密密麻麻的挺刀列槍，形成了血肉的城牆，再彪悍的騎兵也絕不可能輕易過去。

「死了很多人。」穿著衛兵衣甲的鬉兒臉色黯然，汪汪的眼眸中閃動著，頗有些不忍。

沈傲心情又落到低谷，故意大咧咧地道：「是啊，打仗就要死人的。」隨即悄悄抹了一把淚花，哈哈笑道：「這兒風真大，風沙吹到我的眼睛了。」

鏖戰仍在繼續，無數的血肉之軀犬牙交錯的拉鋸在一起，沈傲抬頭望了望天色，突然道：「快到午時了吧？」

「大人，還有兩刻便到午時了。」

沈傲嘆了口氣道：「再不來，勝負就能預料了。」望著那些發狂的教匪，沈傲悵然若失，這樣的敵人還真可怕，那些契丹人、西夏人還有金人，想必比他們更加可怕吧？

正在這時，地平線上突然出現了一團團黑點，黑點越來越多，越來越密集，迅速地向清河坪移動，一個博士高聲大呼道：「來了，來了！」

「來了！」沈傲又驚又喜，瞇著眼睛看了許久，終於清晰的看到前軍營的旗幟：

「是前軍營！」

前軍營疲憊不堪的抵達了這裏，連續三十六個小時的行軍，中途也只小憩了兩個時辰，整營的人馬又累又乏，幾乎連手上的長槍都握不住了，此刻見到廝殺的場景，營官鄧健咬了咬牙，大喝道：「校尉們何在？」

「在！」

隊官們抖擻了一點精神，撲哧撲哧地應道。

「你們做先鋒，其餘的軍卒爲後隊，掩殺教匪只在今日！」

一柄柄儒刀拔出鞘，刀刃的鋒芒在陽光的映照下閃閃生輝，到了這個時候，也顧不得列隊了，直接以校尉做先鋒，以鼓舞最後一點士氣，隨即從教匪的側翼掩殺過去。

一個多時辰的鏖戰，教匪們就是再瘋狂，此時也是疲憊不堪，再看突然有了一隊官軍殺到，士氣一洩，頓時被正面搏殺的中軍、右軍營占住了優勢，戰爭的天平已經開始向官軍傾斜。只是困獸猶鬥，教匪稍一遲鈍，隨即分作了兩路，拼命廝殺抵擋。

一刻鐘之後，西北方向又出現了一隊軍馬，獵獵戰旗上繡著左軍營的字樣，沒有停頓和歇息，便如洪流一般衝入了戰場。

隨即是後軍營和各地的廂軍紛紛抵達，戰場上的人數已是越來越多，而天一教教徒已被分割成了數塊，漸漸被包圍，隨即包圍圈不斷縮小，從一開始的相持到單方面的殺戮，戰鬥已經毫無懸念。

便是慢吞吞趕來的廂軍，這個時候也是士氣如虹，眼看著搶功的時候到了，一個個平時見了血就跑得比兔子還快的傢伙們，嗷嗷叫著撲進戰場，生恐落在人後。

「傳令下去，全殲他們，跑了一個，各營的營官就不要來見我了。」

沈傲下達了最後一個命令，突然想起自己的偉大職責，撿起那跌落的羽扇，玉樹臨風的輕輕搖擺，一雙鮮亮的眼眸望向蒼穹，說不出的孤寂，只恨不得這個時候某個男高音跳出來，爲他高歌一聲：

「滾滾長江東逝水，浪花淘盡……」

哨塔之下，是兩萬餘禁軍和廂軍分割包圍住了五千餘負隅頑抗的教匪……就是人多欺負人少！

屍橫遍野的闊地上，四處瀰漫著血腥，禁軍們還在屍體中搜尋袍澤的屍體，探著他們的鼻息，偶爾間，會有幾聲不甘的哭聲，也有驚喜的聲音，隨即便將人抬起，送到郎中那兒去。

廂軍也沒有閒著，這些傢伙天知道扒了多少教匪屍首的飾物，掏了多少口袋，遇到還沒有氣絕的教匪，一槍扎下去，給了個乾淨。

教匪負隅頑抗，所以俘虜並不多，不過寥寥兩千餘人，對於重傷的，沈傲也只是睜一隻眼閉一隻眼，讓廂軍恣意胡爲，軍中的郎中有限，救治自己人都忙不過來了，哪裡還有精力去照顧其他。

敵軍的屍體直接堆到曠野上，用柴草燒了，一時也找不到棺木給那些戰死的禁軍和校尉，只能事急從權，撿了他們的骨灰，用瓷甕裝好，到時送回汴京去，再另行安葬。

一封封戰報傳過來，這一戰折損的禁軍就超過了八百餘人，校尉犧牲也是慘重，竟有五十人之多，八百校尉一下子少了這麼多，沈傲心情有些黯然。可是他也明白，校尉若是不身先士卒，這仗也沒法打下去，這樣的折損率倒是沒有辜負他建學堂的初衷，一個國家也好，一支軍隊也好，總要有人挺身而出，武備學堂的效用便是如此。

當天夜裏，沈傲親自寫了一封奠詞，當著三軍的面悲戚地念出來，隨即焚燒，在一片片哀悼聲中，他打起精神道：

「死者已矣，我們還要活下去，人總是要死，馬革裹屍，本就是校尉和禁軍的宿命，活著的人唯一能做的，就是常常仰望，默默思念。」

沈傲再也不回頭，生怕再觸及別人的目光，心情黯然地回帳裏去，帳裏的蓁兒迎出來，問：「怎麼了，你心情不好？」

沈傲悲戚地道：「我太無恥了。」

鑿兒安慰他：「行軍打仗，難免會有傷亡，你是主帥，當然是居後觀看，這並不羞恥。」

難得女俠還懂得安慰人，沈傲黯然搖頭：

「你不懂，我說的不是這個，我的意思是，今日將士在沙場搏命，昨天夜裏我還在和一個女子搞七搞八，亂搞男女關係，現在想起來，真是不該，就算要東搞西搞，那也該留到以後再說。我這人沒有自制力，太容易受誘惑，天生要命犯桃花的。」仰臉四十五度，一滴清淚在眼眶裏團團轉著要掉出來。

鑿兒：「……」

沈傲真的是累了，脫了靴子，躺到床上，鑿兒卻是站在榻前不動。

沈傲看了她一眼道：「床上很暖和，你累不累？要不要歇一歇？」

鑿兒：「……」隨即撇撇嘴，抱著劍道：「你做你的好人罷。」想要出去，走了幾步又旋身回來，咬牙切齒地道：「不能便宜了你，非要打你一頓才解恨！」

沈傲大驚失色：「你打我做什麼？你不要過來，不然，我又要脫衣服了！」

鑿兒撲上來，沈傲身手敏捷，卻是一下子用手將她勾住，兩個人順勢滾在床榻上，胸膛貼在一起起伏，粗重地呼吸，鑿兒嗔怒道：「你說什麼搞七搞八，把我當成什麼人

了?」

沈傲抱緊她，不捨得放開，口裏道：「沒有的事，我只是有感而發罷了，昨天夜裏我們很純潔很清白啊。」

帳裏很炎熱，兩個人這樣摟著，熱汗便出來，虁兒掙扎了一下，道：「你放開我好嗎?給人看見了，不好。」

「看見了也不怕，反正所有人都知道本大人的帳裏有個衛兵，還是嬌滴滴的美人兒，他們就算沒有看到，也會產生遐想，天知道我們在他們的想像中是什麼樣子，或許……或許……」

「或許什麼……」虁兒像是被蜜蜂螫了一下，渾身如受驚的貓一樣緊張起來。

沈傲將頭埋入虁兒的胸前，豐潤的酥胸上是一層牛皮的甲衣，牛皮的氣味混雜著體香，有一種說不出的安定作用。

虁兒打了個冷戰，牙關咯咯響了一下，碎牙一咬，輕輕推開他，瞪著他道：「方才你還要死要活的，怎麼現在又是這副德行，你不是讀書人嗎?不是說桃花劫嗎?」

沈傲一把將她摟住，道：「我不是說過，死者已矣，活著的人還要繼承死者未竟的事業!咳咳……醉生夢死，也算是未竟的事業之一吧。我唯一做的，就是去為他們爭取到最大的禮遇，讓他們的妻子不致挨餓受凍，贍養他們的父母，讓他們受世人的推崇，每到節慶時，要有人去祭奠告慰他們的英靈，哭哭啼啼的，將來還怎麼統兵？」

摟著鞶兒，雖然自覺自己說得理直氣壯，可是體內的欲火也不自覺地消退了，心裏不由黯然，他娘的，這心情不好，多半連老軍醫也沒有辦法。

二人摟在榻上，相擁而眠，沈傲今日竟出奇地安靜，一點也沒有動手動腳的心思，睜著眼睛連他都不知道自己在想些什麼。

鞶兒見他這樣，倒是擔心了，又覺得這個男人表面上不正經，油嘴滑舌的，可是在這嬉笑的背後，卻總有一些壓抑著的心事，女人但凡覺得某人有些異樣，難免就生出了母愛，輕輕撫摸著沈傲的背，低聲道：

「沈傲……」

「嗯……」

「你在想什麼？」

「我……不知道。」沈傲睜大眼睛：「只是覺得有些累罷了。」

鞶兒想說什麼，卻欲言又止。

沈傲突然眸子一亮：「是了！」

「是什麼？」

「我大宋的英靈，應該入孔廟，讓萬世瞻仰參拜！」

「……」

「不過這似乎很有難度，到時候免不得又有非議，不過我還是要去試一試！」沈傲興奮得手舞足蹈，輕輕地在蓁兒的額頭上吻了一下：「你不明白，禁軍自然入不了孔廟，但可以給他們建一座忠勇祠存放骨灰，可是校尉不一樣，他們是讀書人，自然有理由讓他們入孔廟，只要入了孔廟，還有誰敢輕視武人？你等等，我得再想一想。」

沈傲似乎捕捉到了什麼，任何一個時代，精英都會有個流行職業問題，在後世，社會的精英都做了政務官，而在西方，精英都去了華爾街，在大宋，最優勢的人只有一個選擇，那就是讀書做官。

也即是說，最優勢的人才都是向社會的頂端流動的，大宋重文的同時要崇武，要振興武綱，避免那孱弱的局面，就必須扭轉這個趨勢，讓武官也能在最高的階層之中佔有一席之地。

單純地給予豐厚軍餉，給予一個出身，還不夠穩固，除非……進孔廟。

孔廟是整個大宋的精神圖騰，上至宮裏，下至滿朝的官員和士林儒生，都將孔廟看做是神聖不可觸犯的存在。

若是校尉的英靈神位能入孔廟呢？要辦成這件事固然千難萬難，可是一旦辦成，那麼大宋的優秀人才將不可避免地進行分化，一部分會流入軍中，通過武備學堂的方式從軍，也有一部分會流入廟堂。如此一來，武人，尤其是學堂出身的武人，地位將會扶搖直上。

武人地位的提高，對整個大宋的崇武風氣也會形成極大的影響，一群可塑造的精英份子將會進入軍營，十年二十年之後，這些人將會成爲軍中最耀眼的將星，他們會帶領龐大的軍隊出現在大漠，會出現在關外，會翻過高原，會越過林莽，甚至……會乘風破浪，出現在大洋的彼岸。

大宋的武備，最差的不是先進的裝備，不是充分的給養，這些其實都很容易做到，真正缺的，其實還是人才，一個自上而下，結構縝密的人才體系。

想到這裏，沈傲已經開始琢磨了，什麼人會成爲阻力？誰的反對聲音會最大？宮裏頭會怎樣想？漸漸地，在淡淡的體香中，沈傲埋入那柔軟的臂彎裏漸漸睡過去。

第二日清早起來，便有飛馬來報：「大人，朝廷欽命兵部尚書王文柄大人前來宣讀旨意，慰勞軍士，是不是開轅門派人去迎接？」

聽到王文柄三個字，沈傲的態度冷淡，道：「人在哪兒？」

「二十里外，至多不過兩個時辰就可到達。」

沈傲笑了笑道：「來得這麼快？也真難爲了他，迎接就免了，沒這功夫。」

「這只怕不妥吧，畢竟是欽差，大人……」

沈傲淡漠地道：「我知道他是欽差，本大人莫非不是欽差？說起來，陛下還賜了我一柄尚方寶劍呢，我是正牌欽差，他是山寨版的，哪裡有正牌欽差去接一個山寨版欽差的？」

他這個理論還真沒有人聽得懂，山寨是什麼？莫非是野路子的意思？不過這一仗全殲天一教精銳，不說禁軍，至少教官、校尉對沈傲是佩服之至的，別看這位沈大人時不時發點瘋，可是辦事利索，操練出來的效果好不說，這一次以退爲進，一次全殲天一教主力，就足以讓人信服了。

沈傲既然這樣說，眾人也無話可說，心裏想：「那兵部尚書莫非和沈大人有什麼過節？」

這時，韓世忠快步進來，朝沈傲使了個眼色，沈傲摒退眾人，韓世忠低聲道：「大人，按著你的吩咐已經查出來了，這個人……」語氣更加放低，附在沈傲的耳朵裏嘀咕幾句。

沈傲哂然一笑，道：「我就知道是他，把那幾個知道此事的俘虜都好生看押起來，到時候自有他們的用處。韓世忠，這一次你立了大功，我在報功的奏疏裏，已經爲你請爵了。至於升官的事，暫時我先壓著，這武備學堂的差事還得你來做，等再過幾年，武備學堂進入了正軌，再放你出去。」

韓世忠且驚且喜，這些年被人壓制得狠了，到處受人排擠，想不到做了這個教官，倒是真正地有了晉升的希望。

韓世忠想了想，卻是搖了搖頭道：「大人，我寧可做一輩子的教官，在這武備學堂，並不比坐鎮一方的差。」

韓世忠這樣說，倒不是他要客氣，只是他已習慣了這裏的生活，許多事已經割捨不下了，再者說，在這兒做教官，將來軍中的桃李遍佈天下，說不定未來的邊鎮招討使都是他的門生學生，這份榮耀，卻不是尋常人輕易能得來的。

沈傲呵呵一笑道：「這件事再議吧。」

官道上，數十騎拱衛著一輛馬車呼嘯而過，這些人都是勁裝打扮，腰間配著長刀，頭戴著范陽帽，身上是禁軍鎧甲，一個個魁梧強壯，策馬狂奔。座下的戰馬顯然不堪重負，已經有些吃不消了，撲哧撲哧地打著響鼻，馬身上大汗淋漓。

烈日當空，彷佛要將大地烤焦一般，曬得人無所適從，馬車的車輪滾過一道車印，留下漫天灰塵。

這樣的天氣，便是過路的客商都不願意多停留，大多數會尋個鄉里小店落腳打尖，避避暑再說；可是這隊精騎卻像是一點不在意，不斷催馬向前，雖是人困馬乏，卻是一刻都不敢停留。

馬車裏很顛簸，尤其是對王文柄這樣大病初癒的人來說，簡直是一件難忍的折磨，每一次顫動，下身便鑽心地痛，連尿液都憋不住自動流了出來，褲襠已經濕了一片。

王文柄咬著牙，卻是哼都不肯哼一聲，手裏抱著聖旨，咬牙切齒地獰笑著。這一切都是沈傲害的，再過兩個時辰就可報仇雪恨了，王文柄已經可以想像，自己從天而降到沈傲面前，大喇喇地宣讀著聖旨，那沈傲趴在自己的腳下，待聖旨宣讀完畢，他居高臨下地看著那個該死的傢伙，嘴中迸出一句：

「來，將犯官沈傲拿下！」

之後呢？之後自然是對沈傲百般羞辱！

想死？沒這般容易！不扒了他的皮，抽了他的筋，豈不是便宜了他？自己已奉旨轄制軍馬，將在外可君命不受；要捏死一個犯官，還不是玩兒一樣？至於以後的事，就隨他去吧，便是抄了家，殺了頭，亦無所恨。

人到了這個地步，已經沒有什麼可顧忌了，命根子都沒了，就剩下個殘身，已是聲名狼藉，活著還不如去死！王文柄活著的唯一信念，只是爲了等待報仇之日。

車廂在搖曳，突然開始劇烈抖動，慢慢的馬車停下來，一個禁軍將虞候勒馬到了車廂邊，低聲道：「大人，將士們人困馬乏，這裏正有一個客棧，是不是歇歇腳，順道給馬兒餵點馬料。」

王文柄原以爲已經到了，迫不及待地拉開車簾去看，恰好看到遠處的酒旗迎風獵獵，不由冷哼一聲：「歇，歇個什麼？只剩幾十里的路罷了，不要耽擱，繼續走。」

一開始他還能忍住，語氣也還算平和，可是到了後來，情緒突然激動起來，連嗓音都變得尖銳無比，最後「繼續走」三個字喊出來的時候，幾乎是吊著嗓子，像公雞一樣鳴出來的。

這將虞候皺起了眉，原本欽差該有欽差的儀仗，這位王大人嫌速度太慢，拋掉了大隊人馬，只帶著幾十騎徹夜狂奔，如今部下們一天一夜也只睡了三個時辰，一路只用乾糧充饑，在馬上顛簸了這麼久，早就累得直不起腰來，這王大人卻是一點體恤他們的心思都沒有，只想著趕路，倒像是迫不及待赴任似的。

以往這兵部尚書王文柄，他是打過交道的，平日裏還算和善，可是這一趟，卻不知是發了什麼瘋，一直沒有給過人好臉色看，那臉上似笑非笑，一副刻薄的樣子，便是罵起人來也是尖酸得很。

這將虞候想了想，忍不住道：「大人，就算要趕路，多少也得派個人過去打聽些消息再走吧，都說沈傲退兵到了清河坪，可是那裏到底出了什麼事，卻沒人知道，不打探

一下，問個清楚，貿然過去，說不定會遇到教匪也不一定。末將是粗人，倒也不怕什麼，欽差大人千金之軀，總不能犯險不是?不如我們打了尖，先吃飽睡足了，等那邊有了消息再趕過去，也耽誤不了多少時間的。」

面對這個兵部尚書，將虞候已經算是夠客氣的了，原以爲王文柄會滿口答應，誰知道王文柄卻變得更激動，捋了一把頷下爲數不多的稀鬚，這一捏，便又掉落下幾縷稀鬆的鬍鬚來。

他瞪著將虞候，陰陽怪氣地嘖嘖笑道：「危險不危險，全是你說的。本欽差不怕，你怕個什麼?你就這麼想著歇腳?」

將虞候一下子無所適從，只好道：「不敢，不敢，一切全憑大人吩咐。」

這王大人真是越來越奇怪了，不但人變了，連整個人的氣質都變得陰柔了不少，這一恍惚，讓將虞候感覺自已面對的不是兵部尚書，而是個公公。

這個想法一冒出來，讓他心裏也起了疑，這是怎麼了?接著忍不住地偷偷去看王文柄的下頷和喉結。

誰知這一看，正好被王文柄看中他的心思，王文柄又羞又怒，幾乎是從喉管裏吊起的嗓子尖銳地道：「放肆，你這狗屁武夫，本欽差也是你能隨意看的?滾，帶人趕路!」連忙捲下車簾，在車廂裏還在罵罵咧咧：「殺千刀的賊，本欽差節制了軍馬，第一個拿你開刀，沒有眼色的東西。」

這一叫罵，真真是什麼斯文都沒有了，平素那些文官雖然對武夫多少有點兒不屑，可是言語上卻不會顯山露水，就算是譏諷，也是不留痕跡，讓當事人還以爲人家把你誇成了一朵花，至少也等到喜滋滋地回到家，才醒悟被那些酸臭文人指桑罵槐了。

可是王文柄這樣罵，還當著這麼多部屬的面，少不得讓這將虞候難堪起來，拉著面皮，也不好說什麼，勒馬沒好氣地道：「走，繼續趕路。」

騎士們紛紛怨聲載道，心裏多半問候了那王文柄的祖宗十八代，才慢吞吞地繼續上路。

他們這一行人一路都不曾停歇過，到了後來，速度越來越慢，那將虞候不願意再去受辱，乾脆也不提歇息的事了，倒是那王文柄嫌速度不快催促了幾次。

直到傍晚，才終於看到了營火，王文柄從車窗處探出頭來，心就要跳到嗓子眼了，心裏咯咯冷笑：「沈傲，本欽差來了！」

黑燈瞎火的，誰也看不清周遭的動靜，覓了路到了大營的轅門，那將虞候就發覺有點兒不對勁了，這裏的血腥氣太重，彷佛剛剛經歷了一場廝殺；先去轅門向門口的衛兵通稟了一句。

接著勒馬到王文柄車窗前，低聲道：「大人少待，已經稟告了，至多一兩炷香功夫，就會有人來迎。」

車廂裏的王文柄這一次沒有捲開簾來和將虞候說話，只是坐在車裏道：「好，那就等，這裏怎麼有一股怪味？」

將虞候道：「是血腥氣。」

王文柄嘖嘖冷笑道：「血腥氣好，我就喜歡這味道，我問你，人砍頭的時候，會不會從傷口處濺出血箭來？」

這將虞候也不知王文柄為什麼問這個，遲疑地道：「這也是說不準的事，血霧倒是有的。」

王文柄嘿嘿一笑：「待會兒試試就知道。」便再沒有聲音了。

足足兩炷香時間，轅門終於大開，轅門之後，已有人準備好了香案，營中的校尉、禁軍列隊出來，在轅門口列出個倒八字，再裏頭更有數重的禁軍列出隊列，沈傲帶著軍中的大小營官、中隊官出來，老遠便哈哈笑道：

「今日一清早起來的時候，便看到喜鵲在高枝上團團轉，想不到還真有貴人來了。」

人從黑暗中出來，沈傲穿著紫色朝服，繫著玉帶，頭戴著翅帽，一步步走過來，笑呵呵地看向馬車，道：「王大人這一次欽命來此，想必一定是有要事的，本官與王大人是老相識，客套就免了，請王大人先宣讀旨意。」

車廂裏頭的王文柄，拉開車簾從車轅處鑽出來，腳一落地，那陰惻惻的臉暫態化作笑容，此刻的他見了沈傲，固然心裏恨得牙癢癢，可是瞬間功夫，他就做了個決定，都說貓戲老鼠，今日他倒是想好好和這姓沈的周旋周旋，先不要透露出風聲，到時候再給他降下一道天雷，到時看他還怎麼得意。

王文柄嘖嘖一笑道：「沈大人，咱們好久不見啊。」

二人寒暄了幾句，言語之間自是打著機鋒，見沈傲滿面紅光，王文柄心裏冷笑：「下一刻看你哭還是笑。」

見時候差不多了，王文柄便肅容道：「沈傲接旨意。」

沈傲躬身行禮，朗聲道：「臣接旨。」

王文柄冷笑著看了沈傲一眼，連眼皮都不肯抬起來，漫不經心地道：「怎麼？沈大人就是這樣接旨意的？」

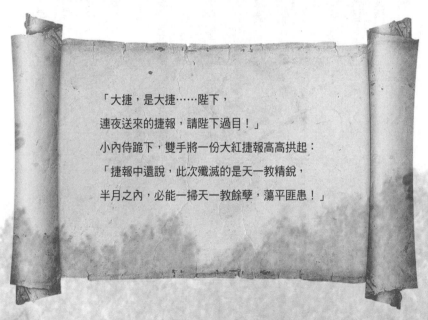

第八章 喜獲捷報

「大捷，是大捷……陛下，
連夜送來的捷報，請陛下過目！」
小內侍跪下，雙手將一份大紅捷報高高拱起：
「捷報中還說，此次殲滅的是天一教精銳，
半月之內，必能一掃天一教餘孽，蕩平匪患！」

沈傲楞然，道：「哦？莫非接旨意還有什麼講究？」

「不知死活的東西。」王文柄心裏暗罵了一句，卻是作出一副笑容：「聖旨一到，如天子親臨，你爲何不跪？」

「噢，原來大人說的是這個。」原以爲沈傲會跪下，誰知沈傲微微笑道：「大人，實在抱歉，本官好像不太方便。」

王文柄這時再沒有什麼好臉色了：「有什麼不方便？」

沈傲道：「本官身上帶著天子御賜的寶劍，這寶劍與聖旨一樣，都是如朕親臨，若是天子劍朝著聖旨跪了，這個帳到底怎麼個算法？」

王文柄一聽，果然看到沈傲的腰間繫著一柄精美長劍，按道理，像這種節制軍馬的大員外放出去，又轄制著京畿三路的軍事，一般宮裏頭都會賜劍一把以示優渥，另一方面也方便調度；只是如今一個人拿著聖旨，一個人帶著御劍，王八遇到了烏龜，還真不知該如何是好了。

沈傲呵呵笑道：「不如這樣吧，本官呢，見了聖旨當然是要跪的，可是大人見了御劍也不能站著，本官跪下接旨，大人也跪著宣讀旨意如何？」

沈傲笑吟吟的看著王文柄，王文柄啞口無言，頓時生出一股羞辱感，心裏想，死到臨頭，這個傢伙居然還死鴨子嘴硬。他眼珠子一轉，這股火氣只好忍著，萬事等宣讀了旨意再說。陰惻惻的笑道：
「好說，好說，跪著就免了，本官站著宣讀旨意，沈大人便站著聽旨吧。」
並非是王文柄不願意和沈傲一起跪下，只是他這一跪，如此大的動作，免不得要牽扯到傷口，既然有御劍和聖旨，兩個人都站著也合規矩。
沈傲猶豫了一下，笑吟吟的道：「好吧，那麼本官就站著接旨意了，王大人，這可是你准我站的，到時候怪罪下來，本官免不得要牽扯上你。」
王文柄瞪了他一眼，卻也無話可說，肅容道：「沈傲接旨意。」
沈傲肅容側立：「臣接旨。」
沈傲能站，不代表別人也能站著，沈傲話音剛落，身後的營官、中隊管、校尉、禁軍立即跪倒了一片。
王文柄正色道：「制曰：攬京畿三省事沈傲，朕猥以眇躬，獲纘洪業。方此該藏之月，寔爲震夙之辰。卿志切愛君，情深體國。然退守薄城而畏賊是何故？今國人相疑，俱言愛卿畏賊如虎，不能托以軍國事。朕將於此觀爾，即令卿交付軍馬，兵部尚書王文柄可替之。」
聖旨十分簡短，與以往不同，從前都是大罵一通，棒子卻輕輕落下，這一次卻是誇耀了一番，說沈傲直切愛君，深情體國，這意思多半是對沈傲還有幾分肯定，不管如何，至少說沈傲本心還是好的。至於後面就嚴重了，說沈傲拋棄薄城，畏敵如虎，現在國人相疑，身爲天子的，也不得不裁撤你的軍事大權，由王文柄來頂替。

王文柄念完，臉上已露出得意笑容，將聖旨一收，冷笑道：「沈傲，聖旨你可聽明白了嗎？」

沈傲道：「明白了。」

王文柄得意非凡的道：「既然如此，來人，先解去沈傲的翅帽、官服，押解起來。」

身後的步軍司將虞候立即喏了一聲，正要動手。

「且慢！」沈傲鎮定自若的道：「聖旨只是裁撤，並無押解，王大人這是要借題發揮？」

王文柄眼眸中殺機騰騰，尖聲咆哮道：「本官現在攬京畿三省事，是不是借題發揮還有你說話的份？來人，拿下，先掌嘴！」

到了這個份上，氣氛已經降到了冰點，莫說是那步軍司的禁軍，便是馬軍司這邊都默然無語，一個個怪異的看著王文柄。

「怎麼？沒有聽到本官的話，快，拿……」

「啪……」

一個巴掌毫不容情的扇在王文柄的臉上，落手之人正是沈傲，沈傲朝王文柄冷笑，隨即又是正反幾個耳光打下去，王文柄後面的話再說不下去了，捂著臉高聲大叫：

「沈傲……你這是要造反？好大的膽子，連欽差都敢打！哎喲……」

這個突如其然的變故，教人看得眼花繚亂，馬軍司這邊倒沒什麼，那步軍司的將虞候眉頭一皺，這個時候面上也不善了，向前一步厲聲道：

「沈傲，你這是做什麼？」

沈傲冷面道：「自然是打人！」

將虞候按住腰間的刀：「你可知你打的是誰？」

他手一按刀，沈傲身後的教官、校尉也忍不住按住刀，氣氛頓時凝結，沈傲哂然一笑：「聖旨裏是怎麼說的，是說我丟失了薄城，國人相疑是不是？」

他大喝一聲：「韓世忠。」

韓世忠踏步出來，沉眉道：「末將在。」

「這薄城還在我們手裏嗎？」

「回大人的話，前軍營剛剛傳回的消息，薄城已經收復了。」

沈傲微微頷首，隨即從袖子裏抽出一份奏疏，直接甩在那將虞候手裏：「自己看吧。」

將虞候接過奏疏，看了一遍，心裏便有點吃驚，這是一份報捷的奏疏，按著奏疏裏寫著的，這應當是一場前所未有的大捷，一次便殲賊萬餘，殺賊八千，俘賊兩千，不說這裏頭會不會有水份，可是欽差都來了，這沈傲還敢如此囂張，應當不是騙人的。

他態度一下子緩和了一些，深望了沈傲一眼，一時也不知該如何處置了，沈傲的聖眷那自是沒得說的，這一次來聖旨，那也是因爲汴京那邊鬧得太凶，可是眼下畏敵如虎變成了大捷，他這個將虞候還真是兩面爲難了。

正在將虞候恍神的功夫，那邊王文柄已經搶過了奏疏，左右看了一眼，冷笑道：「聖旨便是聖旨，管你有功還是有錯，眼下本官才是攬京畿三路事，你敢打我，便是罪無可赦！周虞候，你還愣著做什麼，先把人拿下！」

那將虞候臉色有點怪異了，拿人？到時候拿了人，人家跑回汴京去告狀，第一個倒楣的還不是自己？他王大人不要命，自己可不能跟著胡鬧，唯唯諾諾的點了點頭，卻愣是不動手。

王文柄已經瘋了，衝到沈傲身前要親自動手，誰知剛剛湊過去，沈傲又是掄起一個巴掌扇過去，隨即用腳一踹，一下子踹中王文柄的下身，王文柄一聲淒厲大叫，躺在地下再爬不起來，下身頓時血淋淋的濕了一片，教人看得觸目驚心。

這一下所有人都疑惑了，沈大人只是輕輕一踹，怎麼就流了這麼多血？還真是怪了？

王文柄這時候真是痛得想死的心都有，那剛剛癒合了一些的傷口，被這一腳又重新撕開，劇烈的疼痛教他在地上來回打滾。

將虞候這時不得不站出來：「沈大人……」

沈傲打斷他，正色道：「誰來攬這京畿三路的事都不打緊，只有王文柄不行，便是來了聖旨，我沈傲也絕不將印綬交給他。」

將虞候怒目道：「這可是聖旨！沈大人可知道抗旨是什麼罪過嗎？」

沈傲淡淡一笑：「我自然知道，可是和我大宋的安危比較起來，本官寧願抗旨。」

將虞候一時也慌了神，抗旨不遵，這可是大罪，現在連欽差都打了，自己隨扈在欽差左右的多少也得有個表示，可是這沈傲身後的馬軍司禁軍和校尉一個個冷眼旁觀，天知道步軍司這邊動了手，會不會引來馬軍司那邊的同仇敵愾。

正在他遲疑的時候，沈傲朗聲道：「韓世忠，把人押過來。」

韓世忠應了，立即轉身而去，過不多時，便領著七八個禁軍押著十幾個俘虜過來，這些俘虜渾身是傷，想必拷問了不少時候，一見到沈傲，立即跪下磕頭，道：

「大人饒命，饒命，我等知道錯了，再不敢信奉徐神福的妖言……」

沈傲眼皮子都不願意抬一抬，慢吞吞的道：「說吧，把你們知道的都說出來。」

這些人都抱著將功補過的心思，一個個爭先恐後的道：

「是，是，我們說。這一次徐神福敢興兵主動出擊，是因爲汴京城裏有人給咱們報了信，說是汴京空虛，大人虛張聲勢，薄城一線不過萬餘禁軍和一千廂軍……」

這些人受了拷打，早已不信什麼天一教了，天一教也不能當飯吃，這個時候幡然悔悟，又想著活命，自然添油加醋的將王文柄私放細作的事據實相告，說完之後，便重重磕頭，一個個痛哭流涕的道：「我等也只是受了徐神福那廝的蒙蔽，請大人開恩。」

沈傲不去理會他們，對韓世忠道：「押下去，好好看管起來，到時候送回汴京再讓大理寺好好的審問。周處候，這些話你可聽清楚了嗎？」

周處候聽了，這才明白沈傲爲什麼抗旨不遵，額頭上頓時冷汗淋漓，心裏想：「姓王的真是該死，做出這種事來，也難怪沈大人不肯交出兵權，兵權交給這串通教匪的人，不消幾日功夫，那天一教多半就要兵臨汴京了。」

一霎那間，他心裏已經有了計較，這個時候若是不表個態，鐵定是吃不了兜著走的，立即單膝跪下，道：「大人，末將有些話不知當說不當說。」

沈傲淡淡道：「你說。」

周處候道：「京城裏流言諸多，又有奸臣賊子造謠生事，宮裏頭這才下達了旨意，本心上，陛下對大人的愛護之心自是沒得說的。若是陛下知道這裏的事，多半這聖旨也要揉成碎片了。這兵權萬萬不能交給王文柄，否則後果不堪設想，爲了我大宋朝，爲了官家，這剿賊的干係還需大人擔當起來，若是宮裏計較抗旨不遵的罪過，末將甘願與沈大人同罪。」

周虞候在官場裏也摸滾了幾十年，這句話說得實在太漂亮，話鋒一轉，就把自己和王文柄撇了個乾淨，再說保衛大宋和官家是大義，這抗旨是情有可原的事，不說官家，便是朝裏的百官也絕不敢計較抗旨不遵的事，你計較，少不得就會被打成王文柄的同黨，王文柄通敵，莫非你也通敵？明明宮裏不會降罪，周虞候卻說，假如宮裏要計較，甘願和沈大人同罪，這便是把炙手可熱的沈大人和自己拉到了一條船上，少不得沾沈傲一點光，到時候飛黃騰達不一定有，可是多了一棵大樹好乘涼卻是鐵定的。

至於那臉色青白捂著下襠在地上打滾的王文柄，周虞候已經沒有興致理會了，哪裡還管得了他的死活。

沈傲淡然微笑，掃了王文柄一眼，正色道：「聖眷之恩，本官深受。身爲陛下的臣子和益友，這旨意，我便是拚了抄家滅族，也絕不能遵守，周虞候，你今日做個見證，將來有什麼干係，我一力擔著，至於王文柄……來人！」

沈傲一聲厲喝，這周虞候剛要應承，那邊校尉們已齊聲道：「在。」

「拿下！」

數十人如狼似虎地撲過去，將王文柄死死按住，隨即有人尋來繩索，將他綁成了粽子。

王文柄既痛楚難當，又大是不甘，淒厲大叫：「沈傲，他日我便是化作了厲鬼，也決不會放過你，你等著瞧，哈哈……沈傲，你這狗賊……」

他披頭散髮，也不知哪裡來的力氣，竟是一下子掙脫了眾人，瘋瘋癲癲地朝沈傲撞來。

換作是別人，早就被他撞了，可惜沈傲打架殺人不在行，反應能力卻是超絕，抬腿一腳，又是踢中了他的下身，這一下算是狠的，將王文柄一下子踢飛了半丈之遠。

校尉們二話不說，總算將他制住。

沈傲在那邊撇撇嘴，漫不經心地道：「你是人，我尚且不怕，還怕你做了鬼？不識相的東西！」頓了一下，還不忘照顧他道：「記著，給王大人請個郎中治治傷，都爛成了這個樣子。」

等校尉們將王文柄捆走，沈傲招呼那周虞候道：「你叫什麼名字？」

周虞候道：「卑下周放，在步軍司裏公幹。」

沈傲頷首點頭：「本來呢，押解王文柄回京的事該交給你來辦的，順道將我的捷報也傳回去，可是你辛苦來一趟，還沒有歇腳呢，就留在營裏隨我們進擊吧。放心，這天大的功勞，少不得你的，回到汴京，我保你一個都虞候。」

周虞候喜逐顏開地道：「謝大人提攜。」

沈傲又命一個中隊官帶著人押解俘虜和王文柄回汴京，帶著其他人回到大帳，肅容道：「諸位，賊軍的精銳已殲滅，剩餘的散兵游勇已不足爲懼，建功立業的時候到了，十天，我給諸位十天時間，十日之後，盡殲來犯之敵！」

眾營官、中隊官紛紛道：「遵命！」

沈傲淡淡一笑道：「歇息一日，明日進擊，都散了吧。」

第二日，清晨的鼓號響起，精神飽滿的各營已集結出發，第一仗大勝，已讓他們信心十足，經過了血與火的淬煉之後，那臉上的稚氣不自覺地消去幾分，不自覺地多了幾分沉穩和肅殺。

馬軍司的進展極快，不到一天功夫便抵達花子渡，這裏盤踞著千餘賊軍，他們也是剛剛接到王猛大潰的消息，正是慌張之際，馬軍司就從天而降，隨即發起進攻，大勝。

封丘城下，數千天一教徒也一時炸開了鍋，王猛大潰的消息給他們的震撼實在太大，他們原以爲自己有天帝保佑，不說刀槍不入，至少官軍聞風而逃也該有的，可是這一敗，徹底打消了他們的信心。

那天一教首領正在踟躕著是否繼續攻城還是撤走，馬軍司後軍營就悄然而至，這些

疲憊不堪的禁軍一見到敵人，便如蒼蠅見了血，頓時打起精神，須臾功夫擺出了衝鋒隊形，連試探的斥候也不放，直接衝殺過去。

封丘賊軍大亂，四散而逃，城內廂軍殺出，追逐數十里，血流成河。

馬軍司四處出擊，天一教的陣腳已經完全亂了，一個個壞消息匯總到中軍，徐神福聽到王猛大敗，深知大勢已去，連夜下令各部拔營撤軍，妄圖撤回滑州負隅頑抗。

這幾日，宮裏頭的內侍都小心翼翼的，便是楊戩也留了幾分心思，官家脾氣越來越壞，昨日還砸了一方端硯，一個小內侍避之不及，滿腦袋都是血。據說昨夜侍寢的一個妃子，也不知是說了什麼不該說的話，便被打入了冷宮，真是有怨都沒處說去。

所以今兒楊戩值守，更是不敢怠慢，一句話都不敢說，便在外頭候著，官家不叫進，他決不敢輕易發出什麼響動。

蔡京是大清早入的宮，這一進去，就半個晌午沒有出來，楊戩倒也省了事，只是神情恍惚著，側站在文景閣外頭想著心事。

「沈傲那兒也不知怎麼樣了，太師推薦的人是王文柄，這王文柄不就是蔡京的門生嗎？」楊戩見多了陰謀詭計的勾當，眉宇不禁皺了起來，這背後一定有名堂。他嘆了口氣，只好在心裏安慰自己，但願那小子能活著回來，只要能回汴京，就算天大的罪，至少也能苟全個性命。

正在楊戩恍神的功夫，裏頭的趙佶大聲叫他：「楊戩，進來。」

楊戩二話不說，立即碎步進去，先是偷偷看了一眼端坐不動的蔡京，隨即朝趙佶道：「陛下有何吩咐？」

趙佶臉色很差，道：「茶水都涼了，給蔡愛卿換一盞吧。」

楊戩不敢怠慢，立即拿了蔡京的茶水，跑到耳室的小茶坊裏換了熱水，又端了回來，這時趙佶沒吩咐他出去，他也只能在這兒站著，便聽到蔡京慢吞吞地道：「陛下，事情到了這個地步，固然陛下對沈傲有萬般的器重，要啓用，也得避過了風頭再說。倒不如這樣，先貶他去市舶司裏，放到外頭去，過個一兩年，再把他叫回來，他還年輕，磨礪磨礪也好。」

趙佶皺著眉，道：「就怕百官反對，定要朕治他的罪。」

蔡京呵呵笑道：「陛下是天子，治不治是陛下的事，大不了有彈劾的奏疏，門下省那邊攔一下也就是了，其實沈傲這個人雖然輕浮了一些，才具倒是數一數二的，將來等老夫不能再向陛下盡忠了，總要給陛下留個可用的人才，這個沈傲，可用。」

趙佶的眉頭不禁舒展起來，呵呵笑道：「蔡卿慧眼獨具，這番話，朕愛聽。」

蔡京寵辱不驚，斂眉道：「其實這件事對沈傲也不全然是壞事，他萬般事都太順利

了，讓他吃點苦頭，知道點厲害，對他也有好處。再者說，市舶司的差事也是炙熱得緊，不是天子近臣還巴結不上的，他在那兒好好修身養性，將來官復原職，陛下少不得還要給他加一點擔子。」

趙佶聽著連連點頭，忍不住嘆道：「朕知道，沈傲和你有幾分嫌隙，想不到蔡卿竟有如此的大度。」

蔡京呵呵一笑：「嫌隙是有的，這個倒是不敢隱瞞陛下，可是老臣先是陛下的臣子，之後才是一個世俗之人，與沈傲的嫌隙是私，今日這番奏對是公，老臣豈能公私不分？」

趙佶撫案笑道：「對，對，正是如此，愛卿的話深得朕心，這些時日要安撫汴京城的百姓，倒是難爲了愛卿，聽說你的次子蔡絛還在家中待罪？他那個時候年輕不懂事，貪墨了庫銀是有的，可是待罪了這麼多年，想必也已經知錯了，放他出來吧，他從前是戶部郎中，現在兵部尚書王文柄出了缺，總該有人來署理一下部務，讓蔡絛來吧。」

蔡京立即謝恩，自然免不得老淚縱橫一番。趙佶唏噓不已，覺得自己告慰了忠臣，心情也不自覺地好轉了一些。

倒是一旁的楊戩卻越聽越糊塗，聽這蔡京的口氣，倒像是處處爲沈傲著想，樣樣維護著沈傲，莫非這老狐狸轉了性子不成？

隨即一想，他的臉色瞬間變得煞白，生出不祥的預感，以蔡京的爲人，不可能如此爲沈傲開脫，此人但凡出了手，必然要將政敵置之死地才肯甘休，那麼現在最有可能的答案只有一個，就是沈傲再不可能成爲他的威脅。

對蔡京這種人來說，沈傲不構成威脅，唯一的辦法就是讓沈傲去死，否則但凡沈傲還有一口氣，就是廢爲了庶人，憑著他和官家的關係，起復也只是早晚的事。

莫非……蔡京已經暗中遣人殺死沈傲？又或者……楊戩已不敢再想下去，他已經隱約可以猜出一點端倪了——王文柄。

在蔡京眼裏，沈傲既然已經必死無疑，那麼爲他說幾句好話又何妨？到時候死訊傳過來，說不定他還要寫出一份精彩的祭文在沈傲的墳前宣讀。

楊戩一下子有點兒腿腳不穩了，他和沈傲在內朝外朝相互呼應，有沈傲，他在內朝的地位才能穩固，沈傲一死，以蔡京的爲人，或許下一個要對付的就是他楊戩了。

楊戩腦子嗡嗡作響，官家和蔡京接下來說的話，他已經聽不清了，只隱隱約約聽到了一些事關剿賊的隻言片語，那蔡京口舌如璜，說得趙佶心花怒放，不停地拍案道：

「不錯，小小蟊賊，不足爲懼。」

正在這個時候，一個小內侍卻是嚎喪似的在外頭大叫：

「消息，消息……有消息了，陛下，天大的消息！」

小內侍的聲音洪亮，閣裏的三個人表情卻都不同，趙佶的眉宇微微皺起，還當是哪個沒規矩的內侍胡鬧，正要呵斥幾句；蔡京在心裏估摸了下時間，以爲王文柄那邊已經乾淨俐落地處理好，因而眉宇鬆動了一些，卻仍如老松一般，欠身坐定，刻意作出寵辱不驚的樣子。

至於楊戩，兩腿不由自主地打戰起來，失魂落魄地看了蔡京一眼，彷彿下一刻，那內宦就要來報喪了。

小內侍連滾帶爬地進來，高聲道：「陛下……陛下……大捷……馬軍司清河坪殲賊一萬，賊軍悉數被圍，斬頭八千，俘虜兩千……」

「什麼……」趙佶一下子從案上站起來，連手都不由得顫抖起來，再顧不得怪罪小內侍不懂規矩。

那剛剛端起茶盞用茶蓋抹掉茶沫的蔡京手微微一顫，雙眸閃露出一絲異色。倒是楊戩鬆了口氣。

「大捷，是大捷……陛下，連夜送來的捷報，請陛下過目！」小內侍跪下，雙手將一份大紅捷報高高拱起：「捷報中還說，此次殲滅的是天一教精銳，半月之內，必能一掃天一教餘孽，蕩平匪患！」

「拿上來給朕看。」

接過了大紅捷報，趙佶細細看了一會兒，情不自禁地重擊自己的大腿，激動地道：「漂亮，原來沈傲先棄薄城，是引誘賊軍深入，再聚而殲之。有了這個消息，朕可以安心睡個好覺了，好，這才是真正的柱國之臣！」

頓了一下，趙佶隨即皺眉道：「既是誘敵深入，為何不事先知會一聲，便是上一道奏疏說明下原由也好，害得朕擔心了這麼久。」說罷，趙佶繼續去看捷報，雙眉不由地緊鎖，突然抬起眸來看向蔡京：「蔡愛卿，王文柄是你的門生？」

蔡京面色如一泓秋水，淡淡道：「是，老臣主持過四次大考，最早的一次還是建中靖國年間的事。」

趙佶語氣不善地道：「平時走動得多嗎？」

蔡京心裏打了個突，卻是淡然道：「師生之間難免要走動的，我見他做事還算謹慎，學問也不錯，因而有空閒時，總免不得請他到府上來喝兩口茶，老臣年紀大，最怕的就是冷清。」

趙佶加重了語氣問道：「那他通敵的事，你可知道？」

蔡京這個時候再也坐不住了，一臉駭然地從凳子上滑落拜倒：

「老臣不知道，若是知道，豈有知情不報之理？請陛下明察秋毫，還老臣清白。再者說，王文柄身為兵部尚書，平時也不見他有什麼異常，怎麼突然間就通敵了？這事到

底是真是假，還要大理寺好好地審理，若真是這個不爭氣的東西犯下的滔天大罪，老臣請陛下重懲。」

趙佶臉色緩和了一些，喃喃道：「正因爲王文柄通敵，沈傲察覺到了端倪，才不敢上疏，生怕他拋棄薄城的計畫洩露。也難爲他，朕還差點誤信人言，要治他的罪。好在他能抗旨不遵，這個旨意抗得好，只有對我大宋和朕有這份忠心，才敢承擔這個干係。若是換了其他的庸人，只怕還沒有這個膽量。」

世上抗旨不遵還被人誇獎的，多半也只有沈傲獨此一家了。一旁的楊戩聽得雲裏霧裏，才知道自己是虛驚一場，見趙佶興致勃勃，也來了興頭，笑呵呵地道：「沈傲抗旨不遵，陛下還誇獎他？這事兒若是讓人學去，這天下不就亂套了？」

趙佶呵呵笑道：「這就是沈傲的忠心之處，天下人都知道，抗旨是要殺頭的，可是若是遵旨，將軍權交給了通敵的王文柄，後果是什麼樣子，你可想過？若換了是庸庸碌碌的人，只要自己遵了旨意，肯去擔當這天大的干係？旨意是朕發的，出了錯那也是朕的錯。偏偏沈傲能冒著殺頭的罪過，也不肯讓那王文柄爲禍，只這一條，便可看出他對朕的忠心，忠心這東西不是喊出來的，朕看人不會錯。」

楊戩明白了個大概，那王文柄多半是去宣了旨意，非但沒有把沈傲扳倒，反倒還吃了虧，再結合方才趙佶對蔡京的問話，事情的大概也就一清二楚了。他呵呵笑道：「奴才明白了。」

趙佶的心情一下子好了許多，從前的不悅化爲烏有，撫案笑道：

「把捷報送到宮裏去存檔，過幾日再有捷報來，第一個來告知朕。至於那個王文柄，人已經押解入京了吧？」

下頭那個小內侍道：「是，已經押解入京了；隨來的還有十幾個人證。」

「交給大理寺去審吧，查實之後報到朕這裏來，朕親自處置。至於沈傲那邊，是朕冤枉了他，他不但不怨恨，反而處處爲我大宋著想……嗯，加封的事先緩一緩，等他得勝回朝，朕一併賞賜他。」

趙佶目光落在跪倒在地的蔡京身上，嘆了口氣道：

「蔡愛卿，你起來說話吧，王文柄的罪過和你無關，朕不會牽涉到你。那王文柄既然要會審，就由蔡愛卿來主持，如何？」

蔡京心裏鬆了口氣，讓他來做這個主審，這是趙佶故意宣示對自己的信任，連忙道：「老臣敢不竭力，請陛下放心，老臣一定給陛下一個交代。」

趙佶頷首點頭：「還有，報捷的奏疏要立即傳出去，讓市井和士林知道，哼，他們前幾日不是逼朕降罪於沈傲嗎？還有些人怎麼說的，要殺沈傲以儆效尤？朕若是聽了他們的話，到時候後悔都來不及了。朕倒要看看，他們知道了這捷報，會不會生出愧意？

也算是給他們一個警示，讓這些人往後不要一遇到事就喳喳呼呼的。天塌不下來，便是塌了，也不必他們去頂著。」

蔡京擠出一點笑容，道：「人云亦云本就是尋常百姓的天性，陛下不必去理會，和他們有什麼好計較的？」

趙佶心眼兒不大，這個仇倒是記得很清楚：「天性固然是天性，卻也不能拿著這個就可以造謠滋事。」

蔡京只好不再反駁，笑呵呵地道：「是，陛下說得對，只是該如何個懲戒法。陛下若是有了章程，門下省那邊立即擬出旨意去。」

趙佶想了想，卻是苦笑：「罷了，法不責眾，莫非要把所有人拉去打板子？你下去吧。」

第九章 證據確鑿

兵部那邊也有了線索，

說是確實有幾個天一教的人曾被關押起來，

後來王文柄親自過了堂，問明之後，

便說將這些人放了。

到了這個地步，冰山便露出了真面目，

證據確鑿，鐵證如山，換了誰也翻不得案。

刑部大獄。

但凡是重犯，大多都是押解到這牢房中來，這裏的牢房與京兆府大獄不同，那裏陰暗潮濕，暗無天日，可是這裏卻顯得雅致的多，雖說囚房不大，勝在乾淨，除了有小榻、棉被還有溺桶，還有油燈、火石，甚至只要你需要，便是教牢子們送幾本書來也沒什麼，只要你肯花錢，總是吃不了多少苦。

能住在這裏的，除了等待秋決的死囚，還有便是犯官了，雖說刑不上大夫，可是一旦剝了官職，便什麼都不是，能有這麼個好去處，倒也不至於受太大的苦。

雖是乾淨，可是這裏的防禁卻是森嚴了不少，三步一崗五步一哨，每隔兩刻鐘便有獄吏清點人數，據說牢房外頭還有一營軍馬長期駐守，一旦有事便可第一時間作出反應。

好在這裏的牢頭、牢子待人都還客氣，倒像是店裏的小二，既不喝罵，也不打人，見人就笑，有時也會幫人跑跑腿，見了人都叫老爺、好漢。畢竟關押在這裏的都不是尋常人，死囚那邊刮不到油水，況且人家說不準吃了這一頓就沒了下一頓，這種人你態度太惡劣，非但得不到好處，說不準人家死了還恨到你的頭上。

至於那些犯官，更是不能怠慢，天知道現在關押在這裏，明日會不會有出去的一日，人家都是清貴人，一出去，那可就不得了了，捏捏手指頭，這牢裏的獄卒哪個吃得消？

這種事，不怕一萬就怕萬一，真要遇到了，非得脫幾層皮不可，那些態度惡劣的牢子大多是做不長的，要嘛刑部那邊的監司看不慣，直接打發了事。要嘛就是得罪了人，人家鴻運當頭、逢凶化吉，搖身一變從犯官又成了人模狗樣的大員，還不收拾你？

只是在這東北角的某處囚室附近，卻有幾個牢子忍不住虎著個臉，一副憎惡的樣子。昨天夜裏突然送來一個重犯，聽監司說還是兵部尚書，也不知是什麼罪，直接就關押進來。

原本這幾個獄吏心裏頭還暗暗生出喜意，既是兵部尚書，打賞起來自然非同凡響，不說多了，一人十貫總該有才是，這可是大大的美差，落到他們頭上，也算是天上掉餡餅了。

誰知人關押進來，這什麼鬼尚書非但沒有打賞的意思，還整夜整夜的在那裏乾嚎，說什麼就聽不清了，反正除了罵人，就是說什麼姓沈的之類。攪得值夜的牢頭一夜沒睡不說，一大清早還聞到一股怪味。

原來這個什麼尚書竟是把尿撒在了地上，明明有個溺桶不去撒，卻弄得到處都是。撞見這種人，也活該他們倒了楣，只好躲得這什麼尚書遠遠的，便是到了飯點，別的牢房犯人已經用過了飯，這個牢房的卻故意遲個個把時辰送過去，餓一餓他。

正在議論紛紛之際，監司老爺卻從天而降。

監司穿著一件碧衣公服，走在他前頭的卻是一個富商打扮的年輕人，監司對這年輕人倒是恭恭敬敬，一直將他引到尚書的牢房，一邊道：「就是這兒。」說罷隔著柵欄去叫王文柄：「王大人，王大人，你兒子來看你了。」

那年輕人淡淡一笑：「有些話當著你的面說不方便。」從袋子裏掏出一遝錢引來：「這些錢請大人和諸位兄弟喝酒。」

那監司拿了錢，堆起笑容：「下官怎麼敢拿……咳咳……的錢，大人，下官走了。」朝幾個牢子使了個眼色，眾牢子紛紛退避。

空氣陷入沉默，柵欄之後的王文柄看著年輕人，蓬鬆的頭髮中露出一雙血紅的年輕，眼眸一閃：「我認得你。」

「認識就好，那我就不必多說什麼了，蔡大人的意思，想必王大人應該明白，我這兒帶來了一顆藥丸，吃下去，什麼痛苦都沒了。」

王文柄沉默，猶豫道：「下官的大仇未報……」

年輕人輕蔑冷笑：「你憑什麼報仇，你攀扯不了誰，一會審，只會將更多人拉下水，蔡太師說了，你死，你的家人自有人照看，你的仇，總有機會替你去報，時間不多，這藥丸你拿著吧，記著，吃了飯之後再餵服，我會教牢子送一杯水給你。」

王文柄眼中只剩下絕望，失魂落魄的道：「我……明白，我有一句話想問，沈傲抗旨不遵，宮裏也不追究？」

年輕人淡然道：「追究是沒有，封賞倒是都備好了，簡在帝心這四個字可不是玩兒的，你我抗旨是死罪，沈傲抗旨就是大功。」

王文柄哈哈一笑，道：「你這句話若是早些對我說，我也不至落到這個下場，罷罷罷，藥丸拿來，我吃就是。」

一顆紅色藥丸透過柵欄拋了進去，王文柄撲上去，撿在手裏，用手捏著小心翼翼的端詳著，突然道：「回去告訴恩師，門下先走一步。」

一大清早，曙光露出一線，刑部大獄門口，已有幾個人等候多時，這幾個人各自牽著馬，卻都是默然不語，門口的幾個差役似是對他們的身分有幾分顧忌，並不敢驅趕。

突然，裏頭傳出一聲慌張的叫聲，有人急促促的跑出來，道：「不好，兵部尚書王文柄畏罪自殺，快，快去通報大理寺。」

他話音剛落，那門口幾個牽馬之人毫不猶豫的翻身上馬，朝著各處街道奔馳而去，一下子不見了蹤影。

王文柄死了，這個消息在汴京城裏並沒有掀起太大的波瀾，到了現在，誰有興致去

關心他的死活，市井的注意力早已轉到了那份捷報上，這一份捷報看來應當是真實的，據說門下省已經開始擬旨獎掖了。

汴京城中所有人鬆了口氣的同時，又免不得唏噓，說什麼的都有，一個個信誓旦旦的都說自己早有先見，別人以爲沈大人畏敵如虎的時候，自己力排眾議，一口咬定了沈大人棄守薄城定有深意云云。

爲了表現自己的高明之處，口風頓時都逆轉了，全然忘了之前還握著拳頭要殺沈傲以謝天下的樣子。

士林那邊倒還算有羞恥心的人多一點，這些人畢竟都是有頭有臉的人，爲了罵沈傲，少不得留下點兒墨寶什麼的，白紙黑字在上頭還能怎麼抵賴？

不管怎麼說，大家都念起沈大人的好來，說他是狀元公，是文曲星，還曾徹查過花石綱，做過的善行不勝枚舉。

人本就是善變的，今日的說辭和明日不一定相同，說到底，還是看沈大人是否侵犯了他們的切身利益，比如棄守薄城，那便是說放天一教到汴京腳下來，害得城門緊閉，富戶人心惶惶，尋常百姓生怕天一教破城，眼下既然這危局已解，說幾句好話也沒什麼。

不止如此，前幾日棄守薄城的事，害得京中商貨的價格竟是接連漲了一倍，如今市集裏物價恢復如初，倒是害得不少囤積大米、藥材的商人吃虧不小。

這些尋常小老百姓所考慮的東西，說穿了還是衣食住行以及自身的安危。

蔡京一大清早起來，如往常一樣漱口喝了碗參湯，便要到院子裏去活絡活絡筋骨，順道兒會有個貼身的主事彙報昨日的情況，昨天有哪些人來拜謁，坐了多久，幾時走的，拿了什麼東西，這些都要詳詳細細報告，畢竟蔡京公務繁忙得很。

尋常的人拜謁，一般都是叫子侄孫兒們擋一擋也就是了，可是這些東西他卻是很留心，雖然年紀大，可是他記憶力極好，有時那主事念到某某來拜謁，送了某某若干時，蔡京會突然問：「是那個光祿寺職事的劉文龍？也算是半個門生了，一年來拜謁了十幾趟也難爲了他，下次他再來，請進廳裏坐坐吧，老夫和他說說話。」

這句話的意思大致就是青睞上那劉文龍了，他記憶力好，下次哪裡出了缺，少不得要打個招呼，給人家一點希望的。

今日也是如此，那主事念得口都要乾了，差不多念到了末尾，蔡京突然停止了動作，叫人拿溫濕的手巾擦了擦汗，在小婢端來的銅盆裏淨了手，一邊道：

「昨日那個叫朱文正的，是今科的同進士出身吧，不是說還是江南才子？怎麼這一次考試考砸了，也罷，虧得他每月來這幾趟，他家裏也不寬裕，隔三岔五的送禮來，倒是教老夫受之有愧了，兵部缺了個職方令史，你記下來，什麼時候老夫去替他走走路子，絛兒眼下就要去兵部赴任，身邊沒有幾個可靠的人不行，這個朱文正有才學，可惜運道差了一些，有用得著的地方。」

他用乾巾擦了手，漫不經心的道：「待會兒到絛兒那邊去，告訴他今時不同往日，如今有了職事的機會，再不准像從前那樣了，該守的規矩要守著，別以爲有老夫在，什麼事都可以替他遮掩。」

主事頷首笑道：「是，二老爺那邊我待會兒就去傳話。」

正在這時，一個小廝氣喘吁吁的在遠處停下，垂手而立，那主事見了，碎步過去與小廝說了幾句話，又走到蔡京面前，道：「王大人畏罪自殺了。」

蔡京淡淡的道：「死了好，死了乾淨，趁著朝廷的裁處還沒有下來，立即叫個放心的人安排他的妻兒搬出汴京去，在外頭尋個隱蔽的莊子讓他們住下，每個月送點銀錢去，不要怠慢了。」

他嘆了口氣，老態龍鍾的道：「文柄這個學生倒還算聽話，可惜，可惜了，原本再過幾年還想叫他到門下省來給老夫打個左右手的。」

主事點頭：「他泉下有知，知道太師這般的看顧他，一定感激涕零。只是人已經死了，那沈傲會不會……」

蔡京淡然道：「不該問的不要問。」

「是……是……小的多嘴了。」

蔡京呵呵一笑：「你是怕那沈傲想借著王文柄的死要興風作浪？沈傲這個人老夫清楚，別看他瘋瘋癲癲，心裏卻比誰都精明，這個時候，他不敢惹老夫。」

主事望著蔡京，想問又不敢多問。

蔡京繼續道：「知道爲什麼嗎？不說別的，此人做事若沒有十二分的把握，是絕不可能去做的，說來說去，老夫和他都是一個性子。現在他領兵在外，老夫在朝，你想想看，若是他將老夫逼急了，老夫破釜沉舟，他能有幾分勝算？」

蔡京語氣變得冷冽：「好在他還識相，知道要把王文柄立即押解回來，這便是有向老夫鳴金停戰的意思在，是告訴老夫，事情到此爲止，這一回合他贏了，王文柄這個人就是拿來給老夫送他上路的。否則他要是先送來王文柄的罪狀，卻把人扣押在外頭，等到他回朝時，再從王文柄口裏套話試圖要扳倒老夫，老夫會讓他稱心如意？他倒是有幾分打仗的才幹，可是後院著了火，他這個功業也立不下去，這就叫適可而止。」

主事聽得雲裏霧裏，卻是一件事聽明白了，沈傲在外頭，天大的聖眷影響力也沒有太師大，這個時候若是想著留下個罪證在手上，日後好對太師清算，太師逼得急了，翻雲覆雨，在朝裡弄出點事來，最後的結局只是兩敗俱傷。門生故吏遍佈天下這句話可不是說著玩的，滿天下半數的官員都是蔡黨，真要拼了命，那就是魚死網破的局面，

蔡京換了朝服，這個時候便是要去門下省那邊值堂，順道入宮去覲見的時候了，他臨末吩咐了一句：「條兒起復是好消息，過幾日辦一場酒宴吧，把該請的人都請來，爲條兒慶賀。晚上預備著一碗參湯給我，這幾日精力越來越不濟了，多喝一盅提提神。」

主事道：「是。」

伺候著蔡京到了門房處，門口依舊是那頂並不奢華的小軟轎子，轎子旁已站好了幾個轎夫和一路照顧蔡京的主事，蔡京鑽入轎子，轎子抬起，平平穩穩的消失在長街的盡頭。

門下省那邊已經忙瘋了，各種各樣的賀表和奏疏來不及分類，竟是足足裝了七八個箱子，這兩日汴京實在太熱鬧，從前群起彈劾的大臣，一下子又一個個滿是讚頌，一點也不落人後，至於彈劾的奏疏也是有的，只是對象成了王文柄，多半那王文柄的死訊一時還沒有傳出去，倒是有人吃撐了白費功夫爲他捏造罪名了。

書令史們忙得手忙腳亂，太師進來時和往常一樣，大家都朝太師行了個禮，便各自去做自己的事，蔡京也只是在堂裏轉一轉，便又去耳房裏喝茶。

蔡京在裏頭坐到了正午，門下省值堂的一個錄事過來彙報奏疏裏的一些要點，蔡京今日卻和往常不一樣，輕輕搖搖手：

「不必念了，你不念老夫也知道都是什麼奏疏，風頭一變，這人難免就要搖擺一下，人之常情嘛，朝廷裏多的是這樣的人。對了，老夫這裏也有一份奏疏，你夾到送進宮裏的奏疏去。」

那錄事笑呵呵的道：「太師這般的年紀還要親自動筆，真真是教下官們汗顏了，滿汴京都說太師的字寫得最好，能不能讓下官瞻仰一下？」

蔡京呵呵一笑：「你倒是會說話，明明是想看老夫奏疏裏寫的是什麼，卻故意說去看字，看吧，不打緊。」

錄事應了，翻開奏疏急促的掃了一眼，臉上微微一愕，抿著嘴再不說話。這份奏疏很奇怪，滿篇都是誇耀沈傲的言辭，還請宮裏立即會審王文柄，要以儆效尤，若是查實，請從重裁處之類。

王文柄被殺，整個汴京城裏現在知道的人還不多，蔡京這個時候把奏疏遞進去，恰好利用了一個時間差，表示自己對刑部大獄裏的事並不知情。小小的一封奏疏，須臾間便撇清了自己的關係。

錄事不再多言，收了奏疏，道：「下官明白了，這就送進宮裏去，還有一件事，昨日有好幾封奏疏，原本是想留中的，卻都被中書省打了回來，太師，石郡公那邊……」

蔡京擺擺手，肅容道：「不必理會他，做好自己的本分就是。」

汴京城裏顯得很是異常，市井、士林鑼鼓喧天，街上炮仗也響了不少，可是朝堂裏頭卻像是什麼事都沒有發生，異常的沉默。

王文柄的死並沒有驚起多少波瀾，反倒有不少人鬆了口氣，會審繼續進行，即使當事人已經死了，可是證供還是要上的，幾十人簽字畫押，有教匪信誓旦旦，便是兵部那邊，也有了線索，說是確實有幾個天一教的人曾被關押起來，後來王文柄親自過了堂，問明之後，便說將這些人放了。

到了這個地步，冰山便露出了真面目，證據確鑿，鐵證如山，換了誰也翻不得案，會審的結果送進宮裏去，趙佶看了條子，沉默了片刻，突然問楊戩：

「蔡京和王文柄真的一點干係都沒有？」

楊戩不敢答，他知道，趙佶的心裏已經有了答案，不過這時卻不是落井下石的時機，蔡京固然在趙佶的心裏蒙上了一層陰影，多了幾分疑竇，可是眼下朝中無人可用，除了蔡京，還真找不到第二個能攬三省的人來，少了他，趙佶這邊不知有多少事要做。懶皇帝自然需要一個能總攬一切的臣子，只要不是謀反的大逆，其他的小節，沒有真憑實據，趙佶是不會下決心的。

楊戩笑呵呵地道：「老奴怎麼知道，陛下聖心獨斷，自有計較。」

趙佶頷首點了點頭，道：「叫那邊擬下條陳來，看看怎麼處置吧，沈傲若是在朝就好了，朕還可以問問他的意思。也不知現在他在外頭的仗打得如何，一日天一教不除，朕的心裏頭總是帶著幾分不痛快。」

在另一頭，沈傲的大軍進展神速，正在汴京城裏暗波湧動的時候，已勢如破竹，一路殺至滑州城下，馬軍司、廂軍、還有一部分番兵、步軍司禁軍足足三萬人齊聚滑州城下，將滑州四面圍定，破城也只是時間問題了。

滑州乃是拱衛京畿的一個重要據點，因而城牆高闊，護城河湍急，城中又有萬餘徐神福餘黨，更有七八萬百姓受他裹挾，據說城裏頭的糧草倒還可以堅持個半年一年，若是裏頭的教匪負隅頑抗，這城還真不知要圍到何年何月。

好在邊鎮調來了數十門火炮，這時代的火炮是攻城拔寨的利器，可是真正的效果還是威懾力更大些，要轟開那巍峨的城池只怕不易。

中軍營剛剛駐紮下，請戰的人就來了，不說營官，便是那周虞候還有廂軍的頭目，一個都沒有拉下。

仗打到這個份上，但凡是老江湖都知道此時正是立功的時候，攻城時不露露臉，還真有點兒說不過去，其實武夫是最實惠的，有好處在前頭擺著，你不要和他們講什麼忠君愛國，他們也肯去拚命，就算是攻城不力，功勞固然沒有，苦勞也是有的，算來算去，圍城都是穩賺不賠的買賣。

沈傲問了各營駐紮情況，又讓人拿來地圖，這些地圖都是校尉們測繪來的，準確性有多少談不上，偏差總不會太大。

在確認各處都已佈置妥當，不會給城中的敵人突圍的機會之後，沈傲才慢吞吞地道：「吳家父子還在城裏，被天一教凶徒裹挾，若是攻城，只怕性命不保了。」

打到這個份上，沈傲卻突然提及吳家父子，帳裏上下真是無語了，書生就是書生，太優柔寡斷了，這麼多人命都沒了，多死兩個算得了什麼？大不了到時候厚葬追封就是了。眾人面面相覷，都顯得不以爲然。

沈傲繼續道：「我等雖是武夫，卻還要有一顆仁心，不說吳家父子，一旦攻城，城裏的百姓怎麼辦？」

這時，一名廂軍指揮站出來，道：「大人，拖延下去，百姓牽連更多，請大人速速下令攻城，當斷不斷，反受其亂，請大人三思。」

沈傲頷首點頭：「不錯，你說得很對。」他若有所思：「殺人你們在行，可是這人心，本官卻最是洞察，傳令下去，全軍歇息，嚴防死守，不許賊軍突圍。班達何在？」

「大人。」班達自從隨軍，替父報了仇，已是鐵了心追隨沈傲了，這些日子，他只做爲一個長隨隨扈在沈傲左右。

沈傲道：「有一件差事交給你去辦，你敢不敢接？這件事辦好了，便是大功一件，再加上你父親的恩蔭，到時候少不得將你添到武備學堂做一個博士，做得不好，就是人頭落地了。」

班達沉聲道：「大人吩咐，刀山火海，小人也願意去。」

沈傲頷首點頭道：「好，我寫一封書信給你，你進滑州去，招撫教匪。」

這一句道出，帳內立即嗡嗡一片，有人道：「大人，不可啊，教匪們是鐵了心的反賊，朝廷幾次招撫都不肯降，現在大軍將滑州圍定，還招撫個什麼？」

「大人，徐神福那賊廝固然走投無路，可是他會不明白降是死，不降亦是死？到了他這個份上，定會負隅頑抗。」

說話的都是些廂軍的頭目，這些人一聽招撫就大是頭痛，兄弟們大老遠地趕來助戰，好不容易就有破城之功了，若是讓這個沈楞子真是招撫成功了，這功勞等於是全被姓沈的搶去了，大夥兒還指望著跟著喝碗湯呢，弄不好這湯沒了，連白開水都沒有。

反倒是馬軍司的營官、中隊官卻表現出了異常的冷靜，他們習慣了服從命令，沈傲說什麼，盡力去做就是，哪裡有這麼多口舌。

沈傲的臉拉了下來：「本官如何做主，也是你們能插嘴的？真是好大的膽子，胡大爲，你身爲廂軍指揮，前幾日帶兵經過幾處村落，是否縱兵搶掠過？這筆賬，到時候再和你算，若是識趣，明日就將犯事之人交到軍法司裏去，否則本官第一個拿你的頭來殺

雞儆猴！」

平時沈傲和顏悅色，大夥兒看他是個少年，又是個讀書人，因此也不怕他，這時沈傲話鋒一轉，語氣出奇的嚴厲，倒是讓眾人嚇了一跳，尤其是先前幾個叫得響亮的，這時一下子噤聲，眼看沈傲身邊站著的校尉聽到沈大人發話，一個個按住了腰間的刀柄殺氣騰騰，皆是心知不妙，再不敢胡說八道。

沈傲撫案，語氣緩和下來，慢吞吞地道：

「在我的轄下，就得按我的規矩來辦事，往後誰要敢再胡說八道，立即掌嘴，再犯的，這身皮也就不必穿了，管你托的是誰的門路，都給本官滾蛋。軍法司也不要閒著，不能只看著馬軍司的一畝三分地，不管是廂軍、步軍司、藩司，都給我看好了。」

這一路進兵，沈傲早就壓抑了一肚子的火氣，尤其是廂軍最是混賬，有好處他們不落下，沒好處就沒了他們的蹤影，一路上行軍不知踐踏了多少莊稼，有的連客商都敢搶，今日特意借了這個由頭，便是要給他們一點威懾。

沈傲的醜話一向是說在前頭的。

眾人見沈大人發火，再看帳內站班的校尉一個個臉色漠然，身體緊繃著像是隨時要抽刀出來似的，這才想起沈楞子的一些傳聞，人家連高俅都是說殺就殺，要拿他們去開刀還真不是開玩笑的，一個個的態度不由地軟了，紛紛道：

「大人訓斥，末將們記住了。」

「記住了就好，胡大爲，你也記住了吧？」

那廂軍指揮胡大爲嚇了一跳，連忙道：「是，是，記住了，大人，末將也是一時糊塗，下次不會再犯。」

「再不再犯和我沒干係，只是這一次的帳該算的還得算，搶掠鄉里的，總共是兩百來人是不是？明日就把他們送過來吧，軍法司不要閒著，好好地審，查實的也不必客氣，殺！」

軍法司的一個博士道：「遵命。」

胡大爲嚇了一跳，心裏想，這沈楞子莫非是想把兩百多人都殺了？便嘻笑道：「大人……他們只是初犯……再者說，現在正是用人之際……」

沈傲拍案而起，一雙眼眸如狼似虎地盯著胡大爲：「姦淫了七個婦女，死了十一個壯丁，你和我說初犯？滾出去！」

胡大爲已是嚇傻了，隨即被人架了出去，出了帳，心裏還是覺得有些不信，兩百多人，姓沈的多半殺幾個也就是了，真要全殺了，歷朝歷代也沒有這個規矩。只是那邊既然催促，人還是要交出來的，立即騎了馬回營去。

當天夜裏，犯事的人便熙熙攘攘地來了，衆將們恰好從帳中出來，看到這些畏畏縮

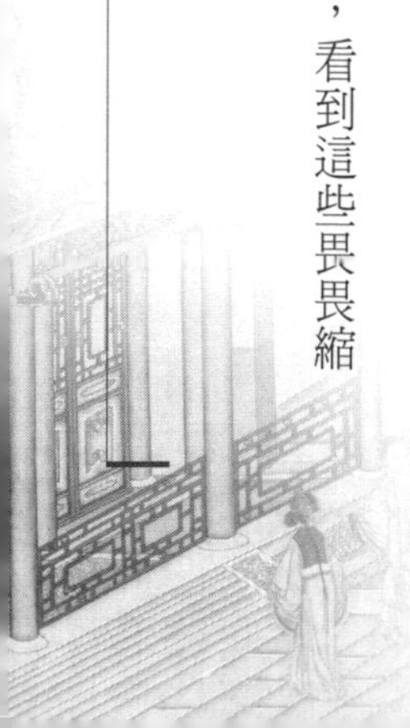

縮的犯事廂軍，也都不以爲意，姓沈的這是嚇人呢，一個都的人雖然不多，能殺個十來人就已是辣手了，再多，那還了得。

因此各自回去睡覺，早將這夜的事忘了，只是覺得這沈傲也並不是像從前那樣好伺候，往後在他跟前還是注意一些的好，面子上能過去也就是了。人家好歹也是統領天下軍馬的欽差，這個面子還是要給的。

第二日清早，震天的鼓聲傳出來，這是中軍召將的聲音，各部將佐滿是不情願地穿戴了衣甲，騎著馬到中軍去。

這中軍的次序和各營不同，天還未亮，就已開始操練了，呼喝操練聲絡繹不絕，讓這些老軍伍看了，都不由暗暗皺眉，這算是什麼意思？是故意要給他們臉色看？

等到他們到了中軍大帳前，才真正知道什麼叫給他們臉色看了，一溜的人跪成了一排，足足三十多個，後頭是幾十個手臂上纏著紅絲帶的校尉，手裏握著砍刀，一副面無表情的樣子。

跪在地上犯了事的廂丁想是連夜審問了一夜，因而一個個氣若游絲，可是臉上全然是驚恐之色，很多人看到了胡大爲，有幾個已經嚎喪般地大哭：「將軍……將軍救我。」

胡大為本想上前說幾句話，好歹求個情，否則這麼多人看著，他這個指揮見死不救，實在有那麼點兒不像樣子；腳步剛剛向前移了一步，那邊已經有個博士拿著供詞匆匆走到廂丁的眼前，正色道：「搶掠、殺人、姦淫、這三條罪都沒有錯吧？還有誰想申辯？」

廂丁們只是哭哭啼啼地求情，一個個道：「小的知錯了……」

「按軍法，參與以上三條罪狀者，殺無赦！來人，行刑！」

儒刀在薄霧中揚起，劃過驚鴻刀影，乾淨俐落地在半空落下一道半弧，喀……哭喊聲戛然而止，鮮血四濺，頭顱落地。

「帶下一隊來！」博士的表情顯得很淡然，漫不經心地道。

這邊的眾將已嚇得面如土色，尤其是那胡大為，原本還想著去說兩句情，換上一副笑臉，笑呵呵地說幾句四海之內皆兄弟之類的話，可是這個時候，他的臉卻是僵住了，臉上沒有憤怒，只有恐懼，瞳孔收縮了一下，立即收回自己的腳，呆了一呆，等他回過頭，看到同來的將佐一個個都是震驚，一句話都說不出來。

這個沈楞子……他還真敢把人殺乾淨！一個讀書人，竟有如此犀利的手段，這……

所有人頓感矮了一截，這才知道有的人是不能去惹的，連小小的忤逆都不行。

現在若是沈傲拿牛屎說是一朵花，只怕在場的人都得陪笑著去聞一聞，還要讚不絕

口地翹起大拇指道一句這花兒芬香無比。

又有一隊人被押過來，胡大爲等人不敢再看，一個個縮著脖子步入中軍行轅，稟報之後零散地進去，帳子裏已經來了不少人，馬軍司的人來得最早，早就一個個筆挺肅立了。

看到沈傲面無表情地坐在案頭上，這些人吸了口涼氣，立即單膝跪下，紛紛道：「見過沈大人。」

沈傲卻沒有叫他們站起來的意思，而是垂頭看著公文，一邊對身邊的博士垂詢：「上游那邊再派幾隊人巡檢，有可疑的拿了，否則有人在上游投毒或是破壞，水源供應不上就會出大事。前軍營的營盤在山腳下，再加派一個中隊到山上巡守，不要疏忽，若是有賊軍潛入，順勢而下攻過去，那就是大麻煩。」

那博士拿著筆，在一份竹片上將沈傲的話記錄下來，頷首點頭道：「前幾日有幾個馬軍司的禁軍擅自離營到河裏去洗澡，該怎麼處置？」

沈傲撇撇嘴道：「該怎麼處置就怎麼處置，他們的隊官有責任，他們也有責任，鞭撻的鞭撻，罰餉的罰餉。這種事往後不必問我。」

絮絮叨叨了足足半個時辰，帳下跪了一地的廂軍、藩司將校已是腿腳酸麻，可是沈傲不說話，還真沒有哪個有膽子敢站起來，沈傲越是不搭理，他們心裏就越害怕，再想起沈傲從前清洗馬軍司的手段，這才知道人家殺人跟掐死螞蟻一樣，死了都沒地伸冤去的。

沈傲慢吞吞地抬起眼，已經有些疲倦了，目光落到下頭的將校身上，淡淡地道：「他們是什麼時辰來的？」

邊上那個博士道：「回大人的話，是卯時三刻。」

沈傲漠然點頭道：「本官沒記錯的話，卯時一刻就叫人擂了鼓，怎麼拖延了兩刻才到？如此懈怠，是什麼緣故？」

下頭的人更是嚇了一跳，紛紛磕頭，這個祖宗真是伺候不起了，一個個哭喪著臉道：「請大人恕罪，請大人恕罪，請沈大人高抬貴手。」

有人給沈傲遞上一壺熱茶過來，沈傲捧著茶吹了口茶沫，才慢吞吞地道：

「下不為例吧。看看你們自己，像個什麼樣子？這個樣子也能帶兵服眾？做將領的就要端莊，榮辱不驚！看看本官這個樣子，再看看你們，你們不覺得羞愧？想當初本官還是庶人，被人帶進了官府，見了那虎狼一樣的差役和威風凜凜的堂官，本官……」

沈傲開始追憶往事，吹噓不吹噓不知道，反正他這一說，又是半個時辰，什麼王八之氣，什麼不畏權貴，足足說了一大堆，下頭的將校跪得腿都不聽使喚了，卻是一個打斷的都沒有，體力透支得厲害也只能忍著。

沈傲從追憶將話題引到了讀書上頭：「……所以說，人不讀書就是睜眼瞎，不讀書不能明理，不讀書不能養性，不讀書不能致知，本官的話對不對？」

下頭人紛紛道：「對，對。」心裏叫苦不迭：「沈大爺，誰都知道你讀書厲害，能不能先讓大家站起來再說話。」

沈傲頷首點頭，一副欣慰的表情道：「看你們這幡然悔悟的樣子，想必已經知錯了，知錯了好，知錯就改嘛，想當年……」

「……」

下頭人已經麻木了，神情呆滯，眼中無神，繼續聽沈大人追憶往事。原來心裏還能腹誹沈傲幾句，到了現在，連腹誹的力氣都沒了。

沈傲用了一個上午，說了許多話，到底他具體說了什麼，只怕連他自己也不知道，看時候差不多了，剛剛還說到帶兵與讀書的關係，恰好到了午時，立即問：

「劉博士，是不是到飯點了？」

博士板著臉道：「差不多是時候了。」

「今日吃的是什麼？」

「燜羊肉。」

「紅燒羊肉我喜歡吃，咳咳……待會兒叫韓世忠替本大人打一份來吧。」沈傲吩咐了一句，又看向下頭目瞪口呆的一干將校：「方才本官說到哪兒了？」

「……」

「罷了，罷了，下次再和諸位說話吧。」

一干人如蒙大赦，發自內心地道：「謝大人。」只可惜想站起來，腳卻是麻了，有些不聽使喚，又不能叫人扶，無計可施。

沈傲的臉板下來：「怎麼？你們就這麼喜歡跪？你們願意跪，那就跪著吧，來人，看好他們，先跪幾個時辰，他們若是再不肯起，就來知會一聲，本官成全他們。」

說罷，沈傲氣呼呼地甩袖而去，只留下一群將校面面相覷，直想說大人行個好，我們這是跪麻了腳，可是這些話，他們不敢說，等沈傲一走，也再沒機會說了，想偷個懶，那帳裏頭的馬軍司營官、中隊官雖然散了，可是留在這裏的幾個校尉還在，一個個眼睛瞪得銅鈴大，毫不客氣地看著他們，而且手按在刀柄上，與方才行刑的校尉一樣，他們的手臂上都纏著紅絲，將校們脖子一涼，只好咬牙撐著。

沈傲出了帳，叫來了隨身記錄的博士，道：「等這些人跪得差不多了，就叫他們各自回去，這次給他們一個教訓，想必以後也不敢再鼓噪什麼了。轉告他們，好好地把兵操練一遍，就這幾日功夫，本官要攻城，到時候少不得他們立功的機會。」

博士點點頭，掏出一塊竹片，用毛筆小心翼翼地將沈傲的話記錄下來。

第十章 撥雲見日

趙佶臉上露出笑容，
從一開始天一教起事的焦頭爛額，
到高俅殺良冒功的勃然大怒，
再到沈傲棄守薄城的透心涼，
如今接到這份大大的捷報，
他的心情便如陡然間撥雲見日，連走路都輕快起來。

班達早在中軍大營擂鼓時便抵達了滑州城下，叫了門，城樓上的教匪問了他的來意，猶豫了一下便去通報，過不多時，便有個頭目模樣的人出現在城樓，叫人放下一個筐子，用纜繩把班達拖拽上了城樓。

班達還未站定，便有一個穿著一身廂軍鎧甲的人按刀過來，這人臉上飽經風霜，相貌平庸，淡淡地看了班達一眼，上下打量他道：「你是官軍的使者？」

教匪大多數都是京畿北路廂軍中人，因此穿著廂軍的衣甲倒也不稀奇，只是那范陽帽卻是丟得不見蹤影了。

班達沉聲道：「正是，奉沈大人之命，前來招撫天一教，沈大人說了，只要徐神福肯歸降，一切罪過都可既往不咎。沈大人還說，上天有好生之德，徐神福既自稱天帝之子，想必也不願生靈塗炭，一旦攻城，城中百姓只怕一個也不能活。」

這頭目面無表情地點了點頭，道：「隨我來。」

帶著班達下了城樓，一路往街道上走，如今的滑州已不再繁華，家家戶戶門口都放置了一個小鼎爐，裏頭焚著香，就在一個月之前，城中大部分都還是天一教信眾，只是到了這個時候，到底還有誰信天一教，只怕唯有天知道了。

班達隨這頭目一路走著，突然道：「兄台從前是在京畿北路廂軍中公幹的？」

頭目默默地瞥了班達一眼，淡然道：「是，雜作都的都頭，承蒙上仙看重，如今讓我做了左班都尉。」

左班都尉是什麼，班達不知道，看這樣子倒也不小，班達微微一笑道：「兄台年紀不小，想必兒女不少吧？都在城中嗎？」

他這一句突兀的話，讓前頭引路的頭目雙肩微微一顫，冷聲道：「怎麼？問這個做什麼？」

班達淡淡地道：「沒什麼，人死了倒沒什麼，只是讓自己的妻兒一起死，這個決心卻不容易下，哎，到了這個地步，真是讓人無奈何。」

頭目冷厲地看了班達一眼，突然抽出腰中長刀，直指班達的咽喉：「你這是什麼意思？」

班達心裏害怕極了，冷汗不禁流出來，總算鎮住心神，慢吞吞地道：「我是來搭救兄台，保兄台全家不死。」

頭目猶豫了一下，終於鬆開刀，冷冷地道：「你不是說那個什麼沈大人已經決心既往不咎了嗎？只要上仙願降，城中之人都可以活命。」

班達呵呵一笑，彷彿一眼看穿了他，道：「城中如兄台這般有心歸附的不勝枚舉，可是獨獨那徐神福不會降，兄台若是降了，法不責眾，自然可以保全性命。可是徐神福會相信自己還能苟全嗎？所以我若是猜得不錯，徐神福絕不肯降的。」

頭目猶豫了一下，冷笑道：「上仙有好生之德，難道會讓大家陪葬？你再胡言亂語，小心自己的腦袋。」

班達笑了笑抿嘴不說話，又隨這頭目走了幾步，突然又道：「敢問兄台姓名？」

「我叫李永。」

「李大哥，若是你們上仙不降，能否幫個小忙？」班達態度熱絡，低聲與李永密語了幾句，隨即道：「事成之後，保你全家安全無虞，至於別的就不敢作保了，李大哥是聰明人，自然不肯讓一家人爲別人陪葬的。」

李永似是在掙扎，猶豫了許久，冷哼一聲道：「到時再說。」

二人一直到了一處知府衙門，衙門已經破敗了許多，代表朝廷威嚴的匾額已經摘去，換上了一個道家圖案，四處都是穿著青衣道服的侍衛，見了李永和班達過來，立即有人查驗他們的身分，得知班達乃是說客，立即有人進去稟告了。

事情到了這個份上，所謂的上仙早已光環不再，徐神福彷佛老了十歲，原本想趁著最後的時光登基，便是死，也如方臘一樣過過皇帝的癮頭，只是這幾日城內人心惶惶，教他一時也不好提出來。

突聞有官軍使者求見，徐神福淡淡的喝了口茶，看到廳裏的許多頭目不由搓搓手，眼眸中閃過一絲希望，徐神福最懂得洞察人心，心情陰鬱下去，淡淡道：

「官軍這時候派人來，定是不安好心，不必理會，打發出去。」

眾頭目紛紛道：「仙上，何不聽他說些什麼？」

徐神福一時猶豫，卻也拗不過他們，從前他自是一言九鼎，可是眾人這般說，到了現在這個地步，倒也不能激起眾怒，沉吟片刻，道：「叫他進來。」

過不多時，李永便領著班達進來，班達也不行禮，淡淡的掃視廳內一眼，慢吞吞的道：「鄙人奉沈大人將令，前來交涉。」

官軍大營，這幾日各處大營消停了不少，軍紀一下子緊繃起來，每日按例召集了眾將，也沒什麼可吩咐的，只是問明了情況，又過問了斥候打探來的消息，便各自散去不提。

城內的動靜很詭異，正是這種詭異，讓沈傲下令馬軍司隨時做好入城的準備，韓世忠頗爲不解，問道：「沈大人，既不攻城，爲什麼隨時做好入城準備，能否交代一下，好教卑下和下頭吩咐一下。」

沈傲笑了笑道：「就在這幾日，滑州怕是要內訌了。」

「何以見得？」

「你忘了嗎，我已叫班達入了城，本官的意思很明白，願降者生，抗拒者死。」

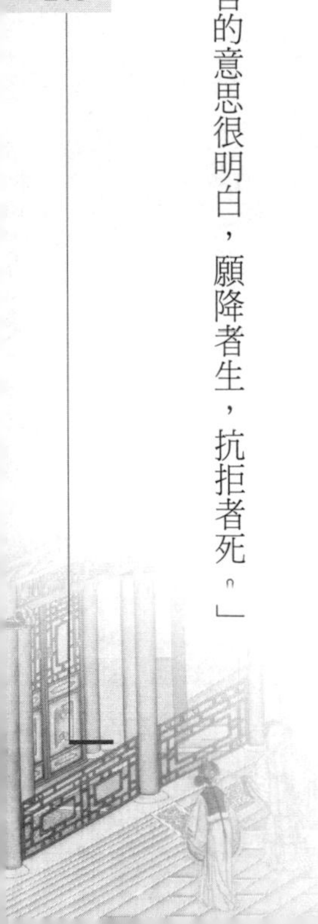

韓世忠一頭霧水：「那又何必要殺入城去？若是天一教真的降了，直接入城就是。」

沈傲喝了口茶，慢吞吞的道：「徐神福不會降，他若是降，是生是死也不是本官能左右的，所以我若是他，一定能拖一日是一日。可是這個消息傳出去，天一教的頭目們會怎麼想？他們都有妻室，都有兒女，從前信了天一教，或許還肯和徐神福放手一搏，如今到了這個境地，會甘願爲徐神福陪葬？」

韓世忠恍然大悟：「這是攻心術，是要分化教匪？到時那些不甘的教眾必然生出動搖之心，可是徐神福強令抵抗，必然會讓人生出怨恨，只要有一人率先反對，滑州必然大亂，到時我們趁著這個機會殺入城去，就可掌握大局？」

沈傲點頭肯定：「就是這個意思，這些話你暫時先瞞著，時機一到便提兵入城就是。」

又過了兩日，城中還沒有什麼變化，班達的招撫已經起了效果，那一日當著徐神福和天一教諸頭目的面言明了沈傲的政策之後，徐神福當場勃然大怒，要將班達推出斬首，卻被天一教眾人勸住，殺了班達，等於是徹底與官軍決裂，所有人抱著這滑州一起死絕。

徐神福無法，只好冷哼一聲，教人將班達看押起來。他心裏卻也明白，唯有殺了班達，才能教所有人心甘情願固守滑州，便叫來一個心腹，悄悄去殺班達。

只是可惜看押班達的人卻是李永，此人心裏既是對徐神福產生動搖，又是絕望，心知班達絕不能死，因此將班達軟禁的地方部署得密不透風，徐神福的心腹根本沒有下手的機會。

此時徐神福爲首的一干信眾與不少頭目已經離心離德，矛盾逐漸擴大，原本徐神福許諾了不少的好處，一些蒙了心的人抱著投機心理，想過過開國公侯的癮頭，可是到了現在，哪裡肯存一絲與徐神福共患難的心思，徐神福幾次召見眾人，便是喧鬧一片，借著各種由頭吵鬧。以至於一天夜裏，一個頭目竟是帶人進入上仙府要刺殺徐神福，結果被徐神福的護衛拿住，當場格殺。

滑州城裏已是人心惶惶，徐神福自知控制不住局面，也只能睜一隻眼閉一隻眼，終於，到了八月二十四那一日，城中突然火起，一場爲了苟全性命的叛亂正式開場，城中到處都是亂兵，有的攻打上仙府，有的要踏平叛亂，街道上人影綽綽，誰也分不清對方是鐵了心的信眾還是叛亂的軍馬，亂殺了一陣，才漸漸梳理出了頭緒。

叛亂的據點在北城，北城主要的駐軍是京畿北路的原廂軍，這些人受了上官的裹挾併入天一教，如今眼看大勢已去，也是最早摒棄天一教的，這些人原本就有組織，一朝發難，便一面去打開北城城門，一面直取上仙府。

正當滑州城內鏖戰的如火如荼的時候，城外的官軍立即有了動作，潮水一般的馬軍司打頭，瞬間入城，沉重的軍靴聲嘩啦啦的響徹一片，所過之處，寸草不生。

先是北門陷落，接著是東門、西門，官軍三路進擊，除了叛亂的天一教，負隅頑抗的教匪已被壓縮到了城中，這些人顯得很狂熱，雖是四面楚歌，卻仍依靠民居進行抵抗，官軍步步爲營，一步步將他們壓縮到了上仙府，這府邸占地不小，裏頭聚滿了上千教匪，從屋宇中探出頭來，用弓箭射擊。

潮水般的官軍將這裏圍定，已設好了街壘、弓箭、連火炮都拉了來，這時，沈傲打馬帶著一隊親衛過來，眾將一個沒有落下，紛紛過來向沈傲行禮。

沈傲淡淡的問：「怎麼樣了?幾時能將這裏拿下來?」

一名廂軍指揮搶著答道：「拿下容易，天亮之前攻入是不成問題的，就怕損傷慘重……」

沈傲臉色平淡：「既是損傷慘重就不必強攻了，近日天乾物燥的，就放把火玩吧，那徐神福不是要升仙嘛，放火，送他歸西。」

官軍火油是足夠的，接了命令，立即有人提著一桶桶火油，在大盾的掩護下將火油潑在四處，一捆捆柴草也運了來，顯得有條不紊，府裏的教匪猜透了官軍的心思，箭放得更急，只可惜哪裡穿得透那半丈高的大盾，除了射傷了一人的腿肚子之外，也是無計可施。

三清堂裏，徐神福陷入絕望，一個個信徒前來稟告，他只是憤怒的甩甩手：「出去，出去，朕要登基。」

各種器具都是預備好了的，他穿上了早已準備好的冕服，戴著通天冠，高高坐在三清堂的案後，打算演完最後一場鬧劇。

堂中之人個個面面相覷，卻又無人敢勸阻，只好拜下，正要高呼萬歲，這時，大火轟然而起，火油借著柴草，立刻在上仙府的外圍燃燒起來，大火躥得老高，將天際都映紅了一片，隨著大風不斷向府內逼近。

「不好，起火了，上仙……」有人大叫。

徐神福眼中更是絕望，卻是呵斥：「叫什麼，叫什麼？朕受命於天，乃是天子，自有天帝庇佑，你們……你們……快，快朝拜。」

這時哪裡還有人朝拜，一個個竄出去，各自逃命去了，徐神福哈哈大笑，在三清堂裏托拽著冕服的後裙，仰天大笑：「朕受命於天，誰敢傷朕？誰敢傷朕？」

大火已蔓延到了三清堂，濃煙窒息的徐神福幾欲昏死，他勉力扶著柱子，火光已映紅了他的臉……

轟，燒塌的房梁成了木炭，失去了重心，整個三清堂轟然倒塌，將徐神福埋葬在瓦礫中。

府外層層疊疊的官軍看到這般的場景，將一個個從府中逃出來的教匪拿了，有條不紊的準備滅火。

滾滾濃煙落在沈傲眼裏，沈傲的表情只剩下漠然，撥馬嘆了一句：「可惜了一棟好房子。」

這時，吳家父子和班達三人在一隊人的拱衛下過來，三人顯然沒有吃太多的苦頭，衣衫整潔，神色如常的朝沈傲躬身行了個禮：「大人。」

沈傲看了他們，微微一笑：「這一趟你們都立了大功，吳大人，辛苦你了。」

吳文彩呵呵一笑，道：「苦勞倒是當仁不讓，至於功勞卻是教人慚愧。」

沈傲只是笑了笑，大喝一聲：「各部聽令，善後。軍法司帶隊巡城，有搶掠的，殺無赦！」

「遵命！」

黎明漸漸露出曙光，從城中內訌到官軍入城，再到大局已定，只不過兩個時辰的時間，混亂來得快去得也快，很快，滑州便安定下來，一隊隊臂上纏著紅巾的校尉帶著人巡城，彈壓各處的亂兵。

誰也不曾想到，喧囂一時的天一教之亂竟是以這種方式結束，打了這麼久，許多人還沒有回過味來，才知道那從前的敵人已經煙消雲散，隨著葬入火海的徐神福化爲了烏有。

一處無人的富商民居如今已成了沈傲的臨時行轅，坐在整理好的書房裏，沈傲蘸了墨，展開一份空白奏疏，提筆寫道：

「臣受國恩，敢不盡心圖報，提兵圍滑州，以攻心破之，至此，天一教滌平……」

「將這份奏疏連同捷報一道送回去，不要耽誤！」

入秋的汴京城多了幾分蕭條，一個個捷報傳來，人心也漸漸思穩，尤其是一串串的俘虜被押運著招搖過市，更是讓人心安了不少。

一個信使騎著高頭大馬，徑入城中，飛快向正德門策馬疾奔，沿途不知撞翻了多少物事，引來一陣喝罵，倒是有心人看了，連忙拉住喝罵之人，指了指那遠去的背影，道：「罵什麼？那是八百里加急傳報，多半是京畿北路又來了消息，等著看朝廷的邸報出來吧！」

文景閣裏，一個小內侍匆忙碎步往文景閣去，門口的老太監將他攔了：「劉真，你風風火火的做什麼？」

那叫劉真的小內侍朝文景閣裏探了探頭，笑呵呵地道：「京畿北路急報，陛下說過的，不需回稟，直接傳報。」

老太監立即改變了傲慢的態度，正色道：「陛下剛剛去見太后了，你隨咱家去後宮。」

景泰殿裏，卻是另一番場景，朦朧的熏香散發出若有若無的香氣，重重帷幔之後，欽慈太后正盤腿坐在榻上吃著嶺南送來的荔枝，幾個宮人親近地陪坐在一旁，疏遠的則側立一邊，臉上都含著笑，眼眸看向帳外頭坐在錦墩上的趙佶身上。

今日，趙佶的心情不錯，陪著太后說了許多話，而太后則是有一句搭一句，顯得有些心不在焉，突然道：「陛下，前幾日英國公的嫡子進宮來看哀家，哀家瞧他的模樣倒是不錯，學問也好，性子呢，溫爾得很。」

趙佶淡淡一笑道：「是不是那個在步軍司裏公幹的那個？從前他曾考過科舉，只差了一點而名落中山，在勳貴裏，他的學問算好的了。」

欽慈太后笑道：「就是他，我瞧他不錯，是該給他找一門親事了。」

趙佶知道欽慈太后這是有了外嫁帝姬的心思，不由道：「其實安寧的年歲也不小了。」

欽慈放下手裏的果脯，愣了愣道：「安寧不是垂青那沈傲的嗎？怎麼，要把安寧嫁到英國公家裏去？」她搖搖頭道：「不好……不好，沈傲雖說也不盡是個如意郎君，家裏的妻子太多，嫁出去自是天家的笑話。可是他在外頭掌著兵，陛下在這時嫁女終究是不妥的。再者說，景逸宮的那位不是也說了嘛，這沈傲稍加磨礪就是柱國之臣，許多事還要他去辦，官家若是讓他撲了個空，他的性子你是知道的，非要鬧出什麼事不可。京裏都傳他是個楞子，什麼事都做得出的，哀家現在都怕了他了。」

她語速極快，不給趙佶說話的機會，繼續道：

「還有就是安寧那兒，安寧現在就等著嫁到沈府去，官家若是食言而肥，不說沈傲那邊安撫不住，就是安寧這邊也不好交代。罷罷罷，就當哀家沒提過這事，其實那什麼英國公的兒子也不怎麼好，科舉嘛又沒中，殿前司裏公幹的和一些武夫湊在一起，這秉性多半也好不到哪裡去，或許在哀家面前是一個樣，到了外頭又是一個樣；哀家是聽說了的，現在這些有名有姓的子弟真真是不像話，沒幾個好的。反倒是那沈傲雖然愛胡鬧，本事卻是有的，不說別的，陛下和契丹人打交道，要不要用他？陛下辦學堂，要不要用他？徹查花石綱也是他出的大力，還有那天一教的事，這京畿三省事交給誰都放心不下，唯有他有這個忠心，是個能放權的。其實哀家近幾日去聽景逸宮裏的那個說了一些話，倒也覺得有道理，君臣是不可靠的，歷來造反的是臣子，欺君的也是臣子，挾天子令諸侯的還是臣子，對不對？沈傲就不同了，他和陛下有這個情分，這才是維繫忠誠的根本，眼下再將安寧嫁過去也好，嫁過去了，又多了一層親緣，用起來方便。」

景逸宮的那位，自是說的是太皇太后了，也不知怎的，那太皇太后突然安分了，教欽慈這邊揮舞了拳頭卻找不到出力點，雖然後宮之中仍是刀光劍影，可是關係總算回暖了一些，再沒有從前的劍拔弩張。

欽慈太后一口氣說了這麼多，趙佶越聽越是糊塗，苦笑道：

「母后想差了，兒臣的意思是母后提起婚娶之事，兒臣便也想及安寧的年紀也大了，是該爲她做做準備了，等沈傲班師回朝，就立即操辦他們的婚事，而並不是要將安寧嫁去英國公家，朕只有這麼個親近一些的女兒，英國公哪有這樣的福分？」

欽慈太后聽了，撲哧一笑道：「害我說了這麼多，還以爲你是改了主意。」

趙佶正容道：「母后方才那番話確實很有道理，朕是個懶人，寧願悠遊南山，也不願去觸碰那些頭痛的事。沈傲是個幹才，又難得對朕忠心耿耿，母后知道不知道，上一次朕下旨給他，他竟是抗旨不遵，可知道爲了什麼？」

欽慈太后皺起眉道：「抗旨也叫忠心？」

趙佶笑著將事情的原委說了，又認真地道：

「這才是真正的忠臣，想的是我大宋的江山社稷，抗旨之罪可不是好玩的，他寧願擔著這干係，也不肯將軍權交到王文柄的手裏。」

欽慈太后連連點頭道：「對，這就叫大忠。安寧的事是該著緊辦了，再不嫁，宮裏就要多了個老姑娘，後宮這兒，哀家會張羅著，等沈傲班師回來就加緊著辦。」

趙佶應下，欽慈又問沈傲大致什麼時候能回來，趙佶想了想道：「以往剿賊，沒有一年半載是不能完事的，只怕還要等過一段時日才能回來。」

欽慈太后皺起眉：「這麼久？」

趙佶耐心解釋：「當年剿方臘的時候，都花了足足兩年功夫，現在沈傲雖說進擊順利，可是滑州亦是大城，從傳來的奏疏裏說，那滑州裏頭糧草充足，又有萬餘賊軍負隅頑抗，便是天兵天將下凡也不能一舉蕩平。」

欽慈頷首點頭：「哀家明白了，這麼說，那沈傲在京畿北道還得慢慢剿賊，原來打仗要糜費這麼多時間的。」

唏噓了幾句，外頭有人道：「陛下，有急報，從京畿北路來的。」

趙佶起身要出去看，欽慈太后笑了笑道：「有什麼好避嫌的，叫進來看一樣。」叫劉真的小內侍小心翼翼地碎步進來，將一份漆紅奏疏遞交到趙佶手裏，趙佶看了奏疏上紅豔豔的顏色，不禁開懷地笑了起來：「一定是捷報，這一次又不知殲滅了多少教匪。」

欽慈太后掩嘴笑道：「官家先看了再說。」

趙佶點了個頭，展開奏疏沉目看了看，臉上有些無法置信，隨即喃喃道：「這麼快，上一次送奏疏來說圍了滑州，離現在才幾日的功夫呢。」

說罷，趙佶心不在焉地坐在錦墩上，又看了一遍，這才相信奏疏中所寫的是真的。

欽慈太后見趙佶這般表情，便問：「官家，這是怎麼了？」

趙佶道：「滑州已破，天一教已經蕩平了。」

欽慈太后一時也沒有回過神，剛才趙佶還說天兵天將下凡也沒有這麼神速來著，怎麼奏疏就來了？

趙佶將奏疏放下，叫了三個好字，隨即道：「這一仗打得好，打出了我大宋的威風，有了天一教的前車之鑒，那些心懷不軌之徒，看他們還敢不敢反！」

欽慈太后道：「這麼說，沈傲十天半個月之內就能回朝了？」

趙佶搖了搖頭道：「只怕沒這麼快，那邊還要收下尾，要安撫一下，不過也快了，很快就會有音信。」

趙佶臉上露出笑容，或許是許久沒有這麼痛快過，連臉都有些脹紅了，從一開始天一教起事的焦頭爛額，到高俅殺良冒功的勃然大怒，再到沈傲棄守薄城的透心涼，如今接到這份大大的捷報，他的心情便如陡然間撥雲見日，連走路都輕快起來。

負著手，在景泰宮裏來回踱步，趙佶慢吞吞地道：

「有功就要賞，沈傲先封他個公爵吧，加太傅，他不是愛金銀嗎？賜金五百斤，其他的，朕再不能給了，他還年輕，不能一次全部賞完，對了，他的幾個夫人也要敕封一下。至於隨軍的將士，則由兵部那邊按著功勞寫出個章程來，朕不能薄待了他們。」

趙佶突然站定，似乎想起什麼，又道：「沈傲說應該施行什麼勳章制度，朕從前沒有在意，這一次趁著這個機會施行吧。他什麼時候回朝，朕要親自去城外迎接一下，以示優渥，這樣將士們才肯用命。」

欽慈太后見趙佶這般樣子，臉上也煥發了笑容，嗔怒道：「陛下只想著賞人，爲什麼就一時沒有想到安寧的大事，下嫁帝姬，也算是獎掖吧？」

「是，是，是……」趙佶喜滋滋地道：「兒臣唐突了，對了，這個奏疏立即傳出去，讓邸報、邃雅周刊明日清早就要把消息報出來，安撫下人心也好。」

趙佶搓了搓手，好不容易平靜著坐下，笑吟吟地對欽慈太后道：「母后，之前兒臣爲了天一教的事，真真是輾轉難眠，咱們趙家的江山社稷雖說不至動搖，可是進剿若是失利，到時還不知要糜費多少錢糧，死傷多少將士……」

欽慈太后喜道：「好啦，這事要傳出去，少不得群臣要上賀表了，你現在這個樣子怎麼去見百官？去吧，先養養神，到時候召百官覲見，少不得有許多事你要吩咐下去的。」

趙佶點了點頭，才是站起來拱手道：「兒臣告退了。」

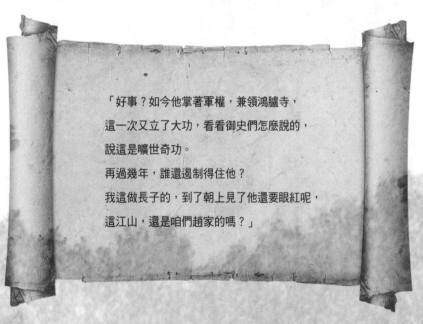

第十一章 曠世奇功

「好事？如今他掌著軍權，兼領鴻臚寺，
這一次又立了大功，看看御史們怎麼說的，
說這是曠世奇功。
再過幾年，誰還遏制得住他？
我這做長子的，到了朝上見了他還要眼紅呢，
這江山，還是咱們趙家的嗎？」

定王府。

皇長子趙恆繼位大統本是歷朝的鐵律，大宋建朝，固然有兄終弟及的事，卻也不能算是常態。

趙恆是長子，早年就進封京畿郡公，後封定王，並在政和五年進皇太子位。按道理，這個時候的趙恆已算是儲君了。只是在這徽宗朝，那些顛撲不破的道理卻往往會出現偏差。

趙恆敕封太子之後，卻出奇的沒有收到宮裏的旨意，請趙恆入東宮安住。趙恆無奈，也不敢提出來，倒是有幾個不甘寂寞的御史上疏提醒了幾句，徽宗看了，也只是淡淡一笑，以妄議宗室爲由，將御史們打發去了交州。

後來似乎也覺得有點兒不好意思，便乾脆下旨意說東宮需要修葺，讓趙恆且在定王府安住，什麼時候修葺好了，再移居東宮。

趙恆無法，只好等著，這一等，就是十年。不去東宮倒也罷了，更讓人不安的是太子的班底，既是儲君，自然有儲君的班子，太子太傅、太子少傅、太子司儀這一套都要具備，還有東宮禁衛、宮人、內侍也都要從宮裏選出來。只是這些和移居東宮一樣，都是石沉海底，一點兒音信都沒有。

其實徽宗的初衷，趙恆也略知一些，一開始，倒也沒有多少抱怨，問題在當初只是出現在徽宗的愛好上，徽宗那時一心求道，金門羽客都成了座上賓，但凡求道之人，大多都堅信自己益壽延年，永生不死。既然徽宗沒有死的覺悟，這太子立不立，干係就不大了，去不去東宮也不是一件需要太上心的事，至於太子開府之事更是可以延後。

這一點，趙恆可以忍受，可是之後的事態發展，便讓他不得不怨恨了，誰也不曾想到，等到皇三子趙楷逐漸成年，這個炫目的皇子立即討得了趙佶的歡心，趙楷畫技得到七分徽宗的真傳，更是一舉高中狀元，文采斐然，再加上這位皇三子長得頗像徽宗，徽宗對他的喜愛自然多於其他皇子，甚至時常問別人，若是另立皇子楷爲太子，天下人會反對嗎？

提出這樣的問題，代表趙恆的地位已經岌岌可危，這幾年來更是如履薄冰，生怕讓人抓住把柄。因此他蝸居在定王府裏，看上去顯貴，可是這王府卻實在有點兒差強人意，便是正殿那緊要之處，都因年久失修，一到陰雨天氣便有雨水滲入房梁，沿著殿柱流淌下來，太子妃亦是節儉，穿的衣裙都打了補丁，平素也不輕易拋頭露面，這樣的處境，實在讓人難堪。

外頭的人說起定王府，也都將這裏當作了東宮，號稱是潛龍府，不過也有缺德的，故意將潛龍二字提高了幾分音量，把潛改爲了淺音，一副龍游淺水遭蝦戲的意思。趙恆聽了，也只能苦笑作罷。

今日一大早，天空下著淫淫細雨，定王府的小轎落在門前，趙恆在一個長隨的攙扶下落了轎，門房一個候了很久的老太監立即過去接人，笑呵呵地道：

「殿下，今日是什麼朝議，怎麼連太子清早也叫了去，趕巧今日天色也不好，殿下先進去洗了澡，換身乾衣衫，早膳已經準備好了，娘娘等著您才肯吃呢。」

趙恆若有所思地搖搖頭：「不必，這裏不用你伺候，去傳個話，就說早膳我不吃了。」

這老太監顯是看著趙恆長大的，眼中露出心疼之色，知道這太子多半又不知從哪裡生了一肚子氣回來，小心翼翼地爲他撐著傘，隨他到了正殿，打發個人去泡茶，一邊給趙恆遞了個乾手巾，道：

「殿下，這又是怎麼了？陛下叫殿下去參加朝議，這是好事啊。」

趙恆喘了幾口粗氣，氣呼呼地道：

「好事？沈傲要進封公爵，加太傅了！這也是好事？如今他掌著軍權，兼領鴻臚寺，還有楊戩、石英、周正等人作爲羽翼，我那個父皇又對他言聽計從，如今已到了如日中天的地步，便是咱們這些做兒子的，見了他都要低人一等，這也是好事？這一次他又立了大功，看看御史們怎麼說的，說這是曠世奇功，嚇，剿滅了蕞爾小賊談何曠世？還有……宮裏頭已經有了消息，再過幾日安寧就要下嫁，瞧著父皇的意思，他便是做了駙馬，也絕不肯剝奪他的官職，再過幾年，誰還遏制得住他？我這做長子的，到了朝上見了他還要眼紅呢，這江山，還是咱們趙家的嗎？」

他竭力的一口氣說出來，嚇得老太監魂都要飛起來了，在旁跺腳，不斷拉扯趙恆的衣袖，低聲道：「殿下慎言，慎言……」

「慎言？」趙恆眼眸陰鬱地看著老太監：「到了這個地步，父皇若是真不想我做這個太子，便乾脆剝了我的太子位，將我刺配出去，去交州、去瓊州，就是去戍邊也由著他，反正這個龍子龍孫，我早就不稀罕了。」

老太監嚇得雙膝一軟，跪在地上，膽戰心驚地道：「殿下，再忍一忍，再忍一忍就是，忍過去了，等殿下登極，便是十個沈傲，殿下一紙詔書也可取了他的性命，這是何必……何必呢？爲了一個外臣動這般大的火氣，傷了殿下的身。」

趙恆發洩完了，轉眼之間，又變得平靜起來，沉默了片刻，徐徐道：「不能再忍了，再坐視下去，早晚要鬧出尾大不掉的局面。靜安，你想想看，那沈傲可是掌著兵的，又和老三走得近，到時候真要有變，誰可制之？」

「不……不是還有太師嗎？」

趙恆冷笑一聲：「太師？已經指望不上了，這隻老狐狸，用一用可以，說不準隨時都將你賣了。再者說，他這個年歲，致仕也是遲早的事，如今在朝裏已被壓得不敢冒出頭去，門生故吏被沈傲一個個翦除，也不見他吱什麼聲，我要是靠他，早就完了。這些年，府裏頭倒也有一些人可以用，只是現在還得忍著，據說吏部尙書就要致仕了，掌了這個職事，才有和沈傲一拼的本錢，你……待會兒去太師那兒走動一下，和他說，司天監少監程江，可以一用。反正他蔡京的人是安插不進去了，有沈傲和石英在那兒，肯定要爭個你死我活的，告訴他，先讓他去爭，爭得差不多了，再退一步將程江這個人抬出來。」

老太監頷首點頭：「老奴明白了，殿下果然棋高一著，這程江平時聲名不顯，又是殿下一等一的心腹，先讓他們去爭，相互拆臺子，到時候再把程大人送上去，不管是新黨舊黨，爭來爭去，最後還不得不選出個折中的人選來，程江平時哪一方都不得罪，正好少了不小的阻力。」

趙恒嘆了口氣：「這也是沒法子的事，我現在算是看透了，靠父皇是靠不住的，自己的東西要自己去爭才是正理，否則最後便宜的還是外人。從前呢，父皇是搭理也不願意搭理我一下，現在父皇那邊倒是吩咐了差役給我辦了，你可知道是什麼差事？」

老太監恭順地順著趙恒的話道：「請殿下示下。」

趙恒的眼眸閃露出一絲怨毒，冷哼一聲道：「叫我這堂堂太子出城五十里，與太師去迎沈傲回朝，太子之尊，落到了迎客僧的地步，真真教人寒心。」

老太監道：「殿下也不能這麼想，沈傲畢竟是立了功回來，陛下叫您去，迎的也不是一個沈傲，回來的終究都是有功於國的將士。」

「你不懂，父皇這是老糊塗了。」

老太監再不敢說什麼，笑呵呵地道：「殿下，您也乏了，要不要休息一下。」

趙恆想了想道：「也好，方才吩咐你的事去辦了吧，我在府裏等你的消息。」

滑州城已漸漸熱鬧起來，再如何兵荒馬亂，人總要討生活，商人們要開張，士人們要讀書，婦人要買米，漸漸地，看到城中的兵丁並不出來爲禍，也就一個個出來，把門前的小香爐砸了，從天一教的信眾搖身一變，又成了大大的良民。

這些，沈傲是不管的，在他看來，首先要追究的是首惡，那些尋常百姓本就是隨風草，不必去理會。朝廷裏的消息已經傳來，都擺在沈傲的案頭上，沈傲卻沒有去看，這些消息，他閉著眼都知道是什麼，無非是讚頌一下，有真摯的，也有陰陽怪氣的，看著也沒什麼意思。門下省已經草擬了旨意，催促沈傲速速班師。沈傲也準備得差不多了，就等選個黃道吉日。

馬軍司仍舊按時操練，每日清早起來，校尉們喊了口令，便一隊隊在營裏集結列隊，有的時候會拉出城去跑個幾圈，一個時辰之後再大汗淋漓地回來。

一開始，滑州這邊的百姓嚇了一跳，以爲亂兵要出動了，漸漸地也就習以爲常，有時候一隊兵跑著和他們擦肩而過，也不害怕，反而多了幾分新奇。在他們的印象中，但凡是吃皇糧的，臉上總帶著幾分煞氣，可是這些兵不同，說不上有什麼區別，卻更容易親近。

最悲催的是沈傲，那女俠做了他的衛兵，每日清早也去和親衛隊操練，親衛隊去站列，她也去，親衛隊去跑步，她穿著馬褲，腳步輕盈竟是跑在最前。

沈傲看了她，不由顧影自憐，看著銅鏡中的自己，摸摸自己的臉蛋：「老了，老了，當年本官還年輕的時候，也是活力四射的。」

嘴角微微抿起，回憶起自己還很純潔鮮嫩時候的光陰，那個時候……好像自己已經是一個盜賊了，汗，沒爹沒娘的孩子早當家啊。

這時，一身汗漬的顰兒進了帳，嬌喘吁吁地擦著額間的汗，顯得英氣十足，看了沈傲，呀的驚嘆一聲：「沈……大人，原來你也喜歡照鏡子。」

沈傲板著個臉，咳嗽一聲：「在打蒼蠅……」

顰兒也不追究，一張俏臉被塵土和汗漬染成了小花貓，露出皓齒笑道：「有一件事要和你商量，我要入武備學堂。」

「不行。」沈傲彷彿被針扎了一下，道：「你一個女孩子家的，不趕快尋個英俊瀟灑，最好考中過狀元，還寫得一手好字，吟得一口好詩的人嫁了，入什麼武備學堂？女孩子家和一群臭漢混在一起做什麼？」

蘡兒壓著柳眉，嘟著嘴道：「女孩子就不是人嗎？再說，武備學堂裏可沒有不准女孩子加入的規矩，我一身功夫，自然不能埋沒了，況且，我喜歡和大家一起操練，又有什麼不好？將來我還要去殺契丹人，為……我爹……」

話說到一半，突然嗚嗚哭了，兩行清淚順著臉頰流淌下來。

沈傲知道她的下一句肯定是為她爹報仇，他倒是沒有想到蘡兒有這樣淒慘的過去，不過轉念一想，也就明白了，一個女兒家對契丹人有這樣的深仇大恨，若不是因為契丹人令她破了家，也斷不會如此。

蘡兒一哭，倒是讓沈傲為難了，走過去輕輕捋她前額的亂髮，低聲道：「你總不能和一群大男人同吃同住吧，這件事再商量，我得考量一下再說。」

蘡兒要入武備學堂的事，不幾日就傳了出去，校尉們對女兒家入學堂也是當笑話來看，在他們看來，女人從武，就像武夫去作詩一樣，屬於不務正業。不過也沒人說什麼，畢竟蘡兒的本事大家有目共睹，真要鬥起來，兩三個校尉還近不得她的身呢，誰嘲笑誰還是個未知數。

沈傲在那邊也在考慮，一時難以下定決心，固然他相信蘡兒入武備學堂不成問題，可是這個口若是一開，天知道會變成什麼樣子。

女子從軍倒也不是全然沒有事做，可以成立一個救護營或者親衛隊什麼的，想到這個，沈傲有點兒意動，想像自己將來帶著數十個美女親衛巡營的場景，真真是威風八面。

不過，這個想法也只是一閃即逝，不說別的，那些言官用吐沫都可以將他罵死，家裏頭的夫人也不好交代，官家聽了多半臉色也不好看。還是救護營好，女子細心，救治傷患本就不該男人去做，只是人家是黃花閨女，在這個時代，誰會願意化身為護士妹妹給照料傷患？

正在沈傲踟躕不決的時候，韓世忠神秘兮兮的偷偷來拜謁，月黑風高，一個大男人突然閃入沈傲的睡帳，好在沈傲還沒有脫衣，卻也嚇得忍不住掉了一身的雞皮疙瘩，捂著自己的衣襟，大喝道：「韓世忠，你要幹什麼，不要過來，站在那裏說話。」

「大人……」韓世忠訕訕的笑，抱拳作揖，總算止住了腳步。

沈傲從韓世忠的眼睛中看到了欲求，心裏打了個哆嗦，侍衛呢？侍衛在哪裡？啊，侍衛本就是中軍營調度的，韓世忠又是中軍營營官，他勾勾手指頭，要把侍衛調走輕而易舉。

沈傲目光落到韓世忠雄健的腰肌上，自己和他一比，實在慚愧得很，待會兒反抗，八成要吃虧。天哪，這還是人嘛，連欽差都敢……。

「大人，卑下今夜睡不著……」

沈傲大怒：「睡不著與本官何干？韓世忠，你好大的膽子！」

韓世忠一臉委屈：「大人且聽卑下把話說完好不好，蘷兒姑娘……」

什麼，連蘷兒的主意都敢打，沈傲拍案而起，這個時候真是勃然大怒了：「有事就衝著本官來，放開那個蘷兒！」

「……」韓世忠苦笑道：「大人，卑下的意思是，蘷兒姑娘想入武備學堂，卑下恰好也有個紅顏知己，此女姓梁名紅玉，精通翰墨，又生有神力，能挽強弓，每發必中，卑下的意思是，能否讓紅玉也入營……」

沈傲緩緩坐下，臉色平靜下來，心裏吁了口氣，原來是走後門的，難怪這麼神神秘秘，一定是怕人看見。沉聲道：「女子入營的事豈是你一個教官能左右的，這件事，本官還要思量。梁紅玉，這名兒倒是很相熟。好罷，回到京中你帶她來見見就是。你不要苦著個臉，本官說相熟，並不是和她有什麼牽扯不清的關係，只是有些印……也不是有印象，只是從旁人口中聽說過些她的事蹟而已。」

韓世忠的臉色很奇怪，期期艾艾的道：「大人……聽到了什麼？」隨即沮喪的道：

「沒錯，紅玉確實是營妓出身，她的父親也是武官，後來犯了罪，才充入軍中，剿方臘的時候我和她認識，莫……莫非有人說了什麼？」

沈傲這才想起來，這梁紅玉在歷史上還真是大名鼎鼎，算是大宋少見的女將，淡淡一笑：「沒什麼，你下去歇了吧，這麼晚，本大人剛要睡。」

韓世忠抱了抱拳，方才不打自招，終是有點兒害臊，這年頭，是個男人多半都會顧忌紅顏知己出身的，道：「那大人早早歇息，大軍後日就要開拔回京，到時候免不了要舟馬勞頓。」

金秋八月，剛剛過了十五，汴京城裏的喜慶還未過去，一大清早，禁軍就出動了，六部九卿連同三省五院的官員都穿了禮服，在禮部尚書帶領下在正德門前等候。

一直到了曙光初露，宮門大開，門洞之後，天家的龍輦便抬了出來，百官三呼萬歲，龍輦也不逗留，徑往北門而去，百官們紛紛相隨，沿途所過，禁軍三步一崗、五步一哨，衛戍森嚴，街邊的百姓不能靠近，卻也知道今日是什麼日子，預料到遠征的馬軍司要還朝，許多人一大清早起來，便是要看看那凱旋之師的樣子。

還有的聽說官家要親自在城門迎接，連北城城門的御台都已搭好了，就等著官家過去等候。這年頭人雖然住在汴京，可是官家的天顏卻是難見，雖說年關的時候在黑暗中遠遠眺望過一次，可畢竟看不真切，今日趁著這個功夫，也大有一飽眼福的意思。更多的人出門時，被妻子叮囑著繫個吉袋出去，說是能沾染到天子的仙氣，保佑一家平安。龍輦所過之處，街上就擠滿了人，雖說御道已經封鎖，可是看客們自有辦法，從小巷子裏尾隨著，隨著人潮都往北城湧去。

龍輦上遮著帷幔，秋風吹過，雪白帳子便忍不住飄動，趙佶坐在舒適的軟墊上，偶爾掀開帷幔的一角看一眼外頭的熱鬧，心情也是格外激動。

他這個人本就好大喜功，便是無事也喜歡弄出個歌舞昇平、豐亨豫大的假象出來，如今的大捷卻是實打實的，從出兵到平亂，也不過半年不到的時間，雖說中途有些波折，卻也足以炫耀了，再看那些興奮的百姓遠遠跟在龍輦之後驅之不散，心裏生出幾許滿足，舒適的躺在乘輦的軟榻上，隨著龍輦的起伏，漸漸陶醉其中。

北城固然熱鬧，可是在城外頭卻有一群禁軍暗暗叫苦，他們起得是最早的，子時就被人叫醒，護著趙恆和蔡京二人的軟轎出發，趕了一夜的路，在城北官道五十里處迎候。

大宋開國以來，十里相迎已經算是了不起的規格了，五十里，那已超出了禮儀的範疇，可是宮裏頭的旨意這般說，這個時候誰也不好站出來說什麼，難得大家都高興，也沒什麼好指斥的。

偏偏坐在轎子裏的兩個人，卻是一點喜慶的心思都沒有，筋疲力盡的坐在軟轎裏，趙恆一直板著臉，連哼都不願哼一聲。至於蔡京，雖然仍舊那副雲淡風輕的作派，卻也沒有露出一點笑來。

默默的到了一處驛亭，前面的軍將才勒住馬，打馬到了趙恆的轎前，低聲道：「殿下，差不多五十里了，請殿下下轎歇一歇，末將教人去拿些水來。」

裏頭的人冷哼一聲，卻不再說話，過了許久，似乎也覺得坐在轎中無趣得很，才緩緩從轎中鑽出。

趙恆今日穿著太子禮服，頭上戴著七梁進賢冠，繫著翡翠玉帶，腳下是一雙金絲長靴，他掃視了周遭的禁衛一眼：「不必拿水來，去問問蔡大人那邊渴不渴。」

蔡京也從轎中出來，顫顫巍巍的由個長隨扶著，笑呵呵的道：「殿下客氣，老臣也不渴。」

趙恆總算擠出幾分笑容：「蔡大人，這五十里路想必顛簸的辛苦吧。」

蔡京捋著花白的稀鬚，淡淡然道：「也談不上，將士們輾轉了這麼多時日，在外頭流血拼命，才是真正辛苦，我這高坐廟堂的，坐在轎子裏走五十里地又算得了什麼，能代陛下犒勞遠迎軍士，老臣已覺得榮幸之至了。」

趙恆心裏暗罵一聲老狐狸，卻是笑呵呵的道：「蔡大人說得對，比起他們來，我們這點苦實在算不得什麼，奏疏裏說今日會到，現在還沒見蹤影，只怕沒有這麼快，來人，派個斥候過去看看。蔡大人，我們到亭中去歇歇吧。」

說罷，扶著蔡京到了驛亭陰處坐著，教禁衛們在遠處佈防。

趙佶眺望著遠處凋零的樹木，嘆口氣道：「這一趟沈傲又立下戰功，今日回朝，聲勢一定非同凡響，你看看父皇今日的安排，便是親王只怕也沒有這麼大的排場。」

蔡京淡淡笑道：「是啊，年紀輕輕，就已位列中樞了，老夫這個年歲的時候，才剛剛中了科舉呢。」

趙恆看著蔡京，問道：「難道太師就這樣縱容他？」

「縱容談不上，可也壓不住，憑著他現在的聲勢，便是殿下，不也是拿他無計可施？」

這二人雖是口徑一致，卻都在談虛的，總是不能找到共同話題的切入點，趙恆畢竟年輕，比不得蔡京的涵養功夫，豎眉道：「太師可有想過，沈傲升到雲端的那一刻，就是太師石沉大海之時？」

蔡京聞言一笑：「老夫年紀大了，說句難聽的話，一隻腳已踏在了鬼門關上，還在乎這個做什麼？實在不行，大不了致仕頤養天年罷了，倒是太子要小心在意才是。」

這句話一語中的，正好擊中了趙恆的軟肋，蔡京固然還有退路，憑著他的手段和人

脈，苟全致仕也無妨，可是趙恆不同，趙恆沒有退路。

趙恆沉默，徐徐道：「太師，程江的事，想必你也知道了吧，這個吏部尚書，本太子志在必得。」

蔡京呵呵一笑道：「程江的資歷是差了一些，司天監又是個冷衙門，不過說起來，卻又干係重大，他坐了這麼久的少監，倒也算是個合適的人選，這件事自有分曉的。」

趙恆臉色才好看了一些，吏部是六部之首，這個位置直比尚書省郎中更加顯赫，占住這個有利位置，培植黨羽就方便得多了。

趙恆呵呵一笑道：「有太師這句話，本太子就放心了。」

蔡京卻是一臉不以為然的樣子，淡漠地道：「太子殿下，老夫贈你一句話吧。」

「太師但說無妨。」

「不爭是爭，爭是不爭，有時候爭得太厲害，反倒是一件禍事。」

趙恆只是微微一笑，心裏想：「到了這個地步，再不爭才是禍事。」卻是作出一副受教的樣子道：「受教了。」

正說著，大地突然隆隆作響，地平線上，數十匹飛馬徐徐出現，以極快的速度奔馳而來，趙恆叫了幾個禁軍：「去打話。」

禁軍們翻身上馬，迎上去，對方穿的是殿前司的禁軍服，胸前徽章在陽光下閃閃生輝，這幾十騎人人彪悍，爲首之人勒住馬，高聲大呼：「前方何人？」

禁軍這邊答道：「奉旨迎國師。」

對方行了個標準的軍禮，朗聲道：「吾等奉命探路，後隊半個時辰便到，諸位辛苦了。」

兩隊騎兵分開，一隊勒馬回去報信，一隊馳回驛亭，向趙恆稟告道：「殿下，他們來了，還有半個時辰便到。」

「奏樂吧。」趙恆懶洋洋地道。

樂聲驟然響起，趙恆卻顯得有些焦灼，半個時辰之後，極目望向曠野盡頭，一條淡淡的黑線在蠕動。大地轟鳴得更厲害，驟然望去，密密麻麻的黑影向這邊緩緩移動。

樂聲戛然而止，耳膜中聽到的是喘息聲、金屬撞擊聲響成一片，一片片的旌旗獵獵作響，最前面的，是百餘騎兵作嚮導，擺成一條長蛇向驛亭快速移動。

騎兵的隊首位置，是一個穿著大紅朝服，卻穿著馬刺靴的少年，少年風塵僕僕，英俊的臉上多了幾重剛毅，下頜生出一叢細密的短鬚，多了幾分陽剛味。

禁軍立即打馬去接，在馬上高聲大呼：「前方可是毅國公、太傅沈傲沈大人？」

加封的敕命已經頒發，對這個新稱號，沈傲沒有表現出絲毫的訝異之色，正色道：「正是。」

「見過大人。」打話的禁軍在馬上行了禮，隨即道：「太子殿下及太師在驛亭等候多時，請沈大人過去說話。」

沈傲再不多言，帶著百名騎士飛奔至驛亭，矯健地翻身落馬，他這個動作做出，後頭百餘騎兵整齊劃一地落馬下來，不自覺地牽馬拱衛住沈傲，把守住各個死角，倒是讓那些迎客的禁軍一時無從靠近。

沈傲將馬交給身邊的一個護衛，隨即含笑快步進亭，裏頭的趙恆和蔡京二人亦是掛上笑臉快步來迎。

「殿下，太師，沈某有禮。」

「沈大人不必多禮，這一趟我奉父皇之命，便是來接你入京的，沈大人戰功彪炳，令人稱羨啊。」趙恆一把將要跪下的沈傲扶住，拍著沈傲抱著的拳頭，溫文爾雅地笑起來。

蔡京在旁道：「英雄出少年，我大宋能出沈傲這般的大才，是陛下之福，更是社稷之幸。」

沈傲寒暄一番，陪著說了幾句話，大家各自心照不宣，只是維持著表面上的熱絡，說了一會兒話，眼看時候不早，趙恆道：「父皇已經等候多時，請沈大人隨我先去覲見。」

沈傲點點頭，又帶著騎兵翻身上馬，捨棄了大隊人馬，會同蔡京、趙恆的軟轎，以及一干扈從打馬揚鞭，朝汴京趕去。

這一趟回來，沈傲固然心情極好，可是第一個來迎他的卻是趙恆和蔡京，很是大煞風景。

身後穿著親衛服的虁兒打馬和沈傲齊頭並進，看了臉色陰沉的沈傲一眼，刻意將後頭的轎子甩下，嬌聲道：「沈大人，爲什麼你見了那太子後，臉色就不好看了？怎麼？莫非他哪裡得罪過你。」

沈傲笑了笑道：「想當年這太子辦了個鑑寶大會，憑著我的本事自然拔了頭籌，只是可惜，至今那鬼太子也不曾給我彩頭，這件事，讓人想起來就可恨。」

沈傲真情流露，說出了大實話，他的性子就是這樣，該是他的就是他的。

虁兒啞然失笑，美瞳瞥了沈傲一眼，道：「原來你這般的小雞肚腸，就爲了這個，至今還嫉恨人家。」

沈傲正色道：「這不是小氣不小氣的事，這是原則。」說罷也覺得有點兒不好意思，那虁兒看向他的目光，總有那麼一點兒古怪，心裏苦笑：

「政治的事和你這小丫頭怎麼說得明白，不給彩頭只是果，可是許多事卻不是只看結果的，太子不肯給彩頭，這背後就已是對本才子抱有敵意了，這個敵意一開始或許只是因爲在鑑寶大會上，自己風頭太勁，讓他這個主辦人反倒撲了一鼻子灰，可是這幾年下來，嫌隙已變成了仇恨，再無化解的可能，就算是有人願意作出讓步，誰又能保證對方不會記仇？有可能會有一天進行清算？」

第十二章 一箭三雕

沈傲道：「軍中多有犯事的家眷充入軍中做營妓，
何不如讓她們編入護士隊，救死扶傷，
一來是教她們為自家的罪孽贖罪，
二來也可革除軍中的流弊，
傷病也可提高存活率，一箭三雕，豈不是好？」

到了下午，他們才到了汴京北門，遠遠看過去，遠處一座高臺已經築起，更有無數的人頭攢動，見到這邊有了動靜，更是爆發出一陣陣的呼聲。

城內的禁軍幾乎是傾巢而出，還有城門司、京兆府的差役亦全部出動，竭力維護著次序，只可惜這種局面一時也只能勉強保持著高臺附近的安全，驅出一條道路來供軍馬入城。

見到這樣的聲勢，沈傲頗有些擔心，這種局面若是沒有事先的預演，是很容易出事的，狂熱的人群若是在激動之下大吼一聲「沈大人萬歲」，這凱旋就變成忤逆了。幸好沈傲已經寫信叫吳三兒那邊做好準備，買通了不少人散佈在人群之中，可以避免出現這種尷尬，只是不知吳三兒將事情辦得怎麼樣了。

到了高臺下，沈傲下了馬，趙恆那邊也落下轎子，走到沈傲身邊，淡淡地道：「沈大人好風光。」

沈傲聽到他口裏的譏誚，也是淡淡然地道：「風光也是陛下的風光，做臣下的不過是陪襯罷了，殿下這句話莫非意有所指？」

趙恆微不可察地笑了笑，道：「對，沈大人說得沒錯。」

沈傲最受不得的就是趙恆這種在自己面前居高臨下的樣子，表面上是在奉承，骨子裏卻透出不屑，總想壓自己一頭；原本沈傲畢竟是臣下，他是龍子龍孫，被他壓著倒也沒什麼，可是他這般處處針對，就犯了沈傲的大忌。

沈傲心眼確實不大，別人對他好，他十倍報答，別人對他壞，他同樣百倍奉還回去，臉色不由地陰沉下去，將虁兒叫到身邊，低聲密語幾句，隨即道：「去吧，這事兒辦好了，你入武備學堂的事，我給你加印象分。」

虁兒看到萬千人歡聲雷動的場景，正是心神蕩漾，興奮得如剛出生的小鹿，左瞧瞧，右看看，聽了沈傲的吩咐，卻不肯上當：「印象分有什麼用？」

看到蔡京和趙恆在那邊不耐地等待著，沈傲虎起臉道：「要做校尉，首先要服從，叫你去就去，記著，大叫我告訴你的口令，自然有人接應你。」

虁兒無奈，只好去了。

沈傲會同趙恆、蔡京一道拾級而上，緩緩走上高臺，高臺上華蓋飄動，已是聚了不少人，都是汴京城中最緊要的王公，見了沈傲上來，紛紛過來見禮。

沈傲朝他們點了點頭，看到坐在椅上向自己含笑看來的趙佶，心裏暖呵呵的，數月不見，趙佶仍然風采如昔，看向沈傲的眼神很是欣喜，眼神的背後更有一絲激動。只是當著王公大臣的面，仍舊擺著天子的威儀，等待沈傲來見禮。

沈傲真心實意地跪下，朗聲道：「臣沈傲見過陛下，陛下安好？」

「好，好得很，有卿在，朕豈有不好之理？快快起來，來人，給沈傲看座，坐在朕

的身邊來，朕要和他說說話。」

趙佶連說了三個好字，從容站起來，佇立在高臺上，並不去看沈傲，目光卻是落在高臺下的萬千人影上，這種登高望遠的感覺，那歡呼聲不絕於耳的壯闊，讓他心馳神往，好大喜功的性子不由地又發作起來，才覺得從前自娛自樂寫的那幅所謂豐亨豫大的行書的快感，和現在相比實在相差太遠，所謂的花石綱，更是不值一提，連說話都不由帶了幾分雄闊之主的語調：

「朕有生以來，唯有今日最是高興，區區天一教，蜉蝣撼樹，朕只需數月即可蕩平，唯有文治武功，我大宋的江山方能永固。沈傲，你的武備學堂很有成效，來，待在朕的身邊，等將士們入城。」

沈傲坐下，氣定神閒的看著高臺下的人，卻沒有趙佶那種激動的心情。

待趙佶坐定，側過身來對沈傲道：「這一趟你送來的戰報朕倒是看了，卻有一事不明，你當真確信滑州城內定有內訌？」

沈傲淡淡道：「微臣有這個信心，其實戰爭愈到了掃尾階段，攻心就愈來愈緊要了，微臣不過是給城內受困的教匪們一點希望罷了，有了希望，他們就會抓住這個機會，而徐神福那廝已經完全絕望，他的利益和他的部屬南轅北轍，內訌也只是遲早的事。」頓了頓：「陛下，說到底，天一教相比西夏、金國來說，實在不值一提，可是臣剿天一教時，尚覺得吃力，各路官軍除了馬軍司，大多戰力低下，壯壯聲勢可以，真正去攻堅拔寨，只怕……」

他搖搖頭，這個時候說這句話，不啻是潑趙佶的冷水，趙佶卻只是淡淡笑笑：「你的意思是武備學堂那邊還要擴建起來？」

兩個人相處已經有了默契，沈傲呵呵一笑：「微臣這點心思都被陛下看出來了。」

趙佶道：「這件事還是交給你辦，朕是甩手掌櫃，也不懂這些操練的事，若是缺銀子，但可到兵部那邊索要。」

沈傲頷首點頭，道：「上一年招募了八百個校尉，今年微臣打算招募三千，人數固然多了一些，可是這三千人還要分門別類，如設立馬軍校尉、水師校尉，還有……」

沈傲臉上一紅，心裏想：我要是說了下一個提議，皇上會不會說我有私心？且不管他，說了再是：「還有護理校尉。」

趙佶眼中很是疑惑：「馬軍、水師朕知道，護理校尉是什麼？」

沈傲尷尬道：「行軍打仗，傷亡自是免不了的，總要有人來救護不是，隨軍的郎中固然也有，可是傷病一多，郎中就不夠用了，不如新編出個護士隊來，讓她們專司護理，微臣其實也想好了，軍中多有犯事的家眷充入軍中做營妓，這些營妓往往無法發揮提振士氣的作用，反而都成了軍將們的私人玩物，何不如讓她們編入護士隊，救死扶傷，一來是教她們爲自家的罪孽贖罪，二來也可革除軍中的流弊，傷病也可提高存活率，一箭三雕，豈不是好？」

沈傲繼續侃侃而談：「要設立護士隊，先操練出一隊護士隊官也是當務之急。微臣要說的就是這些，陛下以爲呢？」

趙佶沉默了片刻，頷首道：「這些事朕也不懂，你若是要做，放手去辦就是。只是操練馬軍倒也罷了，操練水師有什麼用？西夏、金人那邊都沒有舟師，現下我大宋的水師已經足夠。」

沈傲道：「陛下說得有道理，微臣之所以如此，並不是要和金人海戰，只是想擴大我們對金人的優勢罷了。水師海戰固然有用，卻還有另一樣用途。」

「哦？」趙佶淡淡的望著台下，徐徐道：「說來看看。」

沈傲道：「陛下，試想一下，若是我大宋有一支強大艦隊，船上有充足的糧秣、火炮，只要金人的國土有一寸海岸，我們便可以在任何時間，任何地點，以任何方式進攻他們，那個時候，戰爭的主動權在我，什麼金人、契丹人，但有犯我大宋的，便可隨時進擊，報之以重拳。」

趙佶沉默了一會兒，似乎也在暢想沈傲的構思，從燕雲十六州到關外，確實有大片的海岸，一日大宋有運載軍馬在任何一處海岸登陸的實力，會發生什麼？這即意味著，金人任何一處海岸，隨時都有可能遭遇宋軍突襲，若朕是金人，會採取什麼步驟嗎？

他沉默了，至少在他看來，確實找不到任何一個有力的措施來防範，金人便是有雄兵百萬，難道能分散駐紮到各處港口、海岸？若真是如此，那陸路的宋軍便可齊頭並進，教他們防不勝防。可要是放任海岸不管，大宋的水師就可以隨時出現在任何一個地點，在清晨、黑夜，對金人進行騷擾破壞，等到金人大軍趕到，突襲的宋軍回到船上，金人就只能望洋興嘆了。

這個構思倒是新穎，不管是金人還是契丹人都沒有大規模的水師，若是大宋能有一支壓倒性的水師力量，確實可以和陸路呼應，對他們形成有效的遏制。

只是……趙佶眼眸中閃過一絲痛苦，建水師……要錢！

錢，趙佶有的是，他的私庫裏，至今還儲存著十億貫錢鈔，這些，都是從花石綱抄來的，趙佶前幾年算是窮怕了，朝廷的收支已經出現了不平衡，宮裏頭的用度能節省的就節省，這一次發了如此一筆橫財，按著趙佶的構思，是打算修一處宮殿，其餘的再充作建造自己陵寢用的。

生前顯赫，死後更要風光，趙佶前幾日還問過禮部、工部，透露了擴建陵墓的意思，這是眼下他頭等要辦的大事。稍稍一想，趙佶終於明白了沈傲的用心，這傢伙……原來是看上了朕的棺材本了。

趙佶臉色立即陰沉下來，瞪了沈傲一眼，越看沈傲越覺得沈傲臉上的笑容帶著一股陰險狡詐，淡淡道：「這件事，再議吧。」

沈傲撇撇嘴，也不再說什麼，其實他很冤枉，一門心思只想著建水師，過一過癮頭，也沒有往深處去想，誰知趙佶突然不冷不熱，以爲他惦記著自己的棺材本。

趙佶見沈傲不說話，心裏又是疑惑，這傢伙若是真惦記上了朕，一定還會再說什麼，可是現在卻爲什麼啞口無言？

和沈傲相處久了，自然知道沈傲爲人處世的風格，趙佶倒是一時不知沈傲的打算了，咳嗽一聲：「朕問你，要建一支水師，要糜費多少銀錢？」

沈傲心裏腹誹：「方才還說再議，現在又來問了。」想了想道：「既然是水師，糜費肯定不小，各種船隻建出來，還要配備大量的火炮、突火槍，單這一項，至少也要幾億貫以上，陛下，水師初建嘛，多花些是應當的，往後維護修葺的費用就低了，咬咬牙，咱們大宋還挺不過去？除了這個，招募水手、培養人才，建立新軍也是一項開支，萬事開頭難，現在最緊要的，還是先要培育出一批人才來。雖說建一支強大水師不易，可是也不必很快就形成戰鬥力，只要能在金人和契丹人面前橫行無忌也就是了。」

趙佶吐了口氣，幾億貫確實多，卻也不至拿不出，還在他的接受範圍之內，只是這個時候萬不能點這個頭，先晾著這傢伙，省得答應的太爽利，他一改口又漫天要價了，呵呵一笑，岔開話題：「等了這麼久，後隊還沒有來，你看，大家都等急了。要不要派個人去催一催。」

話音剛落，天空彷彿一下子陰沉下來，遠處傳出隆隆聲響，地平線上，一個個黑影出現，霎那間，歡聲雷動。

營官、中隊官們騎著馬，望著遠處巨大城池的輪廓，心中滿是激蕩，學堂裏灌輸的榮譽觀念原來他們還一知半解，可是在這個時候，他們才明白，所謂的榮譽竟如此美妙，那一浪高過一浪的歡呼，竟是如此的悅耳動聽。

沙場拼殺，馬革裹屍，值了！

「聽我的命令，各營、各中隊列隊，中軍營到我這邊來。」韓世忠坐在馬上，帶著掌旗兵下達命令，他脹紅了臉，雙手興奮的攥緊了韁繩，在隊前徘徊：「要快，給陛下和天下的百姓看看，瞧瞧咱們武備學堂和馬軍司的軍容。」

凌亂的行軍陣列立即開始湧動，各隊向中隊集合，中隊向本營集結，頃刻間，一列列整齊的隊伍便初露雛形。

許多將士手腳、頭肩上還包著止血布條，更有一些臉上露出猩紅的刀疤，混雜在隊伍裏，卻一點也不覺得突兀，一個個驕傲的挺起胸，比對陣衝殺之前還要緊張。

校尉們倒是能保持住鎮定，開始規範和糾正著禁軍的動作，可是這些馬軍司禁軍卻不同了，在他們看來，當兵吃糧是天經地義，衝鋒陷陣也是天經地義，大家無非是混口飯吃，天可憐見，新來的沈大人雖然凶惡，固然苛刻無比，可是給他們雙倍的餉銀，讓他們不致挨餓受凍，就爲了這個，他們已經感恩戴德，再也不奢求其他。

可是今日，聽到那歡呼聲，據說連官家都親自來了，這個意義就不同了，突然之間，他們覺得自己高大威武起來，彷彿一夜一群蝗蟲成了英雄，這種英雄的滋味，教他們不得不先整理下軍容，看看范陽帽是否帶斜了，再看看胸巾是否整齊，順道兒再用刀刮去靴子下的泥土，拍打下身上的灰塵，整理了一下，頓時覺得自己煥然一新。就彷彿憑著這個賣相，從官家眼皮子底下走過，一定會引起官家注視一樣。

「老吳，看看我後襟有沒有髒？」

「隊官，我這樣子怎麼樣？」

「喂，我該不該把止血布取下來，腦袋被包成這個樣子，肯定要被人取笑的。」說這句話的，是一個腦殼受傷，頭上被包成印度阿三的年輕禁軍。

眾人哄笑：「去你的吧，把這個取下來，讓人看你碗大的疤嗎？」

營官騎著馬，高呼一聲：「不要吵了，鬧個什麼，都準備好了嗎？」

那邊有中隊官紛紛道：「大人，一中隊整備完畢。」「四中隊整備完畢。」……

營官大手一揮：「隊形不要亂，像平時操練一樣，看著營旗，注意身邊的同伴，出發！」

一列列隊伍徐徐向汴京過來，遠遠的許多人還看不清晰，這種期待感，反倒讓所有人都屏住了呼吸，目不轉睛的看著遠處蠕動的黑影。

趙佶顯得有些興奮，傾著身子向遠處看，他坐得高，自然看得也遠，那黑影的輪廓是一列列整齊的方陣，沒有絲毫的凌亂，趙佶不由暗暗頷首讚許，若說從前那八百校尉校閱倒也沒什麼，畢竟是八百人，隊列整齊固然賞心悅目，可是和這萬餘整齊劃一的軍馬相比，效果就差了許多了。

不禁向沈傲道：「沈傲，你帶的兵爲何總和別人不一樣，只短短幾個月，馬軍司就成了這番模樣，教朕開了眼界。」

沈傲淡淡笑道：「微臣一個人哪裡有這個本事，真正的功勞應當是武備學堂的校尉，若不是將他們打散到馬軍司裏去，今日也出不了這個效果。」

趙佶哈哈一笑：「那也是你的功勞，不是你設武備學堂，校尉又從何處來？從前你和朕講以點代面朕還不懂，現在算是明白了，校尉既是點，禁軍就是面，是不是？」

沈傲道：「差不多就是這個意思。」

話說到這個時候，人群又是一陣歡呼，原來中軍營的方陣已經靠近，雖說離得尚遠，可是已能看到人影了，人就是這樣，一人歡呼，其他人也都紛紛激動難制，眾人一起爆發出的喝彩，直沖雲霄九天，久久回蕩。

「轟……轟……」不是激蕩的鼓聲，而是一次次軍靴頓地的響亮聲音，腳步越來越急驟，將人的心肝都要震出來。

中軍營隊官勒馬在隊前，後頭是十匹健馬載著的掌旗兵，旌旗搖曳招展的背後，則是一列列禁軍踏步過去，隊列的最左處站的是隊官，隊官胸前的徽章甚爲耀眼，折射出星辰般的眩色。

每列禁軍都以隊官爲標準，隊官動一下，踏足半丈，同隊的禁軍整齊劃一的抬腿、伸腿、踏步，一切都井然有序，沒有一絲凝滯和凌亂。

隊列中的禁軍、校尉個個都挺直了胸膛，卻都是風塵僕僕，臉上帶著風霜，還有不少人的衣甲有些殘破，甚至還殘留著洗不清的血跡，只是每個人都顯得很認真，很專注，似乎要去完成一件神聖的事。

這樣的隊列，比之從前的校尉校閱更加震撼，那個時候大家心裏雖是敬佩，可是終究認爲還是花架子，和那些敲鑼打鼓擺出虎翼、龍翔、長蛇陣的尋常禁軍一樣，練得久了，熟能生巧而已。

可是這一列列飽經風霜的人踏步而過時，卻無人敢有質疑，所有人屏住呼吸，不敢發出一點聲音，去看那一個個整齊劃一的人，去聽那整齊劃一的響動。

韓世忠打馬到高臺之下時，突然抽出佩刀，對於這個似曾相識的動作，倒是無人再受驚嚇了，趙佶彷佛看到了最精彩的地方，一雙眼眸很是專注。

韓世忠長刀向天，高呼道：「吾師凱旋，皆賴陛下洪福庇佑，吾皇萬歲，萬萬歲！」

這一句高吼還未讓人反應過來，後頭的禁衛挺起長槍，校尉拔出佩刀，一齊道：「吾皇萬歲萬萬歲！」

話音剛落，隊伍徐徐經過高臺，向擠滿了百姓看客的門洞進去。

場面頓時火爆，許多人盲從的大叫：「萬歲！」還有人喊：「吾皇萬歲！」

趙佶龍顏大悅，狠狠的拍了拍大腿：「慚愧，慚愧。」好像是故意和那高亢的聲浪對話一樣，倒是有點兒臉紅了，原來大軍凱旋還是朕的功勞？這個主意，多半是沈傲想出來的。

沈傲以為趙佶是在和自己說話，立即正色道：「陛下慚愧什麼？」

趙佶反應過來，暢然一笑：「朕並沒有立下寸功，將士卻將功勞推在朕頭上，自然是慚愧。」

沈傲端莊無比的道：「微臣萬死，竊以為陛下的話實在沒有道理。敢問陛下，這武備學堂是誰下旨興辦的，又是誰親自領了祭酒？更是誰敕命的教官、教頭、博士，今日能得勝，憑的是武備學堂校尉，可是終究還是陛下聖明，獨具慧眼。所以說此次凱旋，皆賴陛下洪福。」

趙佶呵呵一笑，指了指他：「怎麼說都是你有道理。」立即也覺得自己確實聖明，若不是聖明，如何能青睞沈傲這個傢伙，不青睞沈傲，又如何興辦武備學堂，沒有武備學堂，馬軍司如何能有今日這般大捷，所謂種瓜得瓜、種豆得豆不就是如此？

一列列隊伍過去，前頭中軍營那邊的街道上突然出現了一絲混亂，許多人竟是衝破了沿途禁軍的阻攔，衝到中軍營，做出了一件令人大跌眼鏡的舉動——獻花！

趙佶原以爲出了事，臉色有點不好看，這時表情才鬆弛下來，沿途衛戍的禁軍反應也快，立即將那些送花的百姓驅逐回去。

真正目瞪口呆的是沈傲，沈傲嘴巴張得有雞蛋大，完全顧不得國公太傅的威儀，真真是大跌了眼鏡。

沒錯，遠在京畿北路的時候，朝廷已經有了陛下出迎的風聲，沈傲爲了把這場戲做足，少不得費了些筆墨，寫了書信送到邃雅山房，授意吳三兒做一些安排。其中一個項目就是送花。

在沈傲的臆想之中，威武的校尉、禁軍踏步而過時，應當有一群漂亮的小姑娘拿著一束束花衝到隊伍前，將花插到男兒的衣襟上，這樣的場景非但有新意，且能提振校尉禁軍的荷爾蒙，令他們更增榮耀感。

只不過現實有些偏差，送花固然是安排好了，沈傲卻忘了，這是大宋，在這個未出閣少女大多數還不太願意拋頭露面的時代裏，以吳三兒的本事，哪裡能尋到什麼小姑娘來送花，怪也只怪他沒有囑咐清楚，結果……吳三兒還真尋了人來，只是送花的都是鬍子拉渣的大漢……

「悲劇了……」沈傲搖頭嘆息，有些時候，計畫果然趕不上變化。

好在大多數人並沒有察覺到異常，倒是這些人衝出來，讓沿途的百姓更是激動了一下，害得衛戍的禁軍不得不拿著槍桿子將人驅回去。

中軍營過去，接著是前軍營、後軍營……隊伍入城，歡聲更加雷動，人群中有人不斷地引領著口號：「皇帝萬歲，官家萬歲。」

有人引領，後頭的人盲從跟著，萬歲之聲不絕於耳。

趙佶聽得甚是喜悅，手中把玩著一柄玉質紙扇，拍打著自己的手心，很是愜意的道：「我大宋享國百年，朕才知道天下的百姓竟是如此赤誠。」

沈傲還沒有從送花的意外中回過神來，吱吱唔唔了幾句，趙佶見他臉色有異樣，以為他還在為水師的事操心，便忍不住虎起臉：

「怎麼？朕說了再議你便這個樣子，難道一定要朕點了頭才肯干休？」

沈傲啊的一聲回過神，立即道：「陛下誤會了。」

「誤會？」趙佶深深打量沈傲，不信的搖搖頭：「罷罷罷……難得武備學堂深得朕心，朕便鼓勵你一回吧，武備學堂的水師校尉你及早操練出來，戰船之事，朕從內庫中撥出，令各地監造戰船。」

沈傲很是驚喜了一下：「陛下聖明。」

若不是方才把趙佶哄得如此舒服，這水師還真不知道什麼時候能應承下來，也算是一件意外之喜，沈傲自是喜滋滋的，將方才的不快拋到九霄雲外。至於趙佶，仍陶醉在馬軍司入城和萬民歡動之中，倒也不再說什麼。

一旁側立著陪趙佶觀禮的趙恆卻是心念一動，低聲道：「父皇，兒臣聽說沿海各路的水師已經足夠了，再重新編練，似乎有些不妥。再者說，這新水師能否有成效，還是不可知的事，所以兒臣建議，還是交由廷議商議一下再做定奪。」

看到沈傲坐在父皇身邊，他這個太子竟是乖乖站著，趙恆心裏滿是不平，固然沈傲是有功之臣，父皇刻意給他禮遇，可是對自己這般不涼不熱的樣子，真真是心寒至極。

眼見沈傲一心要促成水師，趙恆心裏想：「父皇的心意我是知道的，他捨不得花這銀錢，若不是沈傲這邊催問的緊，也不一定會點這個頭。自己何不如順著父皇的心意，把父皇說不出口的話道出來，既爲父皇節省了開支，又可以給沈傲一個下馬威。」

趙佶聽了趙恆的話，微微一愣，目光從右軍營入城隊列抽出來，瞥了趙恆一眼，沉吟了一下道：「你說得似乎也有道理，不管怎麼說，這畢竟是大事，總要聽一下樞密院和兵部那邊的意見才是。」

趙恆心知自己的目的達成，到了廷議上，大不了指使幾個心腹去反對一下，到時候肯定又是一場糊塗賬，父皇這個人耳根子軟，好謀不斷，這件事八成是要一直擱置的。

沈傲想不到太子竟橫插一腳，與趙恆對視了一眼，朝趙恆冷笑一聲，卻也只是抿嘴不說話。過了好一會，才對趙佶道：「陛下，君無戲言對不對？」

趙佶隨口應道：「這是自然。」

沈傲便笑吟吟的不說話了，有了趙佶這個回答，退一萬步來說，水師的事都不怕沒有眉目。朝趙恆看了一眼，心裏想：「小子，要玩陰的，你還嫩著呢，今日先教你脫一層皮。」

待到左軍營的隊列走過，人群又是一陣歡呼，仍舊有引導之人高吼：「吾皇萬歲，大宋萬年！」

後頭的人不假思索的喊：「吾皇萬歲，大宋萬年！」

趙佶的笑容更是燦爛。

接著，不知是誰大喊一聲：「皇太子殿下萬歲，東宮萬歲！」人浪如潮水一般習慣性的喊：「皇太子萬歲萬萬歲！」

那一陣陣歡呼，似是永遠不知疲倦。可是這時，高臺上的王公大臣們卻一個個面色古怪起來，事不關己的，只是微微有些愕然。可是一些和趙恆走得近的，臉色就有點兒灰暗了，哪個吃飽了撐著的，什麼不喊居然喊到了東宮頭上，後頭更該死，念個千歲也就罷了，竟是加了個萬歲。

萬歲是什麼？萬歲即是天子，是九五至尊，這個字便如朕一樣，都是官家的專有名詞，便是太后娘娘，也只有享個千歲的份，東宮就算是儲君，卻是萬萬當不起的。

可是這個時候局勢哪裡控制的住，這麼多人，喊的人又多，總不能叫禁軍去拿人。更爲嚴重的是，人們叫著叫著上了癮，有人喊吾皇萬歲的，也有人喊東宮萬歲的，尋常的百姓沒有這麼多忌諱，在他們看來，別人怎麼喊他們便怎麼喊就是，皇太子是今上的親兒子，老子都萬歲了，兒子叫一下萬歲也不打緊，雖說規矩很嚴，想必皇帝老子也不會見怪。更何況這麼多人喊，應應景也沒什麼。

這個時候，沈傲臉上露出不易察覺的笑容，笑得很舒暢。

趙恆聽到那一陣陣歡呼，頓時臉色煞白，先是感覺到不妙，隨即有一種透心涼的寒意升起，忍不住望了沈傲一眼，看到沈傲正眼也不瞧他一眼，臉上很是玩味。隨即目光一轉，求救似的落在蔡京身上，蔡京只是朝他搖頭，意思是告訴他，什麼也不必辯駁，立即請罪。

皇帝還沒死呢，太子就萬歲了，放在哪裡，這都是大忌，趙恆不知道父皇會怎麼想，可是無論如何，這件事在父皇心中終究會留下極壞的印象，此刻的趙恆，巴不得父皇勃然大怒一番，好歹有了暴風驟雨總能雨過天晴，因此再不遲疑，立即拜倒，屈膝向趙佶道：

「父皇，兒臣……萬死……」

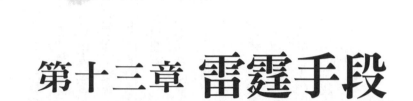

第十三章 雷霆手段

就為了這個，連蔡攸也翻了船，
想全身而退，哪裡有這般容易，
殺頭的殺頭，夷族的夷族，
吃了多少，全部吐了出來，
一家幾百口，一個抗拒，幾百個人頭就落了地，
真真是雷霆手段，殺人不眨眼。

趙佶臉色淡然，一聲聲東宮萬歲的聲音在他耳中格外的刺耳，他默默坐下，笑了笑道：「怎麼?原來朕的太子如此受人擁戴，這是好事嘛，你萬死什麼，起來說話。」

天知道這是由衷之詞還是譏諷，趙恆頭垂得更低，惶然無措的道：「愚民無知，口不擇言，竟是衝撞了聖駕，兒臣請父皇立即彈壓，治他們胡言亂語之罪，以儆效尤。」

趙恆的心裏真是怕極了，方才還在千方百計的阻止沈傲建水師，可是轉念之間，這個想法早已灰飛湮滅，一心只求抹平這場風波，眼下的他，實在有跳進黃河也洗不清的憋屈之感，莫名其妙的被人稱頌爲萬歲，真真是冤枉死了。

趙佶漠然道：「皇兒這些話朕聽不懂，你是太子，人家稱頌你，你卻要追究人家，這是什麼道理？」

趙恆痛哭流涕：「父皇句句誅心，兒臣不敢受。」

趙佶淡笑：「你爲什麼這麼怕?怕朕聽不得這些話?站起來吧，今日這麼喜慶，朕不計較，當著這麼多人的面，你跪在這兒，丟的是天家的顏面。」

趙恆膽戰心驚的站起來，低垂著頭，大氣都不敢出，現在，他完全不能確定父皇的態度，以他對父皇的瞭解，他寧願父皇痛罵他一頓才好，火頭過去了便罷，怕就怕藏在心裏頭。

蔡京在旁呵呵笑道：「殿下太謹慎了，陛下寬宏大量，豈會見怪。不過君是君，臣是臣，固是儲君，恪守臣禮也是應當的。」

蔡京這句話說出來，眾王公只有紛紛點頭的份。沈傲感嘆一聲：「蔡大人這就不對了，君君臣臣父父子子，太子既是人臣，又是人子，更該恭謹才是，太子請罪，這是臣職，也是做兒子應盡的義務，哪裡談得上謹慎。」

蔡京呵呵一笑，不以為意：「沈大人說得也不錯。」

眾王公又紛紛道：「沈大人有理。」

沈傲心裏暗暗腹誹，蔡京有理，我也有理，一群牆頭草。

趙佶笑道：「好啦，各部都入城了，朕也該擺駕回宮。沈傲，隨朕進宮，宮裏還有旨意。」

沈傲頷首點頭。

那一邊，趙恆卻怨毒的望了沈傲一眼，心知那一句東宮萬歲，定是沈傲的安排，這個方法實在過於毒辣，只需安排一個人在人群中大喊一聲，嚴重一些，他這個太子只怕都保全不住，便是最輕，在父皇的心目中也留下個不好的疙瘩。現在父皇不發作，並不代表將來不會想起。

道法自然，天為尊，天之驕子，就是人之帝王。帝王稱萬歲，這是歷朝以來的規矩，這個稱號，只有帝王才能獨享，莫說是別人，便是儲君也絕不能沾上這兩個字。

趙佶顯得有些疲倦，興奮勁雖然還沒有過去，卻被那句東宮萬歲澆了一盆冷水，走下高臺，在萬千禁衛的拱衛下擺駕回宮。

沈傲騎馬跟在後頭，鑾駕已經進了宮，沈傲在宮門前正要下馬，宮門的禁衛道：「沈大人，陛下有口諭，賜沈大人宮中騎馬。」

皇宮歷來將就規模，汴京宮室雖然及不上歷朝歷代的規模，占地卻也不小，以至於從宮外步行到中心，便是年輕力壯的也要糜費不少時間。

對於臣下來說，尤其是年齡較大的官員，每天上朝要走這麼遠的路，就成了一件苦差事了。因而自五代十國開始，就開始有乘馬或坐簡易的轎子進入宮廷的作法了，但多半只是個別的例子。

能准許宮中騎馬和肩輿的，在文武重臣看來也是一種非常崇高的禮遇。沈傲心裏卻不以爲然，他年輕力壯，倒也不在乎多走幾步，與其拿這個來以示榮耀，倒不如折現了實在。

到了文景閣，下了馬，剛剛要覲見，楊戩就迎出來，見了沈傲也不打話搭訕，板著臉道：「沈傲接旨意。」

沈傲立即拜倒：「臣接旨。」

楊戩展出中旨念了一通，聖旨裏先是勉勵沈傲一番，和後世的官話大致差不多，無非是你現在做得很好，但是還要更上一層樓，好好努力之類。接著話音一轉，便提及了安寧帝姬婚娶的事。

沈傲喜滋滋的接過了旨意，楊戩笑呵呵的道：

「沈傲，太后那邊已經有了主意，安寧為大夫人，你家裏其餘夫人也加封誥命，可是按規矩，帝姬的身分自然要高一些，不能壞了規矩嘛，對不對？」

大夫人？這個變通倒是教沈傲不得不接受，宮裏做出讓步，他再反對就不識趣了，笑道：「對，對，泰山大人，在滑州，小婿帶來了幾樣好東西，過幾日送到你那兒去。」

楊戩搖搖頭：「我們之間不必這個，咱家還缺寶貝？你有這個心意也就好了。」

寒暄了幾句，沈傲入文景閣覲見。

趙佶舒適的躺在軟榻上似乎在想什麼心事，突然問沈傲：

「太子在市井中是不是很受推崇？」

沈傲正色道：「在萬民心中，陛下才是咱們大宋的天。至於太子……」

沈傲目光閃露出一絲狡黠，慢吞吞的道：「太子是儲君，是將來的天子，受人景仰也是應當的。」

趙佶咀嚼著沈傲的話，沉默了一下：「朕說的不是這個，朕的意思是，太子是不是……」

他話說到一半，卻又是頓了一下，覺得言辭有些不妥。

正在趙佶猶豫的功夫，沈傲立即正色道：「陛下，微臣是臣下，不敢妄論天家的家務事，一切自有陛下明察秋毫。至於太子，據微臣所知，太子一向是恭謹的，生活也很是簡樸，臣在市井之中，倒是聽到不少溢美之辭。」

趙佶老臉一紅，心裏有些不悅，他是大手大腳慣了的，修宮室不說，從前還有花石綱和生辰綱這兩樣糜費巨大的東西，市井裏說趙恆生活簡樸，很有當著和尚罵禿驢之嫌，淡淡道：「既是天家，再簡樸又能省到哪兒去？說的倒像是朕薄待了他，楊戩……」

楊戩躬身道：「陛下……」

趙佶慢悠悠的道：「挑些宮裏的器物送到定王府裏去，朕這個兒子過得如此淒苦，不知道的，還以為是朕刻薄他。」

楊戩遲疑了一下：「陛下，宮裏的都是御用之物，送過去，太子殿下多半也不敢用，倒是東宮那兒有些能用的，是不是叫人送過去？」

沈傲在旁淡淡一笑，楊戩平素最知皇帝心意，可是今日卻是想錯了趙佶的心思。果不其然，趙佶道：「東宮空置了這麼久，器物都是鏽跡斑斑，送過去，讓人笑話。還是揀些宮裏的去吧，要大張旗鼓一些，讓別人看看，省得不知道的，還以為朕心生了偏頗。」

楊戩點了頭，小心翼翼的領命去了。

沈傲畢恭畢敬的坐著，當自己方才什麼話都沒有說，這些御用之物送到趙恆那裏，依著趙恆的小心謹慎，多半是要一個個供起來，每天去焚香祝禱了。想起來也是可憐又可嫌。

趙佶這才將注意力從趙恆那裏抽出來，對沈傲道：「朕的封賞你還滿意嗎？若是不夠，大可以提出來。」

沈傲連忙道：「微臣家財百貫，如今又晉為公侯，這些都是陛下的雨露恩澤，微臣哪裡還有什麼不滿。」咂咂嘴，繼續道：「不過陛下問了，微臣倒是有個要求，請陛下准許。」

方才還說雨露恩澤很是滿意，話音一轉，又要好處了，趙佶無奈的笑了笑，這傢伙……還真一點都不客氣。

「你但說無妨。」

沈傲正色道：「陛下，請求陛下解去微臣攬京畿三省事，轄制禁軍的職事，從前天一教匪亂，朝廷派出欽差居中調度各路軍馬，因此敕命一名欽差，督促各路軍馬倒也情有可原，可是如今天下又恢復了歌舞昇平，再讓臣下兼領這個職事，微臣倒不是怕別人疑心什麼，微臣對陛下的忠誠固然天日可表、可昭日月，可是這種事開了先例，終歸還是不好。」

趙佶微微一愣，想不到沈傲提出的要求竟是這個，心裏頗爲快慰，正色道：「你說得也對，不過你既然專司武備學堂，馬軍司還是調撥給武備學堂用，京中三路禁軍，你領著一路，朕也放心一些。」

沈傲心裏大石落下，領著這麼大的干係，不說別的，他擔子也不輕，再者說，這個位置過於引人注目，很容易讓人詬病，權掌天下的兵馬說到底只是個虛銜，卻無時不刻的背負著罵名，還是辭了妥當。

文景閣裏說了會兒話，少不得要去後宮覲見一下，安寧下嫁的旨意都出了，兩后那兒再怎麼說也應該要去招呼一下。

只是天色已經不早，怕就怕趕不上宮門落鑰，沈傲猶豫了一下，正要向趙佶告辭，趙佶彷彿看穿了他：「太皇太后和太后那兒你也該去問個安，這麼久不見，不能失了禮數。時間是不早了，若是天色黯淡，朕叫人將你送出宮去。」

沈傲頷首點頭。先去太后那兒，誰知景泰宮裏頭卻是熱鬧得緊，足足十幾個宮娥湊在一起，看太后打葉子牌，太皇太后也在，和太后打對桌，陪同的還有賢妃、淑妃兩個。

沈傲問了一聲安，賢妃便盈盈站起來，笑道：「我是不成了，再輸，多半連這個月的月例全要搭進去。沈傲，都說你今日凱旋回來，你來代我打。」

太后瞥了沈傲一眼，道：「來得正好，你來替賢妃。」

沈傲悻悻然坐下，在香粉中顯得頗爲尷尬，抓了一把牌，慢吞吞的打了一圈，故意維持著不輸不贏的局面。太皇太后問起沈傲在京畿北路的事，沈傲答了，這些金戈鐵馬的事，女人們都不感興趣，只是聽了，也沒人發出什麼疑問。

太皇太后出了一張一百萬貫，笑吟吟的道：「這才叫真本事，男兒就該這樣。」也就不再說。

太后手氣不好，連續抓了一把爛牌，臉色有些不好看，接口道：「我們做女人的，對這些也不懂，別的也不說，你盡心爲官家分憂就是。」

原想好好說說話，碰到這種局面，沈傲刻意不去提安寧的事，心不在焉的打了幾把牌，啊呀一聲，道：「原來天這麼黑了，該死，該死。」

大男人夜裏留在後宮，這是很忌諱的事，好在這是景泰宮，兩個太后都在，倒也不至於教人抓住什麼把柄。沈傲不敢多待，立即慌不擇路的逃之夭夭，楊戩在一旁接應他，引著他到了城樓處去，叫人準備了竹筐，要將他吊下宮牆。

看到這黑不隆咚的竹筐，和後世裝雞的框子差不多，沈傲臉色有點兒不好看，黑暗中別人也看不出，心裏感嘆：「光光鮮鮮的騎馬入宮，出去卻是這麼狼狽。」

很委屈的鑽進筐子裏，對放筐的禁軍囑咐：「老兄，鄙人易燃易碎，切記著小心輕放，我在下頭不拉動繩索你不要放手，若是有個閃失，小心我訛上你。」

那禁軍呵呵一笑，道：「沈大人說笑了，你這般的貴人，我們哪裡敢疏忽，放心便是。」

楊戩急著回去查看各處宮禁，也是道：「上了一趟戰場你還沒有練出膽來？不必擔心，咱家在這照應著。」

沈傲眼睛一閉，大義凜然的道：「君子坦蕩蕩，小人常戚戚，我是君子，我是君子，怕個什麼，來吧。」

順著竹筐下放，頗有些他從前做大盜時的感覺，不過以前都是他自己掌握主動權，現在卻是蜷在筐子裏，活活給那些禁軍拿去練了一下手。

等到繞過了護城河，夜已經很深了，沈傲才發現自己的馬不在，也沒有人接應，從這裏到府邸，少不得要走不少的路，心情跌落到谷底，直到午夜時分，才狼狽到家。

家裏頭一切都井井有條，門房掌著燈籠將沈傲迎進去，劉勝一夜未睡，就等著他回來，趿著鞋興奮的叫了一聲少爺，沈傲淡淡的道：「夜這麼深，夫人們肯定睡了的，我今夜先到書房去湊合一夜，你去搬些被絮來。」
劉勝道：「幾個主母都沒有睡呢，說是今夜你進城，一定會回來，現在都在後園裏等著。」
沈傲心裏一暖，到後園果然看到大家都在，夫人們見他回來，固然是欣喜極了，拉下他圍坐一起，又是說消瘦了，又說曬黑了一些。沈傲任她們擺佈，感覺天地固然廣闊，可是真正能讓他自在的只有這小小的洞天裏，便喳呼的道：「我餓了！」
周若親自去斟了碗桂圓粥來，笑呵呵的道：「早知道你會這樣，這粥從清早熬到現在，一直留著火，就是等你回來。」
沈傲窸窸窣窣的喝了粥，摸了摸肚皮，苦笑道：「肚子還是有點扁，不過沒有關係，秀色可餐，我這夫君看著也飽了。」
唐茉兒恬然道：「是呵，你倒是飽了，蓁蓁姐姐卻是滴水未進呢。」
沈傲板著臉，拉住蓁蓁的柔荑：「怎麼不吃飯，不吃飯該打屁股，這是本官新立的軍規，今日拿你殺雞儆猴。」
蓁蓁莞爾笑起來，美眸盈盈一轉，道：「沈大人好大的官威，連不吃飯也要管，其實……我是吃了一些粥水的，只是胃口不好，吃不進東西。」
廝鬧了一陣，沈傲困頓到了極點，被蓁蓁攙著到了房中睡了。

到了清早起來時精神奕奕，才想起自己已經不再是在冰冷的帳房裏，懷裏還抱著一個嬌滴滴的美人。歪頭看了蓁蓁一眼，見她鬢雲亂灑、酥胸半掩的倚在自己懷裏，那小巧朱唇微翹，明眸緊閉，樣子甚是嬌媚。心裏不由一動，輕輕在她酥胸上揉捏了幾下，見她睫毛顫顫，立即大叫：「原來你早就醒了？」

蓁蓁張眸，千嬌百媚的看了沈傲一眼，已是勾住了沈傲的脖子，二人再不用說話，只用肢體去相互回應對方，漸漸解除了褻衣，巫山雲雨。

沈傲精神奕奕的起了床，蓁蓁過來給他穿了衣，問他：「夫君在外頭累了這麼久，是不是該在家裏歇一歇，告半個月的假難道也不成？」

沈傲嘆了口氣，強擠出點笑容捏了捏蓁蓁的臉蛋，這小妮子，雲雨之後，連臉色都更顯細嫩了，道：「我哪裡不想，只不過武備學堂過幾日就是二期招募，這件事耽誤不得，先忙完了這件事再說。」

蓁蓁爲他繫了腰間的玉帶，道：「男人真是奇怪，爲什麼就不願閒在家裏，一定要在外頭忙得腳不沾地才干休。」

沈傲理直氣壯的插起腰：「沒有爲夫這樣的人腳不沾地，哪裡有天下人的安生，保了大家才有小家對不對?!」

這個道理有點強詞奪理，好像全天下就沈傲一個人忙似的，又好像這天要塌下來，要他去頂著一樣。蓁蓁卻只是微微一笑，道：「是，知道你厲害，你文武雙全嘛，能者多勞對不對？好啦，我的公爺，快去吃了早飯再去武備學堂吧。」

用罷了早飯，沈傲就出了門。其實按道理，早在數天之前，武備學堂就該招募校尉的，只是為天一教的事耽誤了，早在數月之前，各地的考生就已經啟程，如今整個汴京，早已充斥了拿著教諭文引的秀才。

若說第一期的校尉是拐騙來的，靠的都是聖旨的強力推行，以及各縣教諭的口舌如簧，反正不管怎樣，終究還是把人騙到手了。可是到了如今，苦口婆心的勸說已經沒有了必要，武備學堂早已成了秀才們眼中的香餑餑，大多數人不需別人勸說，便恨不得立即委身入學了。

說來說去，還是天下讀書人太多，這麼多讀書人都想做官，那是癡人說夢，大宋的官員定制只有這麼多，科舉入圍的也只有這麼多，想當官，得先去獨木橋上擠一擠，真正能擠過去的，那全是精英中的精英，人才中的人才，全天下一萬個讀書人能中試的，一隻手都能數出來。

既然沒有晉身的階梯，又不屑去經商，更不願做一輩子的教書先生，總要找點事去做。那些家境好的，固然可以混吃等死，可是對家境不好的人來說，武備學堂就成了一

個選擇。

做了校尉，就意味著天子門生，這天子門生四個字可不止是說說而已，說的難聽一些，你要是戴著徽章出現在任何衙門，見的不管是知府還是縣尊，人家見了你，也絕不敢對你拿大，便是平輩論交情，你也不必心虛，究其原因，還是那四個字——天子門生。

這樣的人見了官還能自稱門下、學生？就算你敢這樣稱呼，人家也不敢去應，你的老師是皇帝，是九五之尊，認了你這個門生和學生，這不是想要和官家平起平坐，這官做膩了？

除了這些臉面上的功夫，校尉的前程多少也有保障，學成出來，怎麼說放出去也是個小隊官，小隊官固然不是什麼稀罕的東西，可是架不住升遷快，雖說現在真正外放出去的校尉，一個都沒有，馬軍司那邊的隊官只算是實習，可是早有人有了預言，將來這些校尉外放，在軍中升遷絕對是神速，不說別的，別人的戰功上頭敢壓，天子門生的誰敢壓？真要惹急了，鬧起來，怕又是捅破天的事。

因此和上年不同，從前是教諭扯得天花亂墜，今年卻是秀才們四處告求著請教諭開文引，拿了文引，興致勃勃的背著包袱上路直奔汴京。

這一次武備學堂招募的名額是三千人，可是真正來點卯的，卻足足是這個數量的十倍，到了這個地步，武備學堂入學考試的事也就提上了日程。

沈傲和博士、教頭們商議了一陣，卻只是苦笑，教他為難的還是博士和教頭的爭端上，做博士的自然希望以文考為主，選拔出一些讀書更用功的人來。至於教頭，當然希望選拔出身體壯碩的人。雙方爭辯了一個時辰，頭緒沒有理出來，反而更添了幾分麻煩。

沈傲沉吟了片刻，終於發言：「體力是一項，文考也是一項，不如這樣，先由教頭們組織一下體考，身材健碩的才能參加文考，至於考試的規矩和細則，本官就不管了，你們群策群力，各自寫一些條陳上來即是，還有，就是水師校尉的招募要謹慎，體考時尤其要測試一下，到時候招募的人上了船就吐個死去活來，大家面子上也不好看是不是？至於護理校尉，現在報名入學的只有兩個，諸位……」

沈傲痛心的敲了敲桌案：「不管怎麼說，也得先練出一個小隊來，至少要招募二十人，至於這人從哪裡來，本官不管，讓韓世忠去辦，韓世忠……」

韓世忠背脊發涼，心虛的出來拱手：「大人……」

「本官不管你是偷矇拐騙，還是如何，反正這缺額你一定要想法子補上，讀過書的女子難道一個都沒有？就一個個都覺得救死扶傷是卑賤的事？實在不行……」沈傲眼眸閃了閃：「就下個條子去教坊司那邊吧，那裏犯官的子女多，識文斷字的不在少數。不過，這也是沒有辦法的辦法，你自己先思量著辦。」

韓世忠應命，此後又是議論招募教頭、博士的事，生員固然要緊，可是學堂的人數一多，博士、教頭也就緊缺了，當務之急，是要尋一批騎兵和水師的教頭來，才是最要緊的。

沈傲先是問在座的有沒有人推舉，步兵教頭倒還好說，推舉的也有，只是大宋騎兵和水師的人才卻不多，其實並非是沒有，只是一向不受人重視而已。武備荒廢了這麼多年，真正有本事的，大多都落了個閒養的下場。

馬軍還好說，沈傲打算從藩司那兒先調幾個來急用，倒是大宋的水師，就令他有些頭痛了。

顯然北宋對水軍並不重視，禁兵中的水軍有神衛水軍和殿司、步司兩支虎翼水軍，另加登州的澄海弩手。宋真宗時，選虎翼軍善水戰者，爲上虎翼，後又詔在京諸軍，選江、淮士卒善水者，習戰於金明池，立爲虎翼水軍，並在南方各地招募軍卒。

至於廂兵中的水軍，兵力反而比禁兵多，其分駐地區包括京東路的登州。河東路的潞州和保德軍，此外還有江南京畿附近的水軍奉化。

不過，這些水軍大部分部署在南方，而具有維持各地治安的性質，真正用於邊防者，主要是京東登州的水軍。這些水軍卻沒一個讓沈傲滿意的。

說到底，這個年代所謂的水軍，就是河軍，能下海的沒有幾個，一般的作用大致是封鎖住河口，掩護步軍罷了。海上風浪大，水師的艦船要是尖底，要尋找熟知掌舵、司南、掌帆、火炮的人才不易，兵部這邊只怕是選不了人了，只能到民間去尋訪。

倒是韓世忠給沈傲提出了一個建議，說是他在南方剿方臘的時候，知道一些大商賈的事蹟，這些商賈往往擁有不少海船，常年跑倭島，下婆羅諸州，因為婆羅州常有海賊出沒，因此往往有不少熟知海事的船工、武人招募到船隊中去，有些知名的船工和護衛，甚至被重金聘請，便是歲入千貫也是尋常的事。

沈傲留了這個心，便乾脆下了個條子到杭州市舶司去，市舶司掌管著外貿，對這裏的門道最是清楚，八百里加急過去，市舶司接了條子，掌著杭州市舶司的太監姓魯，叫魯知遠，這人能外放，走的是童貫的關係。

一大清早，便拿著條子將市舶司上下全部召集起來，揚著條子劈頭蓋臉的就問：「掌舵、升帆、司南、護衛，立即去打聽，有這方面專長的，擬個名單出來。咱家可說好了，這是沈傲沈大人下的條子，他說咱們一句好話，大夥兒才有口飯吃，惹得他老人家不滿意，蘇杭造作局就是榜樣。」

魯公公一句話，讓這些市舶司裏聽差的人一個個打起冷戰，若說汴京人不敢惹沈楞子，那是一樁樁事蹟使然，可是在蘇杭，聽到沈傲這兩個字卻只是因為一樁事，當年的蘇杭造作局是何等的威風，市舶司都得乖乖仰著它的鼻息，那造作局的公公和市舶司的公公雖說都是宮裏頭出來的，品級上也沒有高下，可是魯公公見了人家，就得乖乖地請安問好，逢年過節還要送上孝敬。蘇杭造作局這般大的家業，在蘇杭一帶可謂是樹大根深，牽扯著不知多大的干係，那沈楞子慫恿著官家到這蘇杭走一遭，結果如何？

結果說裁就裁了，這還只是輕的，想全身而退，哪裡有這般容易，殺頭的殺頭，夷族的夷族，吃了多少，全部吐了出來，一家幾百口，一個抗拒，幾百個人頭就落了地，真真是雷霆手段，殺人不眨眼；就爲了這個，連蔡攸也翻了船，免了官，現在還在待罪，童貫二話不說，轉頭就給沈楞子送孝敬去了。

事情到了那般的地步，不說江南路的官場震盪，明眼人也算是看清楚了，知道哪個人不能得罪，若是列出一張榜單，沈楞子保準名列榜首，後頭還要小注一下，寫上「魔頭」兩個字做備註。

其實大家都是混飯吃，得罪了蔡太師，無非是罷官罷了，此處不留爺，自有留爺處不是？可是得罪了沈楞子，那就要搭上一家人的腦袋的。所以沈大人的邃雅山房在這兒開張，生意是出奇的好。

其實想一想也是，在官場上，天知道什麼時候犯了人家的逆鱗，現在做官的，哪個不要到邃雅山房那兒去弄個會員，將來或許出了事，沈大人說不準爲了這個還能減免點罪不是？

魯公公就是邃雅山房的常客，他學問不夠，爲了取得會員的資格，差點急白了頭髮，到處告求尋關係，好不容易終於蒙混了過去，每月的會費五百貫，多是多了一點，卻也還算值得。

平時大家上香還願的時候免不得祝禱一句，讓那個煞星千萬莫要盯上自己。如今沈傲下來了條子，還是語氣很客氣地請市舶司幫忙，魯公公直如接了聖旨似的，一點怠慢都沒有，連點檢的差事也顧不得辦了，立即叫人出去打聽。

這件事若是辦得好了，魯公公還有打算，反正今年要回宮裏一趟，到時候帶著沈傲所需的人才，親自送到沈傲的府邸去，攀點交情，也不指望晉身，至少多留了條後路。說不準搭上沈傲的線，還可以和楊戩那兒拉點關係。

「咱家和你們說，人，一定要最好的，沈大人爲國擇才，咱們在下頭的，更要想方設法的報效，若是將來送去的人，沈大人用得不爽利，咱們這些人，都不會有好下場。現在，所有人全部到港口去，商戶那邊要打聽，市井要打聽，還有船工那兒也要打聽，但凡有名有姓，能叫上字號的，都報上來。」

市舶司上下應諾，立即出動，這些人本就是地頭蛇，在海上吃飯的人，哪個不要仰他們的鼻息，又見他們說得嚴重，若是知情不報，便讓他們片板不能入海，更不敢隱瞞，哪個舵工最是厲害，某某某升帆是把好手，有他掌著帆，天大的風浪也有生機，還有海上的護衛，哪個最精通海戰，曾經擊潰過海賊，一個個都說出來。

這些人的消息立即匯總起來，隨即開始按著名單的事蹟斟酌，忙碌了幾天，總算是擬出一份名單來，魯公公看了名單，連問了幾遍：「這些都是最好的？」

下頭的人信誓旦旦，才讓魯公公放了心，大手一揮：「下條子，給提刑司，給各府知府還有本地廂軍，名單裏的人，咱家都要了。」

蘇杭各個衙門早就感覺有點不太對勁了，能在這裏做官的，哪個都是見風使舵的角色，看到市舶司突然不務正業，四處去打聽著什麼消息，也都留了心，輾轉下來，才知道是沈傲沈大人要人。要這些人有什麼用，卻是不知道。等到市舶司那兒下了條子，條子裏也是不甚清楚，只是擬了個名單，叫各衙門封鎖各處關隘尋人。

魯公公也不是傻子，這種事當然不能說清楚，說清楚了，若是有人搶在他前頭邀功，他這如意算盤還怎麼打？

既然有市舶司的條子，又好像干係到了沈傲那邊，大家也都放下手頭上的事，一時間，各衙門的差役、廂軍傾巢出動，在沿途設置關卡，有的府縣更是封閉城門，按圖索驥，四處都是雞飛狗跳。

衙門瘋成這個樣子，下頭的百姓也不安生，還以為又出了什麼天大的事，一個個噤若寒蟬，變得敏感起來。

最慘的是那些船工和海商，要從名單裏找人，當然要尋那些相熟的人盤問，衙門的人可不會對他們客氣，四處打聽之後，便拉來一串人，一個個先餵了板子，隨即嚴刑拷打，某某某在哪裡？說不說？不說，就是知情不報，繼續打。

深挖了三尺，總算差不多有了頭緒，接著就是抓人，一處處別院被人亂哄哄的踢開：「小子，你東窗事發了，得罪了沈大人，等著抄家滅族吧。」

如狼似虎的差役二話不說，持著鐵尺，捲著袖子便往裏頭衝，抓住了人，先五花大綁，再抽上幾個耳光，咒罵幾句：「狗東西，死了做鬼也不要怨我。」

那些在海上吃飯的，真正是遭了大劫，像他們這樣的人，本就是驚弓之鳥，誰的手頭上沒有幾個血案？出海在外，既是商又是匪，汪洋之中，運送貨物是他們的主職，可是若遇到了其他的商船，又看對方人少，少不得要打上主意，洗劫一番。所謂亦商亦匪，還真是一點也沒有說錯。惹不起的就和人家談生意，惹得起的抄傢伙就搶了，一點客氣也沒有。所以這些人被五花大綁了，還真以爲是東窗事發，絕望到了骨子裏。

到了衙門，衙門那邊也不先急著給市舶司送過去，先是過堂，過了堂之後先打一頓再說，反正沈大人開了口，八成是要他們腦袋搬家的，這個時候怎麼能不報效一下。

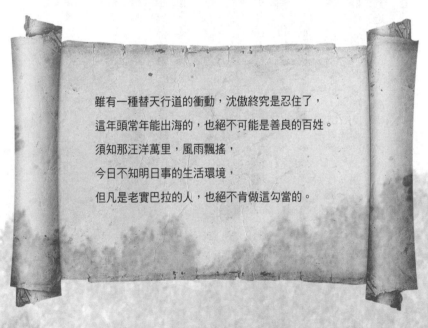

第十四章 替天行道

雖有一種替天行道的衝動，沈傲終究是忍住了，
這年頭常年能出海的，也絕不可能是善良的百姓。
須知那汪洋萬里，風雨飄搖，
今日不知明日事的生活環境，
但凡是老實巴拉的人，也絕不肯做這勾當的。

迎春坊。

餘杭塘不遠之處，是一片片毗鄰的樓宇，這裏也是杭州城最繁華的地段之一，鶯歌燕舞，熱鬧非凡。

一大清早，散佈在四周的數百廂軍突然來到，如撒網一般，將靠湖的一處閣樓圍了個通透，便是湖裏，也有幾艘官軍哨船巡弋，隨時待命。

領頭的是幾個都頭，這幾個人在不遠處的茶坊喝了早茶，見部署的差不多了，其中一個袖子一抖，捏出一張單子來，念道：

「周處，江南西路秀州海鹽人，二十年前下海先做船上幫傭，此後做了海賊，殺人越貨無數，水上功夫最是了得，此後被市舶司緝拿，使了數千貫銀錢才保了出來，便金盆洗手，爲海商做護衛，前年的時候帶著七百料的商船出海，遭遇海賊襲擊，領著船工殺賊百餘人，非但保住了船中貨物，更是擊殺了臭名昭著的賊酋三頭蛟……」

將事蹟念得差不多了，這都頭苦笑道：

「此人殺人不眨眼，魯公公那邊將此人的姓名寫在清單的首位，哪個衙門拿了，面子也好看一些，現在咱們好不容易尋訪到他的蹤跡，指揮大人已經說了，誰拿住了他，是有重賞的。不過，此人被逼急了多半什麼事都做得出，叫弟兄們動手時小心一些，不要落單，出了人命，咱們也不好交代。」

眾人紛紛點頭，其中一個道：「難就難在要抓活的，再者說，此人的凶名，我也聽說過，聽說在海中行船的，不管是商船還是海賊，見了他的旗號都要避讓，此人精通海戰、掌舵、升帆，身手也是極好，不過諸位放心，打探的兄弟也說了，此人最是急色，如今進了那惜春樓，正摟著姐兒鏖戰了一夜，咱們這個時候進去，正是他最鬆懈的時候，要不要現在動手？」

先前說話的都頭遲疑了一下，面色冰冷地道：「不能再等了，再等，杭州府的差役聞到了氣味多半會趕來搶功，動手吧。」

茶坊這邊放了暗號，整個街道頓時湧動起來，先是數十人拍那惜春閣的大門。這個時候，這種青樓是不開門的，要用過了午飯才肯開張，裏頭一時沒有動靜，廂軍們等不及，抬腿將門撞開，隨即蜂擁進去，迎面撞到一個瞇著眼半夢半醒的門房，一腳將他踹到地上，大喝一聲：「周處在哪兒？」

門房呆住了，一屁股坐地，看到明晃晃的刀槍，大氣不敢出，待有人賞了他一個耳光，才反應過來：「周老爺在三樓，荷花的屋裏。」

再沒人管這門房，一干人徑直往裏衝。待上了三樓，這邊的動靜已引起不少過夜的嫖客不滿，紛紛趿鞋出來看，見了這些官軍，還以爲出了什麼事。

其中一個光著膀子、身材矮小，卻很是彪悍的中年漢子看了一眼，眼眸中閃過一絲

疑竇，隨即返身要走，那些官軍眼尖，不少人看見他渾身的刀口傷疤，大聲呼喝：「就是他，拿了，若是反抗，格殺勿論！」

隨著那漢子衝入一處廂房，裏頭傳出一聲女子的尖叫，窗子已經推開，漢子想要跳下入水，下頭卻已是七八艘哨船等候多時，連漁網都準備好了，在下頭見有人冒頭，大笑著叫：「喂，喂，快跳，跳下來，爺爺有賞。」

前有狼，後有虎，裏頭外頭至少三四百人，又是打了個措手不及，這漢子倒是識趣，微微一笑，雙手張開，道：「小的是正正經經跑船的，便是真犯了罪，那也應當勞動的是杭州府的差人，諸位軍爺如此大張旗鼓，不知有什麼見教？」

既然是天羅地網，再逃也沒什麼意義，這漢子居然能立即換上笑臉，慢慢周旋，倒也算是一個鎮定自若的人物。

眾人先將他圍了，刀槍離他只有寸餘，卻都不說話，似乎在等待什麼。過了一會兒，一群人簇擁著一個都頭過來，這都頭上下打量漢子一眼，大手一揮：「綁起來。」

眾人一擁而上，將漢子五花大綁起來，這漢子哈哈一笑，卻是不理會他們。

只是他這大笑背後，終究還是有著一種恐懼，他在海上犯的事沒有一千也有八百，差役們來拿他不稀奇，以他的本事，大不了去過個堂，到時候再使銀子出來也算不得難事。只是今次來拿他的卻是官軍，爲數竟有數百之多，有能力調動這麼多人來拿人的，整個江南路一隻手也數得過來，莫非真是出了什麼大事？

都頭上前一步，冷冷的看了他一眼，隨即左右開弓，啪啪打了漢子幾十個耳光，才慢悠悠地道：「你叫周處？」

周處坦然道：「小人是叫周處。」嘴角上溢出血來，倒還有幾分硬氣，一雙眼睛如錐入囊的盯住打他的都頭。

都頭朝他笑了笑道：「怎麼？想報仇？」隨即哂然道：「死了這條心吧，說輕了，你這條命也保不住，只是但願你不要落個夷族的罪名。實話和你說，叫人來尋你的，乃是沈傲沈太傅，落到他手裏，你還想報仇？來，帶走。」

周處這才害怕了，眼眸中惶恐畢露，比他遇到天下最厲害的海賊更是恐慌，沈傲是什麼人？他這種刀口舔血的人豈會不知，蘇杭被這傢伙殺了個血流成河，便是在京畿北路，殺高俅，殺馬軍司上下，殺叛軍，手裏頭不知沾了多少人的血，落到他手裏，還真如這都頭所說的那樣，死了一個還得心存著感激，一不留神給你一個夷族，真是欲哭無淚，無語問蒼天了。

「大人，小人這些年積累了些薄財……」

都頭冷笑一聲道：「你便是有金山銀山也沒有用，沈大人要的人，我沒這命消受，來，先帶回去。」

把周處押到營裏去，先過了堂，痛打一頓，這叫殺威棒，反正不打白不打，接著又叫人給他用藥草敷了傷，少不得餓上兩天，再送到魯公公那兒去。

一共是三十多個人的單子，真正抓到的只有十七個，不過這些也夠了，其餘的都在跑海，沒有上岸，天知道什麼時候才能回來，也不知是他們運氣好還是錯失了機遇，魯公公也準備妥當了，直接坐上漕糧的船，帶著這些人直接往汴京去。

爲了招募校尉和教頭的事，沈傲馬不停蹄，如走馬燈似的總是抽不出空閒，多大的能力意味著多大的責任，如今武備學堂、馬軍司、鴻臚寺都指著他運轉，他不拿主意，這攤子就算是崩了。

正在焦頭爛額之際，杭州那兒總算來了消息，門房告訴他，杭州市舶司魯公公求見。只是叫這魯公公去尋訪，想不到他還親自來拜訪，沈傲對這魯公公生出幾分好感，親自去門房處接人。

這魯公公身體臃腫肥胖，遠遠看到沈傲過來，立即陪上笑臉，抱拳作揖道：「咱家見過沈大人。」

沈傲笑吟吟地走近：「魯公公，我們好像見過吧?噢，對了，聖駕在杭州的時候，我曾見過你。」

魯公公一副受寵若驚的樣子：「難得大人還記得咱家，一年不見沈大人，沈大人風采依舊。」

寒暄了幾句，魯公公道：「沈大人，你要的人，咱家已經帶來了。」

「噢？是嗎？」沈傲眼眸中閃露出一絲驚喜，真是缺什麼來什麼，道：「人在哪裡，叫來讓我看看。」

魯公公道：「先送到京兆府大獄裏看押著，這些都是窮凶極惡之徒，難得沈大人對他們有興趣，咱家當然是勉力辦差，那些出海的人都是群混賬，他們不知道，得罪了沈大人是什麼下場……」

咦……沈傲呆住了，大獄，得罪？他一時哭笑不得，苦笑道：「走，先去大獄裏看看。」

這魯公公見沈傲臉色不對，心裏頗有些疑惑，沈大人親自要問跑船的，難道不是想和整治造作局一樣治那些海商？先拉來一些人招供再撒網捕魚？不對勁啊。只是到了這個份上，他也顧不得沈傲到底拿他們有什麼用途，反正人是送來了，自家裝傻就是。

一行人到了京兆府，那邊京兆府府尹已迎過來，直說沈大人駕到，下衙蓬蓽生輝之類的話。這京兆府並沒有變，沈傲對這裏熟門熟路，不知打過多少次交道，忍不住地還問了一句：「你們京兆府裏有個姓張的捕頭，對不對？噢，是了，叫張萬年，這個人和我有點交情，不知他是不是外出巡街了。」

京兆府裏頭捕頭比狗多，這麼大的攤子，差役比其他的府縣不知多了多少倍，這府尹平時是個清貴人，街面的事都是下頭去管的，一時也是一頭霧水，叫了個人來問，才知道還真有個叫張萬年的，立即把張萬年叫來。

那張萬年見了沈傲，立即道：「小人見過沈大人。」

沈傲含笑道：「這禮就不必行了，張老兄，咱們是好久不見了，今日就叫你帶路吧，到大獄去，我要看幾個犯人。」

張萬年哪裡敢說什麼，瞥了一眼一邊的府尹，心裏想：「沈大人真夠意思，他這般叫我過來陪同，京兆府裏頭連招呼都不必打，將來都知道自個兒和沈大人有交情了，將來在這京兆府不說別的，便是判官見了自個兒都得客客氣氣。」接著便熱絡地對沈傲道：「是，小人這便帶大人去。」

進了京兆府大獄，沈傲堅持不了多久便掩鼻而出，那裏頭的氣味竟有一股難以遏制的屍臭味，天知道裏頭冤死過多少人。只好教張萬年將他們提出來，讓他們去洗個澡，換一身乾淨的衣衫，送到武備學堂去。

十七個人，渾身都是傷痕，帶著腦袋隨時搬家的悲戚，被人領到了明武堂裏。

沈傲坐在案後，面無表情的看著名冊，每一個名冊背後，都有他們的籍貫、經歷、特長之類的小注。看了這些，沈傲只能用「人渣」兩個字來形容這群未來的教頭，何止是人渣，這種人就是現在抓去活埋，沈傲眉毛也絕不會眨一下。

只不過……雖有一種替天行道的衝動，沈傲終究是忍住了，話說回來，這年頭常年能出海的，也絕不可能是善良的百姓。須知那汪洋萬里，風雨飄搖，今日不知明日事的生活環境，但凡是老實巴拉的人，也絕不肯做這勾當的。

搶掠、殺人、販運人口、欺詐，這些罪狀對於這些人來說幾乎是家常便飯，但是有一條，他們卻各有所長，有的熟稔轉舵，一個對掌帆很有心得，還有的精通海戰，哪一個都是人渣中脫穎而出的人精。

沈傲淡定的看完了名冊，將名冊一掩，望了案下一群跪地的人一眼，慢吞吞的道：「知道本大人叫你們來做什麼嗎？」

「……」

「不說？實話和你們說了吧，你們已經東窗事發了！哪個叫周處？六年前，血洗泉州出海的一艘商船的是你吧，一共殺了一百三十二人，只有一個人僥倖跳海逃脫，若不是因為他被過往的商船營救，只怕這個秘密，本大人還蒙在鼓裏。你們在海上討生活的，越貨倒也罷了，為什麼要殺人？」

周處跪在下頭，咬著牙不說話。

身前的案頭上沏的是宮裏頭賜下的貢茶，冒著騰騰的熱氣，散發出一絲清香，令人心曠神怡，沈傲慢吞吞的小酌一口，淡淡道：

「不說話就是認了？以你的罪名……讓本官想想，殺了這麼多人又是主凶，應當屬罪大惡極了，夷族吧，一命賠一命，你殺了多少人，本官就殺你家裏多少口。」

他語氣平淡，隨即拿起名冊：「只是可惜，你已經沒多少親眷了，父母死得早，原來是姐姐拉拔大的，可憐了你那姐夫，和你又不是血親，竟是靠磨豆腐將你拉拔大，現在卻教你連累了他。他們家裏頭有三個女兒還有一個兒子，嗯……這就是五口，另外的人命怎麼算？這倒是教人犯難了……」

周處身軀一震，哪裡還敢有什麼堅持，立即磕頭：「大人饒命……」其餘的人也是嚇怕了，能來這裏的，哪個都是有案底的，周處是夷族，他們又能好到哪兒去，一時間告饒紛紛。

沈傲手拍桌案，砰地一聲，厲聲道：「想活命？當時你們作奸犯科的時候，爲何就不給別人一條生路，混賬東西，一群人渣，現在倒知道討饒了？」

眾人噤若寒蟬，周處道：「大人，碧波大洋上，殺人越貨的事又不是小人們獨有，遇到別的商船，不是我們搶他們便是他們搶我們，都是從海裏討飯吃的，也知道在那裏殺了人拋屍毀跡容易一些，若是留了活口，難免會有人回到市舶司那裏去狀告……」

沈傲厲聲打斷：「這麼說你還有理了？」

周處再不辯駁，只是磕頭。

沈傲突然一笑，慢吞吞的道：「想活命其實也容易，跟你們說了吧，本官這一次叫你們來，是請你們做官的……」

眾人愕然。

「不信？不信就算了，來，去下條子，按圖索驥，把他們家人都找出來，男的殺頭，女的充作營妓。」

這些橫行一時的漢子真是想死的心都有，連忙道：「信，信，大人的話小人們豈敢不信。」

「信就好。」沈傲淡淡一笑，繼續道：「我大宋打算成立水師新軍，在此之前，總得培育出遠洋的水師人才來，你們運氣好，從此往後呢，就進武備學堂補一個教頭，將功補過吧。不過話我要先說明白，進了這裏，你們的惡習都得改了，比如周處，最好逛窯子賭錢，若是以後發現再犯，先前的帳，本大人再給你算。再者武備學堂的規矩你們也得記熟了，做教頭的，首要的是以身作則，誰要是敢帶頭壞規矩，本官固然心地善良，卻也容不得你們。」

原以為是死路一條，還要拉上親族一道陪葬，誰知峰迴路轉，竟是要賞個官做，這

些人心臟急速跳動起來，哪裡還敢說什麼，便是那窮凶極惡的周處此刻也算明白，今後自己的性命全部維繫在這位沈大人身上，沈大人讓你做官，到時候少不得你的一場富貴，可要你全家死光光，也不過是一句話的事。好在他這些年已攢了不少家財，如今能有個官身，老老實實聽差用命，這輩子倒也愜意，立即道：

「小人願爲大人效力，死而後已！」

眾人紛紛道：「沈大人說東，小人們絕不敢往西，便是海上遇到風暴，大人叫咱們下海，咱們也不皺一下眉頭。」

沈傲如今早已養成了一副喜怒不形於色的氣度，淡漠的道：「記住你們今日的承諾，來人，給他們登記報備，到時候送到兵部去勘驗。現在水師校尉還在選拔，你們呢也不必閒著，就把自己當作是校尉，先跟著步軍教頭操練。水師還缺一個教官……」

沈傲又忍不住拿了花名冊看了一眼：「周處，你當真熟稔掌舵、升帆、海戰？」

周處橫極一時，今日卻是遇到了更橫的，如老鼠見了貓，乖乖的道：「小人在海上討了二十多年的生活，這些都懂，此外，對附近海域的地形，哪裡有暗礁，哪裡海賊出沒最多，都記得牢牢的。」

沈傲頷首點頭：「這個教官就由你領著，都下去，本官會給你們安排好營房，不要在學堂裏四處走動，在帳裏思過吧，到時候自有人吩咐你們操練。」

這些汪洋大盜鬆了口氣，唏噓一陣，只覺得今日像是做夢一樣，一下子沉入萬丈深淵，一下又被提到了雲端，生死榮辱一線之間就走了一趟。乖乖的告辭，魚貫而出。

明武堂裏，沈傲端著茶盞喝了一口，瞥了一眼一旁落座的魯公公，這魯公公一直坐在一旁看，這才知道原來這些人來了汴京竟是發跡了，沈大人看上了他們，這輩子還愁個什麼。立即笑呵呵的道：「這些賊酋撞到了沈大人，也算他們的造化，咱家現在也算是功德圓滿，這趟差事算是交卸了。」

沈傲向他道了一聲謝，魯公公哪裡承受得起，連忙客氣一番，沈傲道：「魯公公，你們那市舶司主管的是海運對不對？」

魯公公道：「不知沈大人還有什麼吩咐？」

「吩咐就不必提了，魯公公又不是沈某的下屬，只是沈某想問問，市舶司那邊能不能拿點海船的資料來，我大宋最大的船約莫能裝載多少人？」

魯公公知無不言，他在市舶司做了十幾年，最是精通不過，道：「最大的海船，大致能在兩千至兩千五百噸上下，吃水很深，就是裝滿了貨物，船上供養著幾百人也不成問題的。」

又扳起指頭說了許多海裏的事，沈傲聽了，這才知道這年頭跑海運實在是一件腦袋

別在褲腰帶上的勾當，心裏唏噓了一陣，便問魯公公在哪裡下榻，說下次還要拜訪。

魯公公受寵若驚，連忙說了，對沈傲道：

「大人要建新水師，朝廷也有旨意，說是要督造一批戰船來，多半這差事要交付到蘇杭、泉州那裏去，咱家對海船多少還知道一些，蘇杭那兒，咱家就替沈大人看著如何，督造戰船，這裏頭可是巨利，只要稍微動動手指頭，天知道能餵飽多少官員，咱家在那兒，他們瞜不到人。」

沈傲心裏嘻嘻笑，這魯公公倒是很會順桿子往上爬，一下子賣了他兩個人情，將來少不得是要還的。只是現在他確實沒有分身術，船工那邊還真沒有放心的人督促著，這魯公公熱衷名利，想巴結自己，多半肯爲自己盡心盡責的，便道：

「這個好說，只是你是市舶司的，總得有個名目才好，不如這樣，過幾日我遞個條子給楊公公，請他到宮裏活動一下，給你一個督造的兼差。」

這句話就等於是將魯公公當作半個自己人了，魯公公大喜，連忙道：「謝大人提攜。」

沈傲又板起臉：「不過，沈某人喜歡把醜話說在前頭，教你去監督，那也是信任你，這差辦得好，我保你這輩子快活，可是出了差池，或者你和那些人同流合污，沈某人殺起人來卻是不眨眼的。銀子嘛，市舶司想必也把你餵飽了，船工的銀子，卻是一分一鳌都不能動的。若是你察覺出哪裡不對勁，也不必去和那些官員說什麼，省得你去得罪人，直接給我遞條子，由我來辦，到時候少不得要殺一批人，以儆效尤的。」

魯公公哪裡還肯說什麼，沈傲這句話已經表明，人家對戰船的事很是上心，連沈大人盯著的東西也敢貪墨，那真真是吃了豬油蒙了心，笑嘻嘻的道：「沈大人放心就是，咱家懂得分寸。」

周處這些人被安排在一處營房，還真是不敢隨意在營中閒逛，老老實實的待著，生怕忤逆了沈楞子。閒來無事，大家少不得先認識認識，其實，這些人大多都是海上知名的人物，報出匪號，大家也就差不多知道對方的本事和來歷，相處的也還算可以。周處是教官，又是最知名的人物，一群人很快以他馬首是瞻。

到了後來，便有個博士過來，這博士板著臉，開始教他們軍規，哪些哪些觸犯了要殺頭，又有哪些要打板子，都說得一清二楚，周處心裏叫苦，不說別的，這些條條框框對他們這些自由慣了的人來說，實在是一個加強版緊箍咒，只不過心裏雖然腹誹，卻無一人敢說什麼，沈楞子說到做到，說殺你全家絕不會一點含糊，你能怎麼樣？

這些人都是聰明人，不聰明，早就被人拋入海中餵鯊魚了，大丈夫能屈能伸，只能將規矩記牢，往後不敢忤逆。

在營房裏待了三天，終於有一個教頭進來，這人和周處他們一樣，不自覺中，都帶有一種殺伐氣息，只是周處這些人的殺氣中伴隨著更多的狡詐陰狠罷了。

教頭面無表情，手壓在刀上，朝他們點了點：「你們……出來！」

周處等人換上了衣甲，乖乖的隨著教頭出去，接著，真正緊張的操練算是正式開始。這教頭一點也不含糊，操練他們也簡單，只是一句話，站著，不許動。

第一天，足足站了六個時辰，其中不少人爲了撓撓癢，直接挨了幾下鞭子，這些人雖然慣於忍受，卻也受不得這個，一回到營房便已是叫苦不迭了。

武備學堂的運轉基本進入了正軌，馬軍的教頭也尋來了，都是沈傲親自點選的人，有從藩司叫來的，也有一些相熟馬戰的將軍。至於那護理校尉，韓世忠實在尋不到人，只好從教坊司那兒找，挑了三十個，總算把架子搭起來了。護理校尉的教頭都是一些郎中，白日仍舊操練，夜裏教習一些醫藥的知識。

只是這個時候，兵部卻是擋了沈傲的駕，問題出在周處這些人的身分上。沈傲要聘他們做教頭，可是教頭就是官身，兵部不予承認，咬死了他們的低賤身分，一副公事公辦的樣子。

若是他們身分不能確定，武備學堂也難做，沈傲聽了前去交涉的學堂官員回報，沉默了一下，道：「新任的兵部尚書是誰？」

「乃是蔡絛蔡大人。」

沈傲淡淡一笑：「我認得他，說起來我們之間還有交情呢，這樣吧，這件事你不必管了，我親自去一趟。」

帶著一隊親衛，到了兵部衙門，門口的差役是不敢攔他的，徑直進去，先是問兵部尚書蔡絛在不在，堂官說他今日不當值，沈傲自顧自地坐下，板著臉道：

「把你們的尚書尋來，我有話要說。」

那堂官猶豫了一下，還是去找人了。

沈傲慢悠悠地在那兒喝茶等待，心裏卻在想著兵部的事，水師教頭的事，今日一定得辦好，若是退縮一步，那蔡絛多半以為自個兒好欺負，這種事一洩氣，還怎麼和兵部打交道？

其實做人做事都是這樣，今日別人若是覺得你的話不管用，往後還會在意你說什麼？武備學堂最常打的交道就是兵部，到時候不知會引出多少麻煩。對付蔡絛，沈傲倒是很有把握，莫說是這個傢伙，便是他爹蔡京來，他也不怕。

蔡絛剛剛上任，新官上任三把火，當然想做出成績，從另一方面來說，也最怕惹麻煩，他頂住自己的壓力退回自己的條子，自己在這裏鬧一下，看他還頂不頂得住，他這

新任的兵部尚書總不能新官上任時就出洋相吧！

主意已定，沈傲便翹起二郎腿，悠然自得地坐著，估摸著時候差不多了，叫人換了一盞新茶，那邊蔡絛已經到了。

只是讓沈傲沒有想到的是，來的不止是一個蔡絛，還有大皇子趙恆和另一個皇子。

趙恆是沈傲的老相熟，至於另一個皇子，沈傲在那一日的太廟中也見過，此人一向是跟在趙恆的身邊形影不離的，關係最是莫逆，是肅王趙樞，排行老五。

蔡絛當先過來，見了沈傲只是淡笑，隨意地拱拱手道：

「沈兄，別來無恙。聽到沈兄傳喚，蔡某正在與兩位殿下論茶，因此不敢耽誤，連兩位殿下都帶來了。」

蔡絛年紀在四旬上下，這一句沈兄很有調侃的意味，上一次他與沈傲聯手扳倒了蔡攸，雖說曾經站在一條戰壕，只是蔡攸一倒，他最大的敵人已經不在了，和沈傲也沒有再客氣的必要，沈傲與蔡京的矛盾已經沸沸揚揚，他身爲人子，自然是鐵桿的蔡黨。

趙恆也是笑了笑道：「沈大人，咱們又見面了。」

那趙樞卻只是哼了一句鼻音，仍舊是一副對沈傲不理的態度。

沈傲朝著蔡絛道：「蔡兄如今起復做了兵部尚書，可喜可賀。」說罷看向趙恆：「殿下這幾日的精神倒是不錯。」對那五皇子，既然他不願意說話，沈傲也懶得搭理。

蔡攸微微一笑道：「不知沈兄來這裏為的是什麼事？」

沈傲板起臉，公事公辦的樣子道：「水師校尉的事，是陛下親自點過頭的，這事兒事關著我大宋的武備，朝廷拿出這麼多銀錢新建戰船，在戰船下海之前，武備學堂必須把人操練出來，教頭的事，還要兵部這裡給些方便。」

蔡攸朝趙恆看了一眼，趙恆只是笑了笑，便低頭去喝茶，那五皇子趙樞冷笑道：「沈大人是要讓那些賊酋做官？我大宋的官沒這麼不值錢。」

沈傲已經預感到這蔡攸拉著兩個殿下過來，便是想把這事兒按下，表面上看，教頭的事只是小事，卻也是武備學堂第一次與兵部扯皮，這種事就像拔河，第一次輸了，下次免不得士氣大洩。

沈傲笑吟吟地道：「怎麼？這兵部什麼時候輪到皇子做主了？」

這句話已經很不客氣了，卻也說得有道理，有宋以來，對宗室一向是苛刻的，干涉政事，更是忌諱中的忌諱，尤其是這徽宗朝。

趙樞冷笑道：「天下是趙家的，外姓人說得，莫非姓趙的說不得？」

蔡攸和趙恆相視一笑，此刻都是抿嘴不語，由著這趙樞和沈傲爭辯。

沈傲呵呵一笑道：「殿下說錯了，天下是官家的，何來姓趙之說？莫以為姓趙，這天下就是你說得算。」

趙樞拍案而起道：「沈傲，你太放肆了！」

到了這個地步，也沒有借坡下驢的道理，沈傲端坐不動，慢吞吞地喝了口茶：「本官辦的是公務，殿下，你也該謹記著好自爲之，干涉朝政，是誰給你的權力？」

趙樞看了趙恆一眼，趙恆笑嘻嘻地道：「沈大人，我這個五弟就是這性子，還望沈大人不要見怪。」

趙樞不客氣地道：「皇兄，和他客氣什麼，他不過是我趙家的一條看門狗而已！」

話說到這個份上，沈傲眼角閃露出一絲冷意，慢悠悠地道：「看門不看門，不是你說得算。」接著長身而起，故意將衣角朝茶盞一拂，茶盞砰地摔落在地，倒是讓廳中之人嚇了一跳。

沈傲不客氣地道：「殿下，咱們來日方長吧，這件事，我們往後再說。」

徑直從兵部出來，翻身上了馬，帶著親衛直接回到武備學堂。

今日的事，明顯是那蔡絛要借皇子給自己臉色看了，不打擊一下那什麼五皇子的囂張氣焰，往後武備學堂什麼事都要扯皮。

這幾個親衛見沈大人臉色不好，都不敢說話，隨他到了明武堂，恰好韓世忠過來，道：「大人，宮裏頭有個公公來傳，請沈大人入宮覲見。」

沈傲心知這是爲迎娶帝姬的事做準備，在往常，帝姬下嫁，是不必問駙馬身分的，一般下嫁的人家，大多都是公侯能臣，一般和駙馬的爹商議也就罷了。沈傲沒有父母在堂，宮裏只好與周正商量，不過，周正也不是什麼事都能作得了主的，少不得還要問問沈傲自己的打算。

沈傲頷首點頭道：「待會兒我就去，韓世忠，你來，我有事要吩咐你。」

韓世忠對沈傲敬畏有加，聽到吩咐，立即正色抱拳：「請大人吩咐。」

沈傲慢吞吞地道：「從明日起，一期校尉的長跑不必去城外了，直接拉到步馬街去，圍著那最大的府邸轉個十幾圈回來就是，每天清早就出發，口號喊大點聲音，就是要人不安生，知道嗎？」

韓世忠微微一愕：「那步馬街裏，不是五皇子殿下的王府嗎？沈大人，校尉們操練，若是吵到了……」

沈傲打斷他：「就是要吵他，按我的吩咐去做，不要問別的。」

服從命令，已成了韓世忠刻入骨子裏的本能，天子門生也沒什麼怕的，這年頭，皇子比狗多，既然沈傲吩咐，又不是叫他們衝進王府去惹事，倒也不必有什麼忌諱，抱拳道：「卑下明白，去步馬街，最大的宅子，圍在那兒跑圈，口號有多大喊多大，大人放心，明日清早，我們寅時末就過去，保準整條街的人都別想睡。」

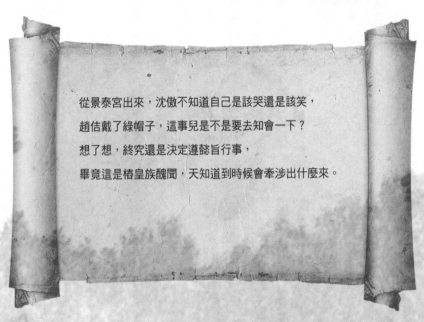

第十五章 皇族醜聞

從景泰宮出來，沈傲不知道自己是該哭還是該笑，

趙佶戴了綠帽子，這事兒是不是要去知會一下？

想了想，終究還是決定遵懿旨行事，

畢竟這是樁皇族醜聞，天知道到時候會牽涉出什麼來。

寅時差不多是凌晨三點到五點，這個時候是人睡得最沉的時候，沈傲這樣做，也不是刻意要耍什麼小孩子脾氣，報復是固然的，另一方面，也是要給那趙樞一點顏色，惹上他沈傲，管他是不是皇子，該收拾的照樣收拾他。

韓世忠又道：「沈大人，是不是發生了什麼事，卑下看你的臉色不好。」

沈傲淡然地道：「外頭的事，由我擋著，你不要問，專心帶校尉就是，還有馬軍司那邊，也不能鬆懈。」

韓世忠不再說什麼，行了個禮，告辭出去。

沈傲吩咐得差不多了，寫了一張條子，叫來一個博士道：「這個條子送到三皇子府上去，告訴他，過幾日請他來府上喝酒，至於其他的，他看了條子就明白。」

博士拿著條子去了，沈傲這才騎馬回家換了朝服，徑直入宮覲見，騎馬進了正德門，早有內侍通報楊戩，楊戩氣喘吁吁地過來迎住他，沈傲翻身下馬，將馬交給一個內侍，隨楊戩邊走邊說。

楊戩道：「沈傲，兵部的事，咱家已經聽說了。」

沈傲愕然，想不到消息傳得這麼快，隨即一想，那五皇子擺明了是要和自己打擂臺，少不得要吹噓一下，各方面得到消息也是必然的事，隨即哂然一笑：

「泰山，我和你直說了吧，到了如今這個地步，我也該做出選擇了。」

楊戩深望他一眼，呵呵笑道：「三皇子深得陛下寵幸，真要爭，也不至落了下風。沈傲，至於那五皇子殿下，你也不必怕他。」

沈傲哈哈一笑：「我怕他？從明日開始，我要一直攪到他不得安生爲止，你等著看好戲吧。」

楊戩撇撇嘴，也沒有將這事兒放在心上，皇子固然高貴，可是再高貴，這天下的正主也只有一個，官家這麼多皇子，說得難聽一些，父子的情分有多少還是另說，沈傲是幸臣，又是駙馬，根本不必在意一個皇子。

沈傲聽了楊戩的勸，只是淡淡一笑：「他不惹我倒也罷了，可是欺到了我的頭上也算他倒楣！泰山大人，這五皇子是什麼來頭？怎麼會和太子廝混在一起？」

楊戩道：「五皇子的母親地位低賤，因此在宮裏頭並不受寵幸，也正是因爲這個，所以性子偏激了一些，前年年夜時候，他不知發了什麼瘋，和十一皇子發生了爭吵，還差點兒鬧得宮中的宴會不歡而散。爲了這個，差點兒剝奪了他的王爵，後來要不是陛下怕傳出去不好聽，結果還是把事兒壓了下來。」

頓了一下，楊戩繼續道：「這五皇子與太子性子雖然不同，可都是同病相憐，平時走得最近，不過皇子畢竟是皇子，便是瘦死的駱駝也比馬大，沈傲，你還是不要意氣用事的好。」

沈傲只是笑了笑，隨楊戩先去覲見了趙佶，趙佶心情似是不錯，也提起了這個事，道：「楅兒自小沒有母親，說話偏頗了一些，你不要見怪，朕到時候申飭一下，至於你要點選的那些水師教頭，朕再思量一下，過幾日也會有旨意，朕知道你的難處，自會給你方便。」

沈傲道了謝，趙佶才慢吞吞地拿出一份奏疏來：「祈國公已經上了奏疏，裏頭說的是你和安寧的婚事，這事兒呢，朕已經准了，具體的細節，朕會和祈國公商議，你安心去辦學堂的事，還有……朕已經下了旨，督促各路督造艦船以及火炮，這是你提議的，朕賜你一個督辦監的差，你自己過問就是。」

沈傲道：「要建水師，就要闢出一地來建軍港，最好不受地方轄制就更好一些。」

趙佶笑道：「這是當然，你先寫出一份章程來，朕草詔即是。」說罷伸了個懶腰，又道：「有你和蔡卿在，朕可以高枕無憂了。去後宮見見母后吧，朕就不留你了，這幾日身子骨總有些不適，太醫說這是熱症，要多休息。」

沈傲關切地問了幾句，趙佶擺擺手：「不妨事的，些許小病，太醫院這麼多太醫還能壞到哪兒去？」

沈傲告辭出去，前去景泰宮覲見太后。今日的景泰宮氣氛有些不同，以往這裏是後宮最熱鬧的地方，大小嬪妃少不得都要來問安串門，再加上欽慈太后喜歡打雀兒牌，遠遠的便能聽到打牌的歡笑聲。便是宮外頭的內侍宮人也不同以往，一個個綳著臉，都是大氣不敢出。

見沈傲過來，景泰宮的主事太監敬德舉步相迎，眼眸閃爍地看了沈傲一眼，低聲道：「沈大人，太后不知怎麼的，今日的心情差得很，今日你就不必去問安了，省得觸了什麼霉頭。」

他這句話自是關心沈傲的舉動，沈傲微微一笑，朝他投了一個感激的眼神，道：「發生了什麼事？莫不是因爲晉王的事？」

敬德搖頭苦笑：「咱家哪裡知道？不過晉王今早來拜謁時，太后還是有說有笑的，只是正午的時候不知是怎麼了，好像是聽了什麼閒言閒語，臉色就綳緊了，幾個來問好的嬪妃都打發了回去。」

沈傲心裏想：「既然太后心情不好，自己還是趕快消失得好。」朝敬德頷首點了個頭：「多謝敬公公提醒，來日重謝。」

敬德苦笑：「謝個什麼？沈大人的事還不是咱家的事？」說罷朝沈傲一笑，低聲道：「沈大人慢走。」

沈傲正要走，卻聽到從裏頭傳來欽慈太后的聲音：「外頭來的是沈傲？」

沈傲不得不停步，恭謹地道：「正是微臣。」

裏頭的聲音吩咐道：「既然來了，還走個什麼?進來說話。」

沈傲脖子一涼，乖乖地踱步進去。他偷偷地瞄了宮裏一眼，見帷幔之中一個人都沒有，正在遲疑，卻聽到宮裏的一處耳室裏頭發出聲響：「到這裏來。」

沈傲只好穿過那耳室，才發現自己已經置身太后的臥房了。他不好抬頭多看，只是眼神偷偷一瞄，見欽慈太后冷若寒霜的坐在榻上，一雙眼眸殺機重重，漠然的臉上浮出一絲冷笑，朝沈傲道：「坐。」

平時欽慈太后的話不少，今日卻是冷冰冰的，一個坐字簡短生疏，沈傲小心地坐在門角的一處錦墩上，正色道：「微臣沈傲見過太后娘娘，太后娘娘安好。」心裏卻是忐忑的想：「太后今日這是怎麼了?莫非是爲了自己和五皇子衝突的事?」

隨即又覺得不可能，太后膝下兒孫諸多，除了寵愛晉王，還真沒有聽說對哪個兒孫更偏愛，自己和五皇子只是口舌之爭，就算有什麼風言風語，太后也不過告誡兩句即是了。

正在他胡思亂想的時候，欽慈太后冷笑道：「安好?安好什麼?後宮都失火了，天家的顏面都要喪盡了，我這做人母后的，連這一畝三分地的洞天都管不住，死了也沒臉去見先帝。」

沈傲心裏鬆了口氣，扯到這後宮，看來和自己沒有干係，這便好，反正等下順著她的話說就是，等太后消了氣，本太傅全身而退。

只是這個時候不得不做出一點表現，沈傲立即同仇敵愾的道：「是誰這麼大的膽子，敢惹太后生氣，哼，真是豈有此理，還有沒有王法？」

原以為這句話能使欽慈太后臉色好轉一些，誰知道太后的臉色反倒更加難看，冷冷道：「王法？你知道什麼叫王法？」她從榻上站起來，頭上的鳳冠顫動，細眉皺起：「淑容陳夫人你知道嗎？」

沈傲楞了一下，忙道：「並不知道。」

欽慈太后慢吞吞地道：「她有喜了。」

有喜了還不好？沈傲心裏腹誹一番，可是隨即他的念頭一轉，忍不住冷汗淋漓了。有喜了本是好事，可是太后這個樣子，八成孩子的爹絕不是趙佶，這個人是誰呢？

沈傲突然意識到了問題的嚴重，因為經常出入宮禁的人裏頭，自己就是頭一個，況且自己又是外臣，說不準太后就是懷疑到了自己頭上，這年頭又不能驗ＤＮＡ，一旦沾到這個事，真真是跳進黃河也洗不清了。

欽慈太后慢吞吞地道：「原本呢，有喜也是好事，官家開枝散葉，兒孫自然越多越好。哀家原本也是高興的，只是今日突然起意，叫人拿了官家的起居注來看，才知道這兩個月官家根本沒有和陳夫人行過房，沈傲，你怎麼看？」

這樣隱秘的私事都和自己說了，多半是要殺人滅口的，沈傲忙道：「太后明鑒，微臣冤枉啊，微臣也是剛剛從京畿北路回來，這該死的姦夫絕不會是微臣……」

欽慈太后愕然地看了沈傲一眼：「哀家說過是你嗎？」

沈傲呆住了，原來竟是自己想岔了，原以為自己如此淫蕩，又英俊瀟灑，在別人眼中正是西門慶的絕好範本，誰知人家壓根都沒有猜忌到自己。想到這裏，沈傲又忍不住酸溜溜的，哥好歹也是汴京一匹狼，莫非還勾搭不上那什麼陳夫人？

不過這些話，他是萬萬不敢說的，尷尬地道：「莫非太后心裏已有了人選？這事兒陛下知道不知道？」

欽慈憤恨地搖搖頭：「哀家若是知道，豈會來和你說這個，哼，哀家那個皇兒也是糊塗透頂，臨幸了哪個夫人，他是一問三不知。若不是有起居注，那孽種生下來，多半還要入宗籍的。」

沈傲心裏為趙佶叫屈，做皇帝的這麼多老婆，每天都來那麼幾次溫存，若是每一個接觸的嬪妃都能記住，那才見鬼了。卻也不敢為趙佶辯解，訕訕笑道：「幸好太后娘娘英明睿智，慧眼如炬，才讓那陳夫人無所遁形。」

欽慈太后慢吞吞地坐下，眼眸一閃，冷冽地向沈傲道：「哀家尋你來，是讓你查出那陳夫人的相好，你儘管去查，有哀家來給你做主，不管是誰，犯了這一條就是死罪。」

沈傲驚愕地道：「讓微臣來查？」

欽慈太后道：「當然是你，這是宮中秘事，越少人知道越好，自然不能讓大理寺和刑部出面。宮裏的人又指望不上，唯有你與天家沒什麼避諱，再者說，下月你就要迎娶帝姬，也算我趙家的人了，查出之後，誰也不許說，就是陛下也不准透露，直接報給哀家，哀家來處置。」

沈傲無奈地道：「微臣遵懿旨，只是要查，還得暗中進行，陳夫人那兒儘量不要打草驚蛇。除此之外，這後宮的宮禁都是有記錄的，這兩個月有哪些男人出入，微臣都要知道。此外……」

沈傲眸光一閃，正色道：「請太后賜下信物，微臣帶著信物，便是太后親臨，唯有這樣，這案子才能查個水落石出。」

能出入後宮宮禁的，絕對是大宋一等一的人物，這樣的人即便是沈傲也不會輕易得罪，沒有太后的信物，沈傲縛手縛腳，這案子是鐵定查不下去的。

欽慈太后猶豫了一下，頷首點頭：「你說得倒也沒有錯。」想了想，取下一枚玉佩，交給沈傲道：「拿著，這是先帝的御賜之物，你放心去做事吧。」

從景泰宮出來，沈傲不知道自己是該哭還是該笑，趙佶戴了綠帽子，這事兒是不是要去知會一下?想了想，終究還是決定遵懿旨行事，畢竟這是椿皇族醜聞，天知道到時候會牽涉出什麼來。

沈傲信步出來，太后先叫他在外頭等著，敬德被太后叫了進去，吩咐幾句後，敬德追上沈傲，道：「沈大人，太后說了，你要後宮出入的記錄，咱家去替你取來。」

領著沈傲到了宮城的一處角落，這裏相比起金碧輝煌的殿宇，頓時顯得黯然失色，只有一排小樓；敬德領著沈傲進入了一間屋子，裏頭是一進一出的小閣，外頭是迎客的，有個太監正捏著筆在寫些什麼，裏頭還有個緊鎖的內室。

那太監抬頭見了敬德，立即誠惶誠恐地道：「敬公公來了，小人也不知道要出去迎接，小人真真該死。」

敬德在沈傲面前如沐春風，對這小太監卻是另一副面孔，板著臉道：「起來吧，咱家是奉了懿旨來辦事的，客套話就不說了，去，把這兩個月出入宮禁的記錄拿出來給沈大人看。」

那小太監愕然地看了沈傲一眼，喉結滾動一下，艱難地道：「沈……沈大人，小人……」

沈傲擺擺袖子：「把記錄拿來，敬公公不是說了嗎?不要客套。」

那小太監立即撩起腰帶裏的一串鑰匙，去開了裏屋的門，從案上拿了一盞油燈小心翼翼地進去，足足用了一炷香功夫，才灰頭土臉地出來，拿出兩卷寫滿了密密麻麻小字的絹布出來，展開在案上讓沈傲看。

沈傲坐下，撫案細看了一會兒，那些宮外的女眷來拜謁都直接掠過，只看男性，看過之後，抬起眼來，問：「是不是所有出入的人都要記錄？有沒有例外？」

那小太監道：「只要是出入，一定有記錄的，絕不會錯。」

沈傲站起來，臉色不由地有些難看了，這兩個月並沒有外臣入宮，反倒是皇子們進來過幾次，這就意味著……亂倫。

沈傲不由苦笑，想不到進了一趟宮，竟是蹚了這麼一趟渾水，早知如此，打死他也不來了，現在該怎麼辦？查是要查的，問題是從哪裡著手？出入的十幾個成年皇子，一定有一個是真凶。

敬德見他臉色難看，忍不住道：「沈大人……沈大人……」

沈傲恍然不覺，突然抬起眸，眼眸中殺機重重：「哼！老子最恨這種混賬。」毫不理會敬德，便甩袖出去。

敬德正一頭霧水，連忙追出去，道：「沈大人，這是怎麼了？太后那兒守口如瓶，你也不肯說……」

沈傲止步，旋身看著他，一字一句地道：「你想聽？只是聽了之後可不要後悔，要死人的！」

敬德嚇得面如土色，一些宮中的秘聞，他也略知一些，知道這裏頭的規矩，連忙道：「不……不敢……沈大人，還有什麼吩咐？」

沈傲佇立在院牆之下，一雙眼眸落在遠處的琉璃瓦上，慢吞吞地道：「明日以太后的名義在景泰宮設宴，所有的嬪妃、皇子都要到，你回去和太后說，這是我的意思。」

敬德咂舌不已，心裏想，沈傲的口氣真大，他的意思，太后就要遵照著辦？

敬德正在恍惚的時候，沈傲已經抬腿走了，望著沈傲的背影，敬德猶豫了一下，也不再追上去，返回景泰宮裏。太后那邊仍是冷若冰霜的樣子，隨身伺候的幾個宮娥也不敢進去觸怒，敬德小心翼翼地在外頭道：

「太后娘娘……」

「進來吧。」

敬德小心翼翼地跨檻進去，垂著頭將沈傲的吩咐說了；原以為太后正在大發雷霆的時候，免不得要譏諷沈傲幾句，沈傲算什麼東西，也敢支使太后？

誰知太后沉默了一下，道：「他真的只說了這些？」

敬德道：「只說了這些，咱家見他怒氣沖沖的樣子，也不敢多問。」

太后嘆了口氣道：「他能生氣，那也是一份忠心，所有人都爲官家擔心，唯獨官家卻是什麼都不知道，真是可恨。」

她頓了頓，繼續道：「拿我的懿旨去，把皇子們都叫來，就說要辦一個家宴，至於後宮的嬪妃該請的也請來，大家好好吃頓飯吧。對了，莫忘了請沈傲也一起來。」

敬德滿頭霧水，心裏咦了一聲，怎麼太后這麼聽沈傲的話？立即應了一聲，道：「奴才這就去辦。」

一大清早，還在寅時三刻的功夫，步馬街裏晨霧騰騰，偶有幾個賣炊餅的路過，叫了幾句，也就走了。

能住在這裡的，大多都是遠支的王公貴族，坊間戲稱這裡是群猴街，便是說這裡的侯爺最多，一棟連著一棟的大宅子，那金漆的匾額上都書寫著××侯的字樣。

靠著街中的是一座占地不小的府邸，這裏頭住的人顯然要比鄰居們顯赫得多，是大宋貨真價實的王府；可惜這王府雖是鶴立雞群，卻也有幾分無奈，誰都知道，王爺的宅邸大多是在十里外的柳葉坊，賜了這麼個宅第的，名爲宗王，卻總有些名不副實。

這時，長街的盡頭傳出一陣紛遝的聲響，有人大吼：「一二三四……」接著便是轟然的聲音：「一二三四……」

清晨的鳥兒嚇得立即驟然飛起，再不敢停留，這麼大的響動，也驚動了各府的門房，他們貓著眼提著燈籠透著門縫往外看，便看到昏暗之中，一隊隊黑影慢跑而過。每隔一小段時間，便有中氣十足的口令聲，刺得人耳膜生痛。

這些門房平時或許人五人六，可是見了這些校尉禁軍卻是沒一個開門大罵的，武備學堂的校尉惹不起，忍一忍也就過去了。

在王府裏頭，許多閣樓都亮起燈來，一開始，也沒人注意，後來這聲音越來越大，竟有不走的意思，便有人怒氣沖天了：「福安……福安……」

趙樞趿著鞋出來，氣得臉都白了，昨夜本就睡得晚，今日一大清早又被這麼大的動靜吵醒，不知是哪個不知死活的擾了他的清夢。

趙樞這麼一叫，立即有個主事模樣的人過來，低聲道：「殿下……」

「是怎麼回事。」

「外……外頭是武備學堂的禁衛校尉在操練呢，殿下……」

「操練……深更半夜的，他們瘋了嗎？武備學堂……」趙樞突然頓住了，他的性子雖火爆，卻也不是全無心機，隨即冷笑道：「原來是我們沈大人不甘寂寞，好，好得很。」接著，趙樞不再說什麼，又回臥房去。

這聲音一直維持到天亮，才漸漸散去，趙樞沒有睡好，清早在小廳裏喝著茶生悶氣，外頭有門房道：「殿下，太子來了。」

趙樞道：「皇兄來了也要通報？快請他進來。」

小廳外頭便傳出哈哈笑聲，趙恆舉扇進來，腳踏進門檻時道：「老五，又是誰惹了你？這麼大的火氣？」

趙樞請趙恆坐下，這兩兄弟平時走得近，也不說什麼客套話，趙樞道：「今早那姓沈的指使校尉來我這兒操練，攪了我一夜的清夢，皇兄平時說那姓沈的囂張跋扈，今日我是見識到了，哼，若不是父皇看得起他，他算是什麼東西？」

趙恆壓著手道：「老五消消氣，他挑釁他的，咱們是龍子龍孫，何必和他賭氣？」

趙樞冷笑道：「皇兄這句話就太虛偽了吧，你不也想捏死他？咱們是兄弟，有些話也不必瞞我。」

趙恆有些尷尬，只好借著搖扇來掩飾，笑道：「要除他，哪裡有這麼容易？梁師成要除他，王黼要除他，蔡攸也要除他，結果如何？」

趙樞拍了拍大腿，冷笑連連地道：「我倒是有個辦法。」

趙恆含笑道：「你說說看。」

趙樞沉吟道：「尋個機會直接殺了他，乾淨俐落。」

趙恆啞然失笑，搖頭道：「你還是這個性子，真有這麼容易就好了，我這一趟來，

是想和你說太后設宴的事，老五！你接到宮裏的懿旨了吧？」

趙樞卻是陷入沉默，道：「平時也不怎麼瞧得上我們，怎麼突然就叫我們去赴宴？這裏頭，會不會有什麼……」

趙恆搖頭：「能有什麼？我們是皇子，莫非自己的祖母還要害我們？再者說了，這場宴會人人都有份。」

趙恆壓低聲音道：「據說是後宮的陳夫人有喜，太后高興，便讓我們一道去陪著熱鬧熱鬧。我還聽說除了宮裏的諸位貴人，還有咱們這些皇子，連那沈傲也有一份。」

趙恆說到陳夫人有喜，趙樞臉色微微一變，一下子變得臉色有點兒古怪起來：「噢，我知道。」

趙恆奇怪地道：「怎麼，你方才不是恨得沈傲牙癢癢的嗎？怎麼這會兒就不說話了？」

趙樞呵呵乾笑一聲：「沒什麼……」

二人換了話題，閒扯了幾句，眼看一個時辰過去，趙恆才告辭，對趙樞道：「等會兒我們一起去，正午時我叫人來知會你。」

等趙恆走了，趙樞突然板起臉來，將那福安叫來，道：「去，想法子給宮裏遞消息，要問清楚，太后宴會到底是什麼事。」

福安猶豫了一下，道：「殿下……」
趙樞不耐煩地道：「快去，先去教坊司請文公公幫忙。」
福安只好點頭：「小人這就去。」

沈傲是最先入宮的，先是到了景泰宮，今日的太后臉色略好了一些，直接摒退了左右，劈頭就問：「好好的，你舉辦什麼宴會？哀家心裏這麼多煩心事，更沒有心思去操心這個。」
沈傲這時倒是鎮定了，正色道：「太后不是叫微臣查出陳夫人的孩子是誰的嗎？微臣就是要在宴會中去查。」
太后一頭霧水地問道：「如何著手？」
沈傲淡淡地道：「太后放心，這事兒總會水落石出，只是這宴會如何舉行，得由微臣來決定。」
太后疲倦地頷首點頭：「好吧，就由著你，哀家知道你聰明，一定有了主意，不過事先說好，這事兒不要大張旗鼓，要留著天家的顏面。」
沈傲道：「太后放心，微臣曉得利害的。」
太后將敬德叫來，仍叫敬德聽從沈傲的吩咐，這宴會如何籌辦，都由沈傲決定，爲

了這個，沈傲還特意跑到御膳房去，拿了一張菜單來，又叫了敬德到景泰宮先去佈置，其他的等他吩咐就是。

敬德雖是一頭霧水，不知太后和沈傲在弄什麼名堂，卻也不敢說什麼，乖乖地跑前跑後，一直忙到了晌午，宮裏的貴人們就紛紛來了，先去尋太后問安，少不得陪在那兒說幾句話。

到了後來，皇子們也一個個過來，最先到的是三皇子趙楷，沈傲故意裝出一副不經意的樣子地走到趙楷身邊，低聲道：

「殿下可看到我的條子了嗎？」

趙楷很有深意地看了沈傲一眼：「過兩日，你到我府上來再說。」

請續看《大畫情聖》第二輯 二 兵行險著

大畫情聖II 一 替天行道

作者：上山打老虎
發行人：陳曉林
出版所：風雲時代出版股份有限公司
地址：105台北市民生東路五段178號7樓之3
風雲書網：http://www.eastbooks.com.tw
官方部落格：http://eastbooks.pixnet.net/blog
Facebook：http://www.facebook.com/h7560949
信箱：h7560949@ms15.hinet.net
郵撥帳號：12043291
服務專線：(02)27560949
傳真專線：(02)27653799
執行主編：朱墨菲
美術編輯：吳宗潔

法律顧問：永然法律事務所 李永然律師
北辰著作權事務所 蕭雄淋律師

版權授權：蔡雷平
初版日期：2014年5月
初版二刷：2014年5月20日
ISBN ：978-986-352-017-7

總 經 銷：成信文化事業股份有限公司
地　　址：新北市新店區中正路四維巷二弄2號4樓
電　　話：(02)2219-2080

行政院新聞局局版台業字第3595號 營利事業統一編號22759935

定價：280元　　特惠價：199元　

國家圖書館出版品預行編目資料

大畫情聖II ／ 上山打老虎 著. -- 初版. -- 臺北市：
風雲時代，2013.08 -- 冊；公分

ISBN 978-986-352-017-7（第1冊；平裝）

857.7　　103003450